敢想
会干
为人民

——中共中央政治局委员、广东省委书记　汪洋

亚运之光

YAYUN ZHIGUANG

黄常开　主编

广州亚运会是亚运史上规模最大的一届亚运会，广州亚残运会是亚洲残疾人体育组织重组后举行的首届亚洲残疾人运动会，广州则是迄今为止国内承办规模最大的国际综合性体育盛会的副省级城市。广州亚运会、亚残运会办会结果圆满成功精彩，达到和超过了预期目标，全面履行了广州对国际社会的郑重承诺，赢得了亚洲各国各地区参会人员和各方面的高度评价。

南方日报出版社
NANFANG DAILY PRESS

图书在版编目（CIP）数据

亚运之光 / 黄常开主编. —广州 : 南方日报出版社，2011.7
ISBN 978-7-5491-0217-4

Ⅰ. ①亚… Ⅱ. ①黄… Ⅲ. ①新闻报道–作品集–中国–当代
Ⅳ. ①I253

中国版本图书馆CIP数据核字（2011）第105847号

亚运之光 黄常开 主编

出版发行：南方日报出版社
地　　址：广州市广州大道中289号
电　　话：（020）83000502
经　　销：全国新华书店
印　　刷：广东信源彩色印务有限公司
开　　本：889mm × 1194mm 1/16
印　　张：21
字　　数：200千字
版　　次：2011年7月第1版
印　　次：2011年7月第1次印刷
定　　价：88.00元

投稿热线：（020）83000503 读者热线：（020）83000502
网址：http://nf.nfdaily.cn/press/

《亚运之光》编委会

序

弘扬亚运精神　建设幸福广州

中共广东省委常委　广州市委书记　广州亚组委副主席兼秘书长

张广宁

2010年，广州圆满成功精彩举办第16届亚运会和首届亚残运会，全面履行了我们对国际社会的郑重承诺，全面展示了我国改革开放和社会主义现代化建设的伟大成就和时代风貌，完美演绎了中华优秀文化和岭南特色文化的独特魅力，极大增强了广大人民对祖国的自信心和自豪感，再一次充分显示了我国社会主义制度集中力量办大事的强大政治优势，在亚运史上写下了浓墨重彩、令人难忘的辉煌篇章。

广州亚运会、亚残运会是体育文化盛事，更是推动经济发展和社会进步的重大机遇。我们深入贯彻落实科学发展观，坚持“办赛事，办城市”的理念，大力开展“迎接亚运会，创造新生活”主题活动，把筹办工作与推动经济社会大发展、建设优美舒适的宜居城乡、倡导健康阳光的生活方式、展现热情周到的待客之道、形成文明和谐的社会风尚紧密结合起来，推动广州从硬实力到软环境都发生巨大变化，推动城市发展理念与模式、经济发展方式、城市建设管理模式、城市政府和城市社会、民生建设和社会管理实现转型升级，市民群众对自己城市的认同感、归属感、自豪感大幅提升。

广州迎亚运、办亚运的收获是巨大的，积累的经验弥足珍贵，创造的精神财富影响深远。我们要大力宣传和弘扬“敢想会干为人民，和谐包容共分享”的广州亚运精神，认真总结和发扬亚运成功有效经验，珍惜和用好亚运物质和精神遗产，让亚运成果长久惠及人民。南方日报出版社精心编辑出版的这本广州亚运会纪实书籍，纵贯广州亚运从申办、筹备、举办的全过程，全景式再现了广州迎亚运、办亚运的历史画面，生动描绘了广州以亚运为契机推动思想观念转型升级、经济转型升级、城市建设转型升级的自觉实践和巨大成效，特别对亚运精神的凝聚升华、城市精神的培育提升作了深入回顾提炼，是广州亚运遗产研究开发中一项十分有意义的工作。这份珍贵的亚运历史文献，必将成为延续和释放亚运效应、鼓舞全市人民在新征程上创造新辉煌的宝贵精神财富。

当前，广州已站在新的历史起点上。我们将紧紧围绕全面建设国家中心城市这一总目标，着眼于巩固、完善、优化、提升，加快推进国际商贸中心、世界文化名城、国家创新型城市、综合性门户城市和广东宜居城乡“首善之区”建设，努力在新的起点上实现新的跨越，率先加快转型升级、建设幸福广州。

是为序。

2011年3月10日

亚运之光 目录

YAYUN ZHIGUANG

第一章　亚运之约

第二章　运筹之道

第三章 城市之光

亚运之光 目录

YAYUN ZHIGUANG

第四章　盛会之彩

第五章　幸福之韵

引言

2010年11月27日夜，广州，海心沙。亚洲的目光再次聚焦。

在珠江的怀抱，在广州的心脏，熊熊燃烧了16天的第16届亚洲运动会的圣火缓缓熄灭。

这一刻，虽然亚运圣火的光芒逐渐消隐，但亚运精神却已汇入广州的血脉，与岭南的水土相融。

这一刻，广州的亚运之舟，满载的不仅是岭南的文化，还有和谐亚洲的中国追求，以及东方文化在相互交流融合过程中折射出的大国胸襟。

震撼而又独具岭南魅力、激情而又充满快乐体验、恢弘而又满怀灵动浪漫，广东创新、开放、包容、人本的肥沃土壤，孕育了这样一届史上规模最大、也最为成功的亚运会。

她以中国理念和广东使命为亚运会树立了一把崭新的标尺，也用敢为人先的魄力为全球盛会贡献了一系列可资借鉴的广东模本。

一个崭新的亚运传奇得以在广州完美书写，一座永恒的丰碑已巍然矗立在南中国。

广州亚运，是广东改革开放30多年软硬实力的辉煌展示，也是广东乃至中国未来转变发展方式、推动科学发展再上新台阶的又一嘹亮集结号。

广州、广东新的一页已经拉开。未来已来。

第一章

亚运之约

YAYUN

ZHI YUE

2010年金秋十月，中国再次站在了世界舞台的最中央。

一年之前，新中国六十华诞的盛大庆典在天安门广场上演，雄壮威武的阅兵式和欢欣鼓舞的庆祝人群，向世人昭示着中华民族走向复兴的豪迈与自信。

一年之后，已阔别这个国家20年的亚运圣火再次燃起，并从长城脚下的北京一路向南，奔向珠江之畔的另一座历史名城广州——第16届亚洲运动会的主办地。在圣火的召唤下，全亚洲的体育健儿将再度欢聚在中国，为弘扬伟大的奥林匹克精神而挥洒汗水、追逐梦想。

10月12日上午，位于北京天坛公园内的祈年殿在蓝天映衬下格外金碧辉煌。祈年殿前，中华人民共和国国旗、亚奥理事会会旗、广州亚运会会旗以及亚洲45个国家和地区奥委会的旗帜组成的旗阵气势宏大，16面火红色的南粤大鼓豪迈激越，身着亚洲各民族亮丽服装的演员们纵情歌舞，烘托出亚洲人民期盼亚运盛会的热烈气氛。

第16届亚洲运动会火炬点燃暨火炬传递活动启动仪式就在这里举行。

上午10时17分，中共中央总书记、国家主席胡锦涛健步走到仪式台上，从中共中央政治局委员、广东省委书记汪洋手中接过亚运会主火炬，在火种盆中点燃，然后高高举起，左右挥动，向亚奥理事会主席艾哈迈德等各国贵宾以及在场的欢庆群众致意。

这是继1990年北京举办第11届亚运会后，亚运火炬再次在中国点燃。光彩熠熠的亚运

圣火与金顶蓝瓦的祈年殿交相辉映，象征着现代奥林匹克精神与古老中华文明的完美融合。

胡锦涛主席手中高擎的第16届亚运会火炬名为“潮流”，外形宛如奔腾不息的流水，表面镂空纹饰又似升腾飘逸的火焰。这支火炬融会了木棉火红的英雄气息，蕴含着珠江壮阔的岭南情怀，它折射出广州不同历史时期的独特定位——从“海上丝路”的起点到改革开放的弄潮儿，寄托了对于广东继续引领科学发展时代潮流、与亚洲人民共同推进和平与发展的殷切期望。

潮流火炬中，亚运圣火正在熊熊燃烧。这圣火的光芒，曾映照过泰姬陵的庄严、湄公河的妩媚、东京铁塔的巍峨、万里长城的雄奇；如今，它要把同样的光彩与荣耀，撒播在岭南花城的每一寸土地上。

20年沧海桑田，亚运之光再次照耀神州大地，这片土地上的人民依然热情好客、勇敢善良，只是变得更加从容、更加洒脱、更加理性，而其背后则是整个民族自信心的强大支撑，一个古老民族和平崛起的雄浑足迹已清晰可见。

第一节

CONG QUAN YUN HUI DAO YA YUN HUI

从全运会到亚运会

让我们把历史的时针拨回到2004年7月1日那个所有广州人都屏气凝神的夜晚。

当天北京时间20时40分，亚奥理事会主席法赫德•艾哈迈德在卡塔尔首都多哈举行的亚奥理事会全体大会上宣布，广州获得2010年第16届亚运会举办权。

佳音传来，珠水欢腾，云山雀跃。广州人实现了盼望已久的亚运梦！

这一时刻，羊城市民已等了许久。

广州申亚代表团的成员挥起早已准备好的国旗和广州申亚的旗帜，全场的摄影机和照相机都开动了，每个人都希望摄下这历史性的一刻，也希望在广州申亚成功的光辉日子中留下自己的身影。

国家体育总局局长、中国奥委会主席、亚申委主席（本文中所有领导职务均为时任）袁伟民，广东省省长、亚申委主席黄华华，广州市市长、亚申委执行主席张广宁等申亚代表团的领导走到主席台上，接受亚奥理事会主席和副主席们的祝贺。

广东省副省长许德立还特意抱拳感谢广州人民的一位好朋友——亚奥理事会副主席、菲律宾奥委会主席瑟尔索・德里特先生，他作为亚奥理事会评估团团长，曾在4月率队到广州考察，正是通过他的详细介绍，让更多的亚奥理事会成员了解了广州。

在耀眼的闪光灯下，张广宁和法赫德・艾哈迈德签订了《主办城市合同》，象征着广州迈出了筹备2010年亚运会的第一步。

亚奥理事会第二十三届全体会议，广州获得2010年亚运会主办权，代表团庆祝胜利。

举办一届成功的亚运会，是广州人民十几年前就有的梦想。在成功地举办了两届全国运动会和多个世界大赛后，广州已经完全有能力举办一届成功的亚运会，申亚对于广州人民而言不再只是一个虚幻的梦想，申亚成为了一个闪耀在眼前的理想。

2003年底，国务院正式批复同意广州申亚，广州在2004年3月31日正式递交《申办报告》，2004年4月接受评估团考察。在7月1日的海湾之畔，广州申亚终于从理想变为现实。

国家体育总局外联司司长、中国奥委会秘书长顾耀铭再次向代表们发出邀请："明年亚奥理事会大会将在广州举行，希望明年大家能到广州走一走，亲眼看看这座即将举办亚运会的城市。"代表们再次用掌声回答了他的邀请。

而在广州这座有着2200多年历史的城市，当晚也成了欢乐的海洋。城市上空礼花腾飞，交相辉映，绚烂多姿的焰火把广州城映照得绚丽多彩，上百万市民走上街头，他们手中挥舞着国旗及申亚旗帜、标语，欢庆申办成功；在市区10多个预定的庆祝现场，激动的人群把现场挤得水泄不通……

广州市民的热情最后汇聚到了珠江岸边的广州国际会展中心，盛大的"中国心•亚运情"申亚庆典晚会在市民热烈的欢呼中徐徐拉开帷幕，7000多名演职人员和观众一起，

2004年7月1日晚，广州申亚成功，广州全城沸腾，在广州会展中心兴办了大型的“中国心、亚运情”文艺晚会。

共同抒发对广州申亚成功的喜悦心情。两个半小时的表演设立陆地、水上和空中3个演播室，直升机俯览绚丽的广州，设在游船上的水上演播室带着人们畅游梦幻般的珠江夜景。它们将激情万丈、风情万种、流光溢彩的广州夜色表现得淋漓尽致，格外迷人。

继北京亚运之后，亚运再次选择了中国，又一次证明中国在国际社会具有的重要地位和良好信誉；亚运选择了广州，证明了古老广州的恢弘气度和现代化广州的无穷魅力。

从全运全到亚运会，17年等待终成正果

如果从最早萌生想法算起，广州已经为亚运之约等待了17年。

从事了30多年体育工作的广州市体育局副局长李乃镇回忆说，广州最早萌发申办亚运会的念头是在1987年，当时全国第六届运动会的成功举办为广东赢来一片赞誉。

1987年，全国第六届运动会在广东举行，这是广东首次承办国内规模最大的综合性运动会。为了迎接六运会的成功举办，作为主赛场的广州市大兴土木，修建了天河体育中心等一大批现代化体育场馆。广州的体育设施一下子跃居全国领先地位。

在成功承办六运会的过程中，广东体育工作者承办大型运动会的智慧得到初步体现。

他们在全国首创了集资办大赛的先河，开创了综合性运动会与市场经济结合的路子；首次把全运会下放到地级市，甚至珠三角的某些镇也承办过其中的一些单项比赛。六运会极大地调动了全省人民办大赛的积极性。

六运会为广东赢来一片赞誉声。当时的国家体委和国际奥委会官员均对广东承办大型综合性运动会的能力给予充分肯定。而六运会给广东特别是广州市带来的巨大变化，也令初尝大赛甜头的广州有了承办亚运会的打算。当时，广州觉得自己在体育设施和经济能力上已经有举办亚运会的条件和能力，但是那时北京已经拿下1990年第11届亚运会的主办权，广州在稍后10年内办亚运已没有可能。省委、省政府指示，目前申办亚运会的时机还不成熟，广州在六运会后要做的工作是向国家体委争取承办更多的国际性大赛，提高广州城市知名度，丰富承办大赛经验，等待申办亚运会的最佳时机。

2001年11月，我国全运会在时隔14年之后再一次由广东承办。此时，广东省和广州市的决策者不仅仅盯着眼前的全运会，他们已提前为将来举办亚运会筹划了。他们投资近15亿元修建了规模宏大、能容纳8万人的广东奥林匹克体育场，并在白云山下建起了一座全新的体育馆，能容纳万名观众，是国内唯一能承办世界室内田径锦标赛的体育馆。这一场一馆，如今已成为广州市的标志性建筑之一，同时也是国内目前最现代化的体育设施之

广州天河体育中心

一。出席九运会开幕式的国际奥委会主席罗格等数十名国际奥委会官员，无不对广州承办大赛的水平赞不绝口，纷纷表示广州有能力争办更高级别的综合性运动会。

九运会期间，国际奥委会执委何振梁在被问及广州是否有承办亚运会的能力时说，广州已经基本具备了申办亚运会的实力。之所以说基本具备，是因为如果广州承办亚运会，也是7年以后的事情了，目前先进的体育设施到时可能会稍嫌落后，需要作一些更新和改进。假设广州现在就举办亚运会，那广州就完全具备了承办的能力。

是什么原因促使广州提出申办亚运会的意向？又是什么时候作出的申办决定？目前的进展如何？广州市体育局局长刘江南受访时透露了这一系列问号背后蕴藏着的段段故事。

九运会给广州带来的又一次巨变，让市民充分认识到了举办高水平体育赛事给广州带来的商机和好处。也就在九运会举行之年，广州市人大代表首次提出了要广州市申办2010年第16届亚运会的建议。

在2002年的广州市人大会议上，胡树森等数名人大代表联名提出一份建议，认为“十年大变广州应申办亚运会或东亚运动会”。

胡树森代表说，成功举办国际大型综合运动会对提升举办城市国际地位、促进举办城市社会和经济发展作用极大，是世界各类地区中心城市现代化发展过程中的必然选择。胡

树森等代表认为，经过三年一“中变”，广州的城市面貌发生了很大变化，他们建议，在广州实现“大变”的过程中，应该申办2010年亚运会或者2009年东亚运动会，远期，本世纪中叶申办奥运会。

会后，该项建议被送交广州市体育局。市人大常委会马上将议案转到了市体育局，市体育局表示将立即跟进这项工作。

省市携手申请，承办大赛能力获国家认可

接到人大议案后，市体育局迅速与省、市有关部门作了沟通。由于当时釜山亚运会激战正酣，国家体育总局无暇他顾，市体育局只好将此事暂时搁置。不过，刚好广东省体育局局长董良田是釜山亚运会中国体育代表团官员，这样他就成了一名“通讯员”，负责在繁忙的日常工作中找机会与国家体育总局领导汇报“广州申办2010年亚运会”的意向。

10月中旬，董良田从亚运前线回到广州，向刘江南透露了一个令人振奋的消息：亚运会期间，国家体育总局领导希望广州能争取进入申办亚运的行列。

董良田还特别提醒刘江南说，希望广州市体育局能尽快对此作出积极反应，因为这一意向必须先经过市委、市政府和省政府的批准，并由省政府出面将结果传到在韩国釜山的中国亚运代表团团部，以便让有关领导能及时在釜山亚运会闭幕前举行的亚奥理事会上向亚奥理事们传递这一重要信息。

刘江南第一时间向主管体育工作的广州市副市长陈传誉作了汇报，陈副市长立即向广州市市长林树森作了汇报。林树森当即表示：只要市体育局有这个积极性，市委、市政府全力支持。

于是，市体育局第二天就相关情况写了一份报告交给市政府，市政府有关部门当即批准并上报给省政府。省政府对此事也表示极力支持，并迅速将此报告电传到了当时仍在韩国釜山的中国亚运代表团团部。“这时候，我们能做的只有耐心等候。同时，我们尽量保持低调，并作了相应的协调工作。”刘江南对当时争分夺秒的情景记忆犹新。

就在市体育局等消息时，国家体育总局分管外事工作的于再清副局长来到了广州——

于再清、许德立等领导在研究会上。

他要去花都参加一项庆典活动。

董良田和刘江南不约而同地意识到："这可是一个向国家体育总局领导汇报的好机会。"于是两人陪同于再清副局长来到花都，第一次口头向国家体育总局的领导汇报了广州市为申办亚运所做的工作。

于再清听完汇报后表示，国家体育总局将会对广州市给予大力支持，并由国家体育总局、国务院作最后的决定。

当时，第11届省运会正在深圳举行。林树森一个电话将正在前线督战的刘江南召了回来。"我赶紧从深圳赶回来，和方达儿副局长（广州市体育局副局长——作者注）向林市长作了关于申办工作的汇报。林市长听后，对下一步工作作出了进一步的指示，并且重申市委、市政府全力支持申办工作。"刘江南说。

市体育局接下来的工作就是要进一步明确申办亚运的工作程序，了解申办必须具备的条件。"林市长当时说，你们到体育总局弄张清单回来，看看需要什么，我们提供什么，缺什么，我们补什么。"

12月18日，广州市政府专门召开“2002年广州市体育工作会议”，强调把举办高水平、影响大的国际性大型综合比赛作为提高广州市文化品味、城市综合竞争力的重要途径，并再次肯定了申办亚运会对广州市整体发展的重要意义。

会后，广州市体育局党委立即成立了“申办工作小组”。这标志着广州市正式全面启动了申办亚运的工作。“申办工作小组”由刘江南局长出任组长，方达儿副局长出任副组长，其他成员是从市体育局各部门抽调的水平高、能力强的干部。此外，工作小组还聘请了省体育局和国家体育总局若干有关领导作为顾问。

工作小组在元旦之后便挥师北上，前往北京开展一系列的申办前期准备工作。另外，广州市体育局已经把“申办亚运会和备战城运会”作为2003年工作的重中之重。

刘江南说：“工作小组的主要目的就是宣传广州市经济、城市和体育发展的综合实力，宣传广州市具备举办亚运会的能力；表达广州人民对申办亚运的强烈愿望；让国家体育总局了解广州市申办工作；希望能得到全国人民和国家体育总局对广州市申办亚运工作的支持。”

广州市是国内第一个向国家体育总局递交申办2010年亚运会报告的城市。当时，国家体育总局尚未明确表态，只是表示将在第二年（即2003年）2至3月份作出决定将由哪个城市申办，然后向亚奥理事会提出正式申请。至于全国有几个城市申办，亚洲其他城市的情况如何，市体育局其时也了解不多。“不管国内和亚洲各国城市申办的情况，我们主要是立足于本市的社会经济发展的综合实力，具备的体育场馆、设施情况、承办大型综合性运动会的组织能力以及广大市民的迫切期望而提出申办报告的。”刘江南说。

广州申办亚运会要想成功，必须得到亚奥理事会各成员的支持。在国内加紧筹备工作的同时，广东省和广州市领导也通过一切外交手段，向亚奥理事会成员宣传广州申亚行动。其中，副省长许德立的率团游说活动，取得了积极的成果。

在国家体育总局和外交部的高度重视下，广东省和广州市联手认真制定了申亚对外联络计划。从2003年10月开始，以副省长许德立为团长的申亚体育代表团，出访了马来西亚、印尼、印度、菲律宾、孟加拉、马尔代夫、科威特、沙特、卡塔尔、巴基斯坦等10个国家，会见了亚奥理事会主席艾哈迈德及10国的奥委会官员。还利用参加亚非运动会、东南亚运动会执委会、东亚地区奥委会论坛、南亚运动会等机会，想方设法分别与越南、老挝、新加坡、不丹、斯里兰卡等19个国家以及中国香港、澳门和台湾地区的数十名奥委会官员进行了交流，为正式提出申亚和全面启动申亚打下了良好的基础。

2003年11月12日，广东省政府和国家体育总局联名向国务院提交由广州市申办2010年亚运会的请示报告。国务院经慎重研究后，同意广州申办2010年亚运会。

2003年12月22日，中国奥委会副主席于再清透露，中国奥委会已正式递交了申办亚运会意向书。至此，广州申办亚运会的形势已经完全明朗。

征集理念口号，狂草“广州”将感动世界

在中国奥委会递交申亚意向书之后，广州申亚的各项准备工作开始有条不紊地展开。其中最关键、也最抢眼的一环，在于确定广州亚运会的申办理念、口号与标识——这代表着广州将向亚洲、向世界呈现一场怎样的亚运会。

在这个关键环节上，广州再次展现了其一贯的开放胸襟。2004年1月23日，广州市政府正式对外发布启事，公开征集申办第16届亚运会的申办理念与口号。

这份启事中写道，申请承办亚运会是广州、广东和中国的一件大事，将大力促进广州、广东和中国体育事业发展，有效提高群众体育、竞技体育和体育产业开发水平，积极推动广东“文化大省、体育强省”和广州“打造文化强市、创建全国一流体育城市”的建设；将加快广州建设现代化大都市的步伐，促进广州与亚洲各国和地区的交流与合作，提高广州的国际知名度。为此，广州市政府决定公开向社会征集广州申亚的理念、口号、办会标准和标识。

启事提出，申亚理念、口号、办会标准和标识要能够明确传递亚洲运动会的内涵，展示广州地方文化特色，体现广州、中国、亚洲和世界互相融合、共同发展的关系，具有较强的创造性、突破性和新颖性，能够达到令人过目不忘、引起共鸣的效果。

其中申亚理念要充分表达广州申办亚运会的出发点和申亚工作的指导思想。要求把握时代的主题，从亚洲和全球的高度审视亚运会，体现亚运精神及其产生的重要影响，语言

广东申亚标志——狂草“广州”

简洁、高度概括、内涵深刻。

申亚口号则要求简练传神，琅琅上口，能够准确传递广州申亚的理念，具有较强的心灵感召力和时代冲击力。

办会标准是指亚运会举办的规格、目标和承诺，启事提出要按照亚运会的办会要求和时代发展的需要，结合广州的实际，突出最能体现广州举办能力和水平的举措。

启事对于申亚标识的要求则是突出申亚的指导思想，寓意深刻，想象丰富；设计元素必须反映亚运会的内涵以及体育竞技的特点；具有广州鲜明的地方文化特色和广州人精神；具有强烈的时代感和艺术表现力；图案简洁、明了、大方，适合平面宣传的各种用途。

广州这份申亚“英雄帖”得到了空前热烈的响应。到2月3日的截稿日前，共有653位专业和业余策划设计人员参与了这次征集活动，他们当中有77岁高龄的老人，也有不满6岁的儿童；有专业的设计人员，也有业余的爱好者；有广州的各界人士，也有来自全国32个省市的热心支持者。负责收集方案的广州市文化局一共收到策划设计方案1233条（套），其中承办亚运会的理念、口号、办会标准748条（套），申亚标识485个。

2004年2月4日，征集活动刚一结束，广州亚申委宣传组就立即组织了省市体育、中文、英语、新闻传播、外宣、文化、社科、美术、广告等方面的权威专家，对这次征集的策划设计方案进行评选，并初步评出了入选承办理念6条、承办口号7条、办会标准4条、10套申亚标识入围作品，提交亚申委、省政府和国家体育总局做最终评选。

2004年3月21日，经过亚申委、省政府和国家体育总局的最终审定，广州2010年亚运会的承办理念、口号、办会标准和申亚标识正式对外公布。在入围策划方案、作品中选定最终采用的一套广州承办亚运会的理念、口号，为北京华点通国际顾问咨询有限公司苏珊博士等的策划方案，办会标准为综合各方面智慧的结果。其中承办理念为“合作、竞赛与发展”；承办口号为“动感亚洲，感动世界”；办会标准为“祥和亚运”、“绿色亚运”、“文明亚运”。

由盛世骄阳国际广告公司陈文舒、陈映东设计的狂草“广州”，则成为广州申亚标识。这一标识用狂草书出申亚城市“广州”，舒展自由，反映时代的节奏与动感；又似“2010”的数字组合，代表2010年亚运会。标识表达了人、运动、自然、广州的四层内涵，中间神来一笔如珠江穿越广州。标识还同时巧妙地运用线条的拟人化手法，表现出四种运动状态：艺术体操、短跑冲刺、划艇运动、跳远腾空。最突出的是一个女子艺术体操动作，腾空舒展，绸带环绕。标识整体色彩与奥运会标识颜色近似，使整个标志透出浓厚的健康环保、活泼动感的思想。

2004年3月31日，广东申亚代表团专程赴科威特亚奥理事会总部，递交了一份图文并茂、精致完美、充分反映广州综合实力及办会主题的《广州申办2010年亚运会报告书》，10天前刚刚诞生的广州亚运会的承办理念、口号、办会标准和申亚标识，都融汇进了这部报告书中。此时，广州的申亚工作已是万事俱备，只欠亚奥理事会评估团来穗考察这股东风了。

实地考察评估，花城魅力打动亚奥理事会

2004年4月14日，亚奥理事会考察评估团一行5人在亚奥理事会副主席、菲律宾奥委会主席瑟尔索·德里特的率领下，由马来西亚吉隆坡飞抵广州，对广州申亚工作进行了为期两天半的实地考察。

广州市长张广宁，运动员代表、世界举重冠军陈小敏，跳水世界冠军余卓成等到机场迎接，并在机场举行了简短的欢迎仪式。

2004年4月14日亚奥理事会评估团抵穗展开考评，当天下午在广州奥林匹克中心实地考察。

瑟尔索•德里特带领下，亚奥理事会评估团一行原定乘坐马来西亚航空公司班机抵穗。为了最大限度地体现广州的盛情和诚意，广州方面与亚奥理事会协商，争取到由总部位于广州的南方航空公司代表广州按VVIP标准“专机”迎接评估团。为此，南航专门从南航集团北方公司协调调用其空客321飞机。

南航股份公司客舱部在接到任务后，立即与吉隆坡航空食品公司联系，制定餐食方案。评估团成员对空姐推荐的广州特产——王老吉凉茶饮料十分感兴趣，喝了一杯又一杯；另外对机上特别配制的中式盖碗茶特别好奇。

在工作之余，乘务员不忘为广州“拉票”。评估团成员都是第一次来广州，对于空姐介绍的越秀公园、白云山和名闻天下的粤菜美食表现出浓厚的兴趣。

南航专机到达广州白云机场后。客舱门徐徐开启，身着制服的小学生手捧鲜花列队欢迎，军人仪仗队奏响了乐曲，省、市领导亲自登上机舱迎接亚奥理事会成员。

12时16分，货舱门开启，仅两分钟时间，工作人员已经完成6件行李的过关、检查等手续，将行李转装到花园酒店的贵宾车上。当亚奥理事会成员到达花园酒店，开启自己房间的门后，发现自己的行李已在“恭候”。

亚奥理事会评估团此行考察了天河体育中心、广东奥体中心、广州体育馆、新白云国际机场、国际会展中心、广东省疾病预防控制中心、地铁二号线、市公安局等九个相关场馆、设施，并听取广州八位陈述人英语推介，内容涉及城市特点、体育场馆、海关交通、住宿接待、公安保卫、卫生医疗、新闻通讯、财政和市场开发等八个方面，申亚陈述片也亮相陈述报告会。

评估团到广州的时间，恰好是“春交会”期间，尤其是本届交易会是首次同时在两个会馆举行，是历史上规模最大的一次，评估团成员对这个大型的交易会也表示了强烈的兴趣。虽然，在交易会期间接受考察，在交通等问题上带来一些困难，但能从另一个侧面反映广州的接待能力，因为交易会的参与人数并不少于亚运会。办好“春交会”，更能给评估团一个实在的印象：“广州一定能做好亚运会的接待工作”。

为了迎接评估团的考察，广州亚运会申办委员会提前召开动员大会，来自广州市各条战线的代表参加了大会。在会议上，广州市副市长李卓彬对城市环境、重点单位以及接待工作都作了细致的要求，还反复强调在迎评的过程中要注重“小细节”。因为评估团成员都是专业人员，从许多小处都能发现整个城市的本质。因此，小到市区中的垃圾箱、评估团下榻酒店的电梯等，都成了市长关心的问题。

广州市政府还对悬挂申亚标语作了新的要求。当时，不少单位都表现出对申亚的高度支持，纷纷挂起了自己制作的申亚标语或海报，但这些标语规格、形式不统一。广州市政府感谢社会各界对申亚的支持，但同时要求各单位赶紧除下自行悬挂的申亚标语或海报，接受市政府的统一安排。

经过一天紧张的考察，广州亚申委与亚奥理事会评估团15晚在花园酒店举行新闻发布会，评估团主席德里特对中外记者表示：“评估团对广州非常满意！”

德里特讲了三点感受。首先，在申亚各项工作上，广州表现出了一种追求完美的精神。其次，通过考察和陈述报告会，感觉广州的工作非常出色。第三，广州出色的工作无形中提高了今后申亚的标准。

瑟尔索•德里特等评估考察团成员亲眼目睹了一个充满魅力的广州，但对于握有投票权的绝大部分亚奥理事会会员来说，他们对于广州城市的直观印象可能大部分都得依靠申

亚宣传片。

按照惯例，每一个城市申请举办国际性体育会或赛事时，都要向该运动会或赛事的组委会提交一套内容详实的材料，说明自己的举办能力、可提供的条件和服务以及该城市的各方面具体情况。这份陈述材料里就有一份“利器”——5至10分钟的城市宣传片。

在广州最终确认申亚入选后，宣传片的筹备工作就紧张展开了。全市12家有资质、拍摄水平高、社会责任感强的公司开始了激烈的竞争角逐。根据他们提出的方案、制作理念和创意，第一轮选出了4家公司，第二轮确定了最出色的胜出者广州白马广告公司。

而对于宣传片的灵魂人物总导演的选择意见就非常集中，业内同行都一致推荐毕业后就在珠江电影制片厂工作的著名导演孙周，可谓众望所归了。因为他在广州生活很久，对于广州、广州人的生活非常了解，而且他在电影业、广告宣传业都有很高造诣，《漂亮妈妈》、《周渔的火车》等让人难忘，而著名的两生花等广告更将他的宣传片细腻、新颖的手法表露无遗。

拍摄组一共在广州市150多个景点取景，并最终确定新会展中心、上下九步行街、陈家祠、星海音乐厅等50多个最能反映广州新时代面貌、最具说服力的景点，涵盖了广州的

广州申亚宣传片。

衣食住行各方面，并且，前后动用了超过一万名演员参加宣传片的拍摄。

这部宣传片被分为长度不同的5个版本，从1分钟、2分钟、3分钟、5—10分钟等。拍摄完成后制作成短片，在广州地区的电视台分时段反复播放，在全城掀起广州申亚的热潮。而最严谨、最出彩的5—7分钟版本则安排在多哈播放给所有评委观看。

这部广州申亚片在视像形象上有一个鲜明的创意特色，就是由花与水这两个羊城独特的形象来带出一个最美的广州。花，广州是花城，四季如春，广州人爱花，更养成与花相伴的生活习惯。那些买早点时顺手买把花回家的老太太们，比情人节的花束更让人感受到广州人追求美好生活的情趣。而水，没有水的城市，就没有灵气，广州有珠江，水让广州划龙船、划艇等全民健身活动深入民心。

2004年7月1日，这段以“花”和“水”为主题的申亚宣传片，深深打动了亚奥理事会会员，他们用热烈的掌声为广州喝彩，也在掌声中将2010年亚运会的主办权交给了这座城市。

第二节

SHEN BAN CHENG GONG JIU SHI SHI LI CHENG XIAN

申办成功就是实力呈现

有人说，广州申亚成功，是赢得了一场没有对手的比赛。这是因为在亚奥理事会决定16届亚运会主办权的多哈会议之前，广州的竞争对手都已经退出了申办行列。于是在多哈会议上，广州做完申办陈述和答辩后，亚奥理事会直接取消了投票环节，改为由参会代表举手或鼓掌通过，将亚运会主办权赋予广州。

然而这一局面的形成，与其说是广州的幸运，不如说是广州的实力使然。

体育运动特别是重大国际赛事，不仅被赋予了特有的魅力，更拥有众多的消费者和观赏者。重大国际体育赛事的功能、价值和效应已经向体育以外的领域发展、蔓延，影响到社会组织的各个层面。正是由于国际体育赛事在政治、经济、文化、教育等方面的作用和意义远超赛事本身，众多城市和地区无不对奥运会、亚运会、世界杯等赛事不遗余力地竞标，争夺主办权的过程更像是一场战争，谁都希望成为最终的胜利者。由此可见，只有在政治、经济、文化、社会环境、安全保障、体育设施等诸多方面具有相当基础，以及具有组织大型活动的丰富经验的大都市才能最终成为赢家。

五大优势让广州脱颖而出

在广州申亚过程中，首先要做到的就是国内出线，第一步就要向广东省人民政府提出正式申请，第二步由省政府、国家体育总局、财政部、外交部四单位联合向国务院提出申办；第三步由国务院正式批准后，再由中国奥委会向亚奥理事会推荐，正式提出申请。当时，国内的上海和香港都有意申办亚运会。经过与香港的友好协商及随后上海申办2010年世博会成功，广州终于得到中央政府的批准，代表中国向亚奥理事会申办2010年亚运会。

与广州一道申办2010年亚运会的外国对手也都不容小觑。当时，约旦的安曼、韩国的首尔、马来西亚的吉隆坡都有意申办亚运会，形势十分严峻。不过即使与这些强劲的对手相比，广州的自身优势也很明显。

首先是时序、地缘的优势突出。从亚洲国家申办亚运会的角度看，2006年亚运会首次在西亚（卡塔尔）举行，西亚地区的城市继续举办2010年亚运会的概率很低，2010年亚运会重回东亚的可能性较大。而东亚地区集中了中国、日本、韩国3个经济和体育实力较强的国家，日本广岛和韩国釜山分别举办了1998年和2002年亚运会，这样2010年亚运会举办权极有可能在中国或东南亚国家的城市中产生。东南亚的泰国已举办过4次亚运会，其他

广州城市风貌。

东南亚国家的体育场馆也难以承受亚运会规模的要求。综合以上因素，广州申办2010年亚运会十分有利。从广州自身的实力看，广州是珠江三角洲的中心，珠江三角洲城市群与长江三角洲城市群、环渤海城市群组成了我国三大经济活力最强的地区，也是亚太地区的主要城市组团之一。因此，广州成为申办亚运会最具竞争力的城市。

其次是社会、经济实力雄厚。改革开放以来，广州的经济建设突飞猛进，2002年的GDP跃上3000亿元台阶，人均GDP突破5000美元，根据世界银行的标准，广州已达到中等收入国家和地区的平均水平。税收总额为969亿元，在全国各大城市中紧追上海、北京，排在全国第三位，其国税收入甚至超过河北、辽宁、四川等全省的国税收入。在中国共产党广州市委第八次代表大会上，广州市委提出，广州国内生产总值要继续以高于全国、全省的平均增幅快速增长，至2010年广州人均国内生产总值超过8万元，约折合1万美元，比2002年翻一番，基本进入发达国家水平。根据广州当年的经济实力、城市功能体系及体育规模以及这些方面的发展态势，完全可以达到举办亚运会的要求。

其三是有承办大型综合体育赛事的经验。广州于1986年和2001年先后承办了两届全运会，2002年承办了汤姆斯杯和尤伯杯羽毛球赛，国际奥委会主席罗格先生在观看九运会开幕式后对广州赞许有加。虽然筹备时间很短，但广州也将2002年汤姆斯杯和尤伯杯羽毛球团体赛组织得井井有条，得到国际羽毛球联合会的高度赞赏。这些都充分说明广州具备

广交会是广州的一大名牌。

武术等体育活动有着广泛的群众基础。

了举办大型体育赛事的能力。到2010年，为两届全运会修建的体育场馆稍加改造和翻新，完全可以服务于亚运会。同时，广州已连续举办过90多届“中国商品出口交易会”（俗称广交会），在外事接待、活动组织等方面积累了丰富经验。此外，广州还有其他方面的优势：建城2000多年，拥有悠久的历史和文化底蕴；是珠江三角洲的中心；拥有几十所高等院校，在校大学生达数十万人；更为重要的是，广州有强大的中国作为申办、筹办和举办亚运会的坚强后盾。广州市委、市政府在2002年确定了“多办体育大赛，为申办亚运会造势”的指导方针，到2010年广州举办大型体育赛事的软、硬件条件将会更上一层楼。

第四个优势是有广泛的群众体育基础。2002年，广州人均每月体育消费达到139元，比北京、上海、武汉、成都四市2002年人均体育消费的平均水平多46元。而广州市体育局统计表明，2000年，广州市各类体育场地6666个，人均占有公共体育场地面积为2.72平方米，大大超过了国家人均占有公共体育用地面积1平方米的指标，居全国省会城市前列。1996年9月，广州建成并开放了全国第一条免费健身路径，2004年全市共有健身路径330条。六运会、九运会、汤姆斯杯和尤伯杯羽毛球赛、中巴足球对抗赛均有良好的上座率，充分反映出广州市群众体育的基础和庞大的体育市场需求。

具包容性的文化特质，也为广州申亚添分不少。广州与中国乃至亚洲许多城市不同的就是她在历史上就有着东西合璧、兼收并举、广阔包容的文化特质。广州不仅在华夏文明方面一枝独秀，而且还成为世界上集东西方历史、文化、宗教于一城的最有包容性的大都会之一。 仅就宗教而言，佛教、道教、伊斯兰教、天主教和基督教等世界几大宗教都先后进入广州，并在这里和平相处，共同发展。这些宗教在广州发展演变，并与广州传统的文化相融合，形成诸多具有民族特色及地方特色的教派和宗教文化建筑遗迹，主要遗迹有光孝寺、华林寺、怀圣寺、三元宫、东山堂等。 由于广州是多种文明和文化的最佳结合之所，具有丰富的历史和文化底蕴，如果亚运会能够在广州举行，广州将会向世人充分展示其独特的文化魅力，亚洲各国和地区也可以在广州找到他们各自的文化根源，从而真正感到宾至如归。另外，广州包括方言文化、饮食文化、音乐文化、戏曲文化、武术文化（南拳、南狮、李小龙故乡等）、艺术文化等在内的独特的岭南文化在亚洲乃至世界上，都具有巨大的吸引力和影响力。

市民支持为申亚成功提供强力支撑

广州千万市民的踊跃支持，更为广州申亚成功提供了强力支撑。 2003年12月国务院正式批复同意广州申办2010年亚运会之后，广州市曾作了一次民意测验。结果显示，98%的市民都支持广州申办亚运会。2004年，在申办工作进入最关键的时刻，广州市民以不同方式表达其强烈的愿望，随着申亚的推进，广州人对亚运会的认识在一步步加深，广州人申亚的热潮一浪高过一浪。

2004 年 3 月，由南方报业传媒集团发起的“支持广州申亚，争做文明市民”签名活动席卷羊城，让我们截取当时的几个典型镜头，看一看当时广州市民对广州亚运会的热烈期待。

时间：2004年3月28日　　地点：广州购书中心　　参与者：广大市民

镜头1　签名相约六年后看亚运

周末的广州购书中心是全市人流集中地之一。“支持广州申亚，争做文明市民”签名活动在购书中心西门举行，从上午10时开始，前来签名的市民络绎不绝。

10时30分，签名处来了两名笑容特别天真无邪、长得像孪生姐妹的小女孩，

一名中年妇女一左一右牵着她们的手到购书中心买书。她们是在同一家幼儿园上学的小伙伴。在大人的鼓励下，两名小女孩有些艰难地抓起大大的签字笔，分别写下自己的名字：“麦梓琳”、“黄泳思”，写完还调皮地吐吐舌头。麦梓琳小朋友告诉记者，她和小姐妹今天4岁，要是6年后广州真的可以举办亚运会，她们已经长大了，到时就要去看比赛了。

镜头2 一脸甜蜜签上爱人名字

10时45分，一位与同伴来购书中心的小伙子看到支持申亚签名的横幅后，走到签名台前“刷刷”两笔就签上自己的大名，主办方刚想向他表示感谢，只见他又俯下身去一笔一划地写了起来，一边写一边洋溢着甜蜜的笑容。原来，这位小伙子不仅签上自己的名字，还把自己不在现场的女朋友的名字也写上去了。

而一位姓谢的巡警当时正好在购书中心巡逻，被大家的热情感染，他趁着休息的空当，也在红布上签下两个名字。写完后，他笑着说：“这是我女儿的名字，让我女儿也为申亚出份力吧！”几名保安员在观察一番后，也跑过来签了名。

镜头3 直抒胸臆写下“I LOVE GZ”

听说是为了支持广州申办亚运会，不少路人都驻足握笔在名字密布的红绸布上找空隙签名。有人在挥笔留下自己的名字后，还热情地加上祝福语，一位微胖的先生提笔就来了段经典英文“I LOVE GZ(我爱广州)”，看到周围的人都对他的直抒胸臆大声叫好，颇感得意的他竟然忘了签上自己的名字就乐呵呵地走了。

时间：2004年3月28日　地点：广州寿星大厦　参与者：百岁老人、老华侨

镜头1 百岁老阿婆 早起等签名

签下一个名字，许下一片心愿。当天，2200多人在寿星大厦参加了万人签名支持广州申办亚运会活动，同时许下了“广州申亚成功”的美好祝愿。

“我要活到2010年，看广州举办亚运会。”106岁的吴阿婆在签名时根本不需要护工陪护，只见她不慌不忙地签下自己的名字，显得耳聪目明。吴阿婆一边签名一边大声说，她知道广州“申亚”就是指申请举办亚洲最大的体育运动会，报纸上有，电视上也有。“我是广州人当然要支持了”。

出生于1901年的黄婆婆，由于中风后遗症引起行动不便，她今日上午坐在轮椅上，由护理人员把她送到签名现场，婆婆要护理人员握着她的手在上面颤抖地签下了自己的名字。一旁的护工说，黄婆婆昨天知道有签名活动，上午7时许就起床了，嚷着要来等签名。

镜头2 八旬老华侨 签名表身份

“这位是陈伯，80岁了，是美国的归侨。”寿星大厦的负责人杨先生特意指着一位老先生说。陈伯签名时，拿笔的手有些颤抖，他很认真地把自己的名字签上，并特意把自己美籍华人的身份也写在红绸布上。他告诉身边的人，要藉此突出自己的赤子之心。“北京在2008要举办奥运会，当然希望广州这次申亚成功，这样的话，中国的一南一北都分别举办国际级的体育盛会，两者互相媲美，相得益彰，如此好事我哪能不支持呢？”

镜头3 阿婆不识字 找人代签名

签名现场中，有些老人不识字，还有些视力很弱或者手有病痛写不了字，但他们支持广州申办亚运会的热情同样高涨。一名84岁的老婆婆因为不识字，在台前拿着笔不知该怎样下笔，后面又有人在催，阿婆急得团团转，现场采访的记者赶紧走过去帮阿婆把她的名字签了。阿婆看到自己的名字已经成功“落户”红绸，紧皱的眉头立刻像鲜花一样盛开了。

由于签名的老人很多，笔却只有几支，数名老人等不及，跑到宿舍拿来了笔。

镜头4 青年志愿者 抽空来签名

签名活动刚开始不久，现场就时不时跑来几名学生，在红绸上郑重其事地签上名字。原来他们是广州司法警官学院的学生，周末来寿星大厦做志愿者，帮助老人做点事情。从报纸上看到本报要来寿星大厦举行万人签名活动，他们早早就做好准备等候签名。一名陈姓学生悄悄说，今天他们学校只来了50名志愿者，很多同学还没有签名机会，他在签名时一口气替其他没有来的同学签下了8个名字。连广州友好医院的医生、护士也闻讯赶来签名。

时间：2004年3月28日　　地点：农林下路　　参与者：购物市民和附近商场、档口的老板、员工等

镜头1　脖子夹伞腾手签名

签名台面刚刚摆开，老天就开始下起了小雨，但是，打着雨伞的市民看到悬挂的签名横幅后，大部分都会停下脚步。于是，签名台前就出现了这样的情景：几个市民围在台前，一手抻平红布，一手持笔签名，同时歪着脑袋用脖子夹住雨伞。

来自北京的邓先生毫不含糊，在红布上龙飞凤舞地签下自己的大名。邓先生说自己这次是来参加广州的公务员考试，感觉广州的城市氛围很好，在这里签下姓名，是为了支持广州申亚，同时也希望自己有机会做一名真正的广州市民。

镜头2　领导员工一起出动

签名台就设在王府井商场门口，得地利之便的王府井商场从领导到员工都纷纷出动。来到签名台前。一时间，穿着统一制服、戴着一样胸牌的商场员工成为本报签名现场一道特殊的风景。

除王府井外，附近麦当劳和其他店铺的员工也赶来签名。由于人手不多，这些店员多是轮流出来签名的。他们从店里冒雨跑出，飞快地签下名字后再匆匆返回，还不忘对记者报以微笑。

扎实有效工作令广州成唯一的候选城市

自身实力的强大和扎实有效的申办工作，最终让广州以不战而屈人之兵之势，昂然出线。2004年3月24日，首尔首先宣布放弃申办2010年亚运会，理由是2002年釜山刚办过第14届亚运会，韩国政府反对隔一届后再次举办。一周之后，约旦政府考虑到第15届亚洲运动会已经在阿拉伯国家举行，指示安曼也退出了申办行列。同年4月14日，由于马来西亚政府内阁认为举办亚运会的费用过高，吉隆坡也宣布放弃申办。至此，广州成为了申办2010年亚运会唯一候选城市，并最终顺利拿下2010年亚运会承办权。

虽然最后一个竞争对手吉隆坡也宣布退出，广州依然以“不可松懈”自勉，因为即便此关轻舟已过，但从此迎面而来的问题，却并不简单轻松。

在多哈，有记者问张广宁：“广州是此次申亚的唯一城市，如果获得承办权，这样顺利的特殊情况会不会影响广州举办亚运会的水平？”

张广宁明确回答：“不会影响，我们有信心举办出高水平的亚运会。实际上，我们在4月下旬亚奥理事会评估团到穗考察之前，已经得到有关对手退出的信息，但是广州整个工作一点都没有松懈。我们反而更加认真地做好它。为什么？关键是广州应该通过这个机会向亚洲、向全世界展示改革开放20多年来取得的成果，展示广州申亚具备的硬件和软件环境，促进亚洲各民族文化的交流，增进亚洲各国各地区人民的友谊，促进亚洲体育事业的发展，同时，向亚洲各国展示广州是一个朝气蓬勃、富有生机与活力的城市。评估团最后对我们的评价很高。在他们离开后，我们又组织了3个代表团出访其它亚洲国家，一个一个地认真拜访，去宣传广州申亚的态度和措施。我们这样做的目的是告诉亚洲各国，广州是凭实力去争取获得亚运举办权的。这些亚奥理事会的会员们都很感动，他们说现在广州是在自己与自己挑战，他们将支持广州。”

广州申亚成功充分说明，对于申办城市而言，诚意、综合实力和巨大的发展潜力三者缺一不可，当今体育赛事成功举办正是城市综合竞争力的体现。

第三节

ZHU BAN QUAN JIU SHI FA ZHAN QUAN

主办权就是发展权

“真正把亚运办成祥和亚运、绿色亚运、文明亚运。同时广东人民要以亚运会为契机，加快发展、率先发展、协调发展。”这是2004年7月1日申亚成功之后，广东省省长黄华华代表广东和广州许下的庄严承诺。

亚运之舟扬帆起航，世界的目光聚焦广州，亚洲的期待系于广州，国人的祝福送给广州。

6年之后，广州没有辜负世人的期盼，为世界奉献了一届规模空前、精彩绝伦的运动盛会，也重新为亚运会塑造了一座历史丰碑。

抚今追昔，6年的风雨兼程，亚运之舟承载的远远不止是广州的城市梦想，还有广东在中华民族伟大复兴大潮中继续领潮争先的使命，以及中国构建和谐亚洲的共同理想。

亚运会是广州突破发展瓶颈的智慧选择

早在亚运会第一次来到中国之前的1989年，广州就凭借轻纺、家电制造等轻工业的迅猛发展而在经济总量上跃升全国“第三城”，并将这一地位一直保持到今天。

然而在第三城的光环下，一系列现实落差却在20世纪90年代灼痛着广州，令这座城市的主政者坐立不安。

1999年，《新周刊》杂志推出了一个颇受关注的中国城市魅力排行榜，广州被评为“最说不清楚的城市”。“马路永远是那样拥挤，塞车塞得人都麻木了……要在广州的城区里看到蓝天却是一件不容易的事。”榜单开出的评语寥寥几句，道出了当时这座城市带给人们的纷乱印象。

这座具有2200多年建城史的城市，本拥有岭南城市的独特风貌和山水交融的城市形态，但随着现代经济的发展，历史的财富似乎变成了包袱。

这种发展困局在上世纪90年代末更为凸显。1996年的第十五轮“广州市总体规划”急于寻找发展空间，在“云山珠水”自然格局的框架下，广州谋求向东、北两翼发展，这一举措仍然以旧城为中心，“摊大饼”式的开发模式导致旧城密度居高不下，引发了一连串城市发展危机：千年古城的传统格局一度被蚕食和破坏，高层建筑在古旧华美的骑楼街巷里遍地开花，高架桥沿着老城区繁华商业街生猛穿梭。为了不被其他城市甩掉，广州不得不一件件丢掉历史的遗产，结果却发现不仅没有创造出像深圳和上海浦东那样崭新的现代城市风貌，反而失去了历史遗留给它的美丽和优雅。

美丽与优雅还在其次，更关键的是：广州的城市地位正在下降——改革开放以来，广州和珠三角其他城市一样经历了前所未有的增长，但广州在同整个地区一起享受高速发展20年后，却突然发现自己在区域中的领导地位正在降低。上世纪80年代，广州在珠三角的GDP总额中可以占到近44%，但随后这个比重持续下降，而深圳、珠海等新兴城市的比重则明显上升。

“当时的广州只有两个选择，要么是衰落沦为一个区域中的二流城市，要么就是重新崛起再现往日的辉煌。”中国城市规划设计研究院曾在当时做过一份《广州总体发展概念规划研究》，一针见血地指出了广州当时面临的巨大挑战。

城市空间局促，是广州在上世纪90年代末面临的最大困境。不论是产业项目还是大型基础设施，都面临着无处布局的束缚。而2000年的行政区划调整为广州城市空间拓展创造了难得的历史契机。番禺、花都两市撤市设区，这一调整使广州市区面积从调整前的1443平方公里跃升至3718.5平方公里，面积增加了近两倍。如果加上广州代管的县级市增城和从化，广州总面积达到7434.4平方公里。

“机遇总是给有准备的人！”这句话同样适用广州。这次，广州抓住区域调整的契机，在全国率先开展了城市总体发展战略规划的研究。2000年6月，清华大学、中国城市规划设计研究院、同济大学、中山大学和广州市城市规划勘测设计研究院等五家国内著名规划设计单位齐聚广州，共同为这座城市把脉问诊，描绘蓝图，最终形成了《广州城市建设总体战略概念规划纲要》。

2000年的战略规划，明确了广州城市空间结构应从单中心向多中心转变，采取“东进、西联、南拓、北优”的发展战略。八个字高度浓缩了广州空间发展策略，明确了未来十年广州城市空间治理的核心是“向外拓展”，为产业升级提供土地储备，为提高城市竞争力奠定空间基础。

战略规划为广州搭起两条重要的城市拓展轴，一个是“东进轴”，规划以珠江新城和天河中心商务区拉动城市商务中心功能东移。另一个是“南拓轴”，地铁四号线和京珠高速公路的定线，串联起一批基于知识经济和信息产业的新兴产业区，从广州科学城、琶洲国际会展中心、广州生物岛、广州大学城到广州新城、南沙经济技术开发区、南沙港，可以提供约200平方公里区位优良的城市用地储备。

战略规划实施三年后，中国科学院院士、中国工程院院士、原建设部副部长周干峙再次来到广州，当他看到新机场、琶洲会展中心等一批重量级项目在城市空间拓展的过程中落子布局且初具规模，不无感慨地说："广州的空间已经拓展开了，从北到南，这个发展轴的建立就像给广州撑起了一个新的脊梁骨，有了脊梁骨，才可以健康发展。"

与此同时，广州已在脱胎换骨。

1998年下半年，中共中央政治局委员、广东省委书记李长春和省委副书记、省长卢瑞华亲自带队，率团前往上海"取经"。几经比对，再三掂量，1998年7月31日，省委省政府在广州召开城市建设现场办公会，李长春审时度势地提出广州市要以解决城市市容脏乱差和交通堵塞为突破口，努力实现城市建设管理"一年一小变，三年一中变，到2010年一大变"的目标。

"小变"使广州"脏乱差"的城市环境面貌得到了根本性的改观，市容市貌焕然一新。当时的民意调查结果显示，有93.5%的市民对"小变"表示满意。

随后，广州又吹响了"中变"的号角，逐步开始了从以整治为主向以建设为主过渡的城建工作重心转移，构建、完善由高速路、快速路和交通主干道组成的城市道路网络，搭建起广州作为现代化区域中心城市的"骨架"。

"小变"与"中变"，疏通了广州的血脉、强健了广州的筋骨，也让广州越来越有信心重拾珠三角龙头的荣光。随着新世纪的到来，整个广东都开始面临发展放缓、后劲减弱的问题，作为省会和南中国最大的中心城市，广州必须承担起引领珠三角突破发展瓶颈的重担。

跨入新千年后，随着我国加入世贸，经济全球化、一体化步伐大大加快，知识经济飞速发展。作为外向度较高的广东经济，在率先基本实现现代化的总目标下，迎来新一轮的经济发展高潮，但是，广东发展的"天花板"现象已然初现。

广东依靠人力和土地成本优势，吸引外资进入了轻型、劳动密集型产业，到了上世纪90年代中期，数万家珠三角工厂中大部分依靠廉价的人力成本参与国际竞争。进入上世纪90年代，欧美、日韩台企业向珠三角转移IT零部件和装配，直至迁入整机制造业，增加了广东资本、技术密集型产业的比重。

1998年7月30日，李长春、卢瑞华和黄华华等省领导在广州城建现场会上了解广州珠江新城的规划情况。

这两次向珠三角的产业大转移，奠定了广东制造的地位，广东相继形成了服装、皮革、玩具等传统产业集群和电子、电器、汽车等新兴产业集群。

但“经济总量最大并不等于竞争力最强”，广东省社科院的学者曾用“综合竞争力”这个指标来分析广东的未来，这个指标综合了“增长后劲”和“发展水平”两大项。

广东省社科院本世纪初的一项评估报告显示，沿海各省市中，山东的增长后劲最强，广东紧随其后。受“外源型、低附加值”产业转型影响，广东的增长后劲从2001年起即开始凸显颓势。相对应地，2004年山东增长后劲的崛起则得益于大规模的固定资产投入。

另一项“发展水平”指标，浙江省位列榜首，广东再跌至第三。结果在最终的沿海各省“综合竞争力”排名中（不包括直辖市），广东仅以微弱优势保持了沿海龙头的位置，江苏紧逼其后，山东和浙江分列三、四。更值得广东警醒的是，广东的人均GDP低于浙江省近3000元人民币。

“粗放型基础上形成的增长速度放缓、后劲减弱，表明广东传统的经济发展模式已经到了难以为继的程度。”评估报告如此警示。

庞大的经济规模掩盖了广东经济另一个巨大的缺陷——面向国内市场的本土企业发育不良，在广东省社科院公布的报告中，这种企业被称为“内源型企业”。

在本世纪初，平均每1万个广东人拥有2家内源型企业，但每1万个浙江人则拥有7家。100年前，可不是这样的局面。1872年，华侨陈启沅在广东创办的缫丝厂成为中国近代第一家工厂。到1906年左右，在“使用机器”的中国363家近代工厂中，广东占了三分之一。

不仅在数量上处于下风，广东企业的竞争力也堪忧。广东2万余家内源型企业中，有相当比例的企业习惯于“香港人拿订单、广东人管生产”的运营模式，换句话说，这些企业只管生产不管市场。

巨大的竞争压力还来自于广东省以外源型经济为主导的粗放型经济增长方式。

随着广东经济的发展和资源的消耗，低成本优势正在丧失，电荒、地荒、民工荒纷至沓来。一旦这一优势丧失殆尽，外资必将转向成本更低的中国内陆或者东南亚其他地区。

与此同时，过高的外贸依存度使得广东受外部经济形势影响很大。“人民币升值、国际投资的转移、国际贸易争端，都会产生放大的负面效应。”

经过“十五”期间的发展，珠三角地区的GDP超过18000亿元，能够提供的土地与环境资源已经相当匮乏，广东的一些镇（区）的可供土地几近枯竭，

由于选择了外源型经济发展道路，广东还需要解决在工业化初期留下的难题：如大量洗脚上田农民的切身利益问题，大量外来人口的社会权益与保障问题。

面对遭遇到的发展瓶颈，广东迫切需要在全球化的语境下寻求新的发展引擎。

专家为广东开出了不少药方，关键之一就是要充分发挥中心城市的“龙头”带动作用。为此，广州必须要打造成区域性现代服务业中心、国际商务会展中心、亚洲物流中心、国内先进制造业基地、华南科技创新中心。

历史车轮滚滚向前，社会经济高速发展，广州要走向现代化大都市，要成为引领广东突破发展瓶颈的中心城市，需要一个巨大的舞台。2008年北京将举办奥运会，2010年上海将举办世博会，亚运会自然就成为广州的必然选择。

在北京成功举办2008年奥运会之前，中国呈现出上海、北京、广州、深圳3+1城市竞争的格局。中国社科院2004年发布的一份“中国城市竞争力”调查报告中指出，中国城市综合竞争力前 4 位的城市排序依次是：上海、深圳、广州和北京。在现阶段的城市竞争中，北京并未处于领跑者的位置上。但北京2008年奥运会的成功，将使得北京在未来几年的建设速度超过其他城市。如果广州申办亚运会取得成功，将使广州以亚运会为契机，提高城市综合竞争力，强化广州作为区域性国际中心城市的地位。

在广州申办2010年亚运会时，上海已获得世博会主办权。世博会不仅有利于上海经济持续快速增长，同时也将成为推动中国经济增长的重要“引擎”。世博会素有“经济奥林匹克盛会”之称。举办世博会，不仅给参展国家带来发展的机遇，扩大国际交流和合作，促进经济的发展，而且给举办国家创造巨大的经济效益和社会效益，宣传和扩大举办国家的知名度和声誉，促进社会繁荣和进步。

上海世博会后来的成功举办印证了这些。

从2001年上海世博会申办之时起，上海社科院研究员卢汉龙就作为专家组成员开展一系列世博问题的研究。对世博会在物质方面留给上海的最大遗产，他认为筹办世博使上海的城市建设提前了15年。

在取得世博会举办权后，上海市投巨资进行城市建设和环境整治，坑坑洼洼的路面得到了翻修，几千万平方米需修缮的房屋得到了统一修缮。此外，上海世博在单日客流创下

上海夜色竞艳静候世博

103万纪录时，未出现大规模的交通拥堵也得益于上海公共交通网络的飞速发展。筹办世博会期间，上海的轨道交通网络从原来的50多公里增加到了420多公里。据统计，世博期间，90%左右的游客通过公共交通到达园区。

在寸土寸金的上海，绿地和群众大型活动场馆十分稀缺。世博园区在策划之初就将可持续发展理念落实到园区选址、场馆空间布局、交通组织、新能源示范、绿地系统和景观设计、场馆后续利用以及周边地区环境整治等各个方面。根据上海市政规划，一轴四馆的保留，连同世博公园和后滩公园，将为上海中心城区绿地和群众活动场馆扩容。世博园区将融入上海主城区，成为一个国际金融和创意产业中心。

世博举办期间，上海市市长韩正曾给前来“取经”的外地官员讲课时说，要说当期的投入和产出，上海不赔不赚，但上海赚了个长远发展。

世博给旅游业带来的经济效应率先显现。据国家旅游局在上海世博会闭幕后公布，世博会带来超过800亿元的直接旅游收入，对长三角地区旅游及相关产业拉动作用尤为明显。

据2004年的一份分析显示，以申博为引擎、以浦江开发为起点的一轮新的投资热潮，对未来一段时期的上海经济将起到明显的拉动作用，从而给中国创造相当多的就业机会。在世博的作用下，综合实力的加强将赋予上海更大的优势，未来几年上海经济将以更快的速度增长。据有关专家测算，每增加1000平方米展览面积，可创造近100个就业机会，1996年汉诺威世博会就创造了10万个就业机会。申博成功，为上海带来大量就业机会。同时，申博成功所引发的“会展经济”更能带来滚滚商流、物流、人流、资金流、信息流，其利润率高达20%至30%。

可以看出，上海举办世博会有利于提高中国的国际地位，改善中国的投资环境，促进消费需求，还会带来额外的税收等。

事实上，2010年上海世博会，与2008年北京奥运会一起，成为新世纪之初推动中国发展进步的“双引擎”。飞转的“引擎”，大大提高上海的开放程度，使之更好地与世界融合。

他山之石可以攻玉。对广州而言，通过亚运会来提高广州城市国际影响力、提高国际形象，并以此展示广东、中国的改革开放成果，无疑是突破发展瓶颈，走向转型升级的智慧选择。

6年之后，广州用跨越式的发展成就阐明了当年申亚决定的明智。广州不仅主要靠一座城市的财力和市场运作，举办了一届史上最大规模的亚运会，城市经济总量还成功突破1万亿元大关。

更加难能可贵的是，在这场跨越中，广州的经济不是单纯的量的扩张，而是快速走过了轻型工业、工业重型化再到向后工业化时代迈进的艰难转型。2010年广州第三产业比重已达61%，服务业比重在内地城市中仅次于北京，居第二位。以先进制造业和现代服务业“双轮驱动”的现代产业体系也已经初显成效。未来，作为国家中心城市的广州，将以国际商贸中心和国际文化中心为平台，更多地代表国家参与国际竞合，并进一步跻身全球顶尖城市圈。

广州亚运会，已成为广州撬动未来发展目标的第一个支点。

亚运会是广东率先发展的辉煌展示

从来没有一场盛会的开幕式跳出体育馆的窠臼，而以江河为舞台，并将整座城市作为背景。但广州亚运会做到了。

从来没有一场盛会的开幕式将“水元素”展现得如此灵气和极致。但广州亚运会做到了。

以珠江为舞台，以城市为背景；以水为灵魂，以舟为意象；从一滴珠江之水到滔天巨浪，从一艘芭蕉小船到巨型帆船，广州亚运开幕式开启了一场璀璨的岭南文化扬帆之旅。

大陆文化和海洋文化的交融孕育了岭南人敢为天下先、兼容并蓄的性格，经历30多年改革开放的淬炼，经过30多年持续领跑中国，敢为天下先的创新和魄力也已内化为一种广东使命和核心气质。这便是亚运开幕式所呈现的整体气质。

亚运会开幕式上的石破天惊之举，是广州亚运会以创新求突破、以突破成就卓越的最为绚丽彰显。

在这场“最好之一、顶尖之列、精彩纷呈、巨大成功”的开幕式树立的标杆背后，一系列创新实则为各地其他盛会的迎办提供了极具价值的广东经验。

从迎办亚运会的财力来源、亚运场馆的布局以及赛后利用到亚运城的建设模式，一系列突破性的创举必将载入亚运史册。

除了三个协办城市，广州亚运会的比赛场馆辐射了全市十区两市，虽然略显分散，但在赛后，这些凝结着岭南风貌和智慧设计的优质场馆，将在最大限度上方便市民使用，全民健身功能将更为有效。除了节俭办亚运的考虑，在佛山、东莞、汕尾的比赛场地，展现的则是广州携手兄弟城市共谋发展的“大哥”风范。

亚运城的开发建设则另辟蹊径地采用聚合式的创新模式。广州亚运城不仅包括传统意义上的亚运村——运动员村，还包括技术官员村、媒体村、主媒体中心、后勤服务区、体育馆区及亚运公园，一共七大功能区，有效实现了城市各功能建筑的综合配套。由“村”而“城”，亚运城开创了亚运会非比赛场馆集约建设的新模式。

办盛会，也办城市。亚运会令广州的城市建设提速5—10年，而广州城市的“大变”

中共中央政治局委员、省委书记汪洋在省委常委、广州市委书记张广宁陪同下到黄埔涌检查水环境治理情况。

则是亚运会成功的坚强后盾，二者相辅相成、互为支撑。

如同开幕式的雄奇尝试，广州和广东意在以现代的城市营销理念，去重塑、推广一个地区乃至一个国家直接呈现出的开放形象，这不仅是一种魄力，也是城市经营理念上的一大跨越。

“迎接亚运会，创造新生活。”这是中共中央政治局委员、广东省委书记汪洋对广州迎办亚运会的明确要求，也是广州迎办亚运会的根本目的所在。

天更蓝了，水更清了，路更畅了，房更靓了，城更美了。

广州的巨变令亚洲赞叹。以珠江新城为代表，一个全新的广州，声名更盛。

办亚运，也办城市。广州亚运会的成功，并不仅仅体现在赛场之上，更体现在广州通过亚运实现了城市发展的大跨越。

以亚运为契机，广州空间布局从外延式扩张走向内涵式优化，珠江岸边形成的珠江新城、琶洲、白鹅潭等六大功能区已惊艳亚洲。而通过实施“退二进三”和“腾笼换鸟”，加快建设现代产业体系，加快发展现代服务业，现在的广州已迈向后工业化时期，从原来以轻工业、加工业和服务业为主逐步转变为轻重工业协调发展、现代服务业增长迅猛、核心产业竞争力不断增强的国家级中心城市。

以亚运为契机，结合10年“大变”，广州的城市建设和管理理念也逐步走出“重物轻人”的传统思路，进而转向以人为本、见物见人、注重公共服务的现代化轨道。

广州的亚运圆梦之旅，落点始终紧扣民生。

“亚运会上运动员打破多少世界纪录，这不是广州最关心的事。办亚运归根结底，是为了让城市、让生活在城市中的市民生活更美好。”省委常委、广州市委书记张广宁这样评述办好亚运会的意义。

广州市长万庆良说，通过亚运会，广州力图去描摹的是一个个与时俱进的美好愿景，一幅经济发展、环境优美、民主健全、科教进步、文化繁荣、社会和谐、人民富裕的现代“清明上河图”。

也正因为广州亚运会上弥漫的民生氛围，有人评价说，北京亚运会的全民奉献和关注，体现的是国家荣誉和意识，广州亚运会则鲜明地显示出民本取向和民生意识。

如今，广州亚运会已经切实融入百姓生活的种种细节，并更新了整座城市的生活方式。这种变化广州人是感同身受的。

“广州办亚运，市民像过节。”亚运会开幕前夕，在广州考察的国务院总理温家宝看到市民的生活因亚运而变，不禁欣慰地说。

可以看出，广州迎办亚运的过程，与加快转变经济发展方式、建设广州美好家园、提升市民素质和城市文明程度以及提高市民群众的幸福指数实现了完美契合。

迎亚运、办亚运的精神、状态、理念，也被汪洋书记概括成为了七个字：“敢想、会干、为人民”。这将是广州未来发展的一大宝贵财富。

这实际上是科学发展观在亚运会上的深度演绎，也是广州乃至广东推动科学发展的点睛之笔。当中国理念注入亚运精神，亚运会的内涵也得到进一步的丰富和强化。

“五个更”是与时俱进的，是没有止境的。从“面子”到“里子”，创造新生活的过程，实际上就是经济转型升级、城市建设转型升级、思想观念转型升级，推动科学发展上水平的过程。

回顾历史，世界各国办奥运、

其乐融融的群众休闲生活

办亚运，无一不是国家经济发展到一定程度时，通过办体育盛会向全世界展示自己，进而促使自身经济社会进一步向更高形态发展的重要标志。广州办亚运，也是建立在经济社会发展到一定程度、具备了向世界展示自身实力的强大基础之上，更高远的目标在于让全世界关注广州，让广州在世界范围更好地配置资源，促进自身更好发展。

正如亚运开幕式上滔天巨浪和巨型帆船所昭示的，广州傲立新一轮科学发展的潮头，扬帆出海。

未来广州，将坚持以科学发展为主题，以转变发展方式为主线，紧紧围绕加快建设国家中心城市的总目标，以建设国际商贸中心和世界文化名城为突破口，持续深化“创造新生活”主题活动，建设全省宜居城乡“首善之区”，整体提升城市的国际竞争力和影响力，努力建设全市人民幸福生活的美好家园。

“亚运之舟”已经“起航”。这是广州雄心的宣示，也是广东进一步深入科学发展、先行先试的一次动力集结——广东，科学发展、先行先试大旗已经高擎，未来的珠三角超级城市体将在“大哥”广州的带领下，以一体化的姿态加快转变发展方式，跻身全球顶尖的城市圈。

与这座城市的外在形象一同变化的，还有传承2000余年的广东精神。

悠长的历史和岭南文化独有的人文气象，塑造了广州人开放、兼容、平和、务实的性情，进而凝结成“敢为人先、团结友爱、奋发向上、自强不息”的广州城市精神。

这是广州亚运会之所以散发出迷人的岭南气息的文化基座。在一座城市和一场盛会的深度互动中，展现出的亚运精神，升华了广州的城市精神。

59万倡导“奉献、友爱、互助、进步”的亚运志愿者，是广州亚运的信使，也是文明广州的信使。他们甘于奉献的坚持总是给人一种感动的力量，这种力量是对文明和秩序的引导，对不文明的一种约束。

他们已成为广州的一张靓丽名片，热心的读者正准备给他们取一个响亮的名字——“绿羊羊”。

在广州亚运会上，广州人的好客、广州人的微笑令亚洲宾朋动容。有人为外国客人让座，数千户家庭干脆将他们请到家里做“沙发客”。

亚运期间，在广州大街小巷，广州给全世界留下了最美的笑脸。广大来宾切身感受到东道主良好的精神风貌和文明素养，展示出了广州开放包容、热情好客的良好形象。

创造新生活的过程也是一个阵痛的过程。交通堵塞、穿衣戴帽扰民、绿化投资不合理……在迎办亚运会的过程中，民生工程的大规模集中推进也次生了一些不利民生的现象，因而饱受批评。

广州向来是一个经得起批评的城市。面对市民的诉求，广州的决策者从善如流，积极改进。

2009年10月，一首改编自《北京欢迎你》的小曲《广州欢迎你》在网络上广泛流传。这首歌道出了羊城市民的共同心声，也极大地“刺痛”了政府部门。

当月23日，省委常委、广州市委书记朱小丹公开表示，这首《广州欢迎你》基本是事

迎亚运新生活

实，并代表市委市政府，就广州连续大修主干道造成交通堵塞影响公众出行，公开向市民道歉。

一座城市的最高领导针对民生细节出人意料的公开道歉在国内尚属罕见。而这两起事件共同折射出的是政府部门对民意的尊重和对民生的重视，折射出广州决策者的雅量和广州这座城市的包容，也透射出社会管理理念“为人民服务”向“对人民负责”的细微转变。

广州亚运会和广州的包容极大地提高了城市的认同感和归属感以及家园意识。

暨南大学新闻与传播学院舆情研究中心发布的一项名为“亚运会对广州市居民归属感的影响”的调查发现，广州居民对这座城市怀有强烈的归属感，而且这种归属感在亚运会正式举办之后达到最高值。

借助亚运会，广州精神、岭南元素在整个亚洲完成了一场宏大的展示，千年古城广州的时代活力乃至岭南文化的生命力也将由此再次迸发。

亚运会是中华民族伟大复兴的历史见证

对于亚运，中国人民怀有一份特殊感情。

1974年德黑兰亚运会，中国代表团首度亮相，为重返国际奥林匹克大家庭打下坚实基础。

1990年，北京亚运会成功举办，不仅展示出中华民族开放进取的面貌，在民族复兴的道路上也收获宝贵精神财富，更使这个东方古国的奥运梦想变得真切。北京亚运已熔铸为全民族的共同记忆。

20年过去，广州亚运同样召唤起全中国人民的热切期待。

与当年的北京亚运会一样，广州亚运会在申办、筹办过程中，得到了党中央、国务院的高度重视和亲切关怀。胡锦涛总书记亲手点燃广州亚运会主火炬，并启动亚运会火炬传递活动。

中共中央政治局常委、国务院总理温家宝早在广州申亚时，就亲笔签署了向亚奥理事会提交的中国政府担保书。2010年11月12日，温总理又亲赴广州，出席亚运会开幕式并宣布第16届亚运会开幕。

中共中央政治局常委、广东省的老书记李长春在亚运会筹办期间多次来到广东调研，实地察看亚运会开闭幕式场地建设和城市环境治理情况。

中共中央政治局常委、国务院副总理李克强出席2010年广州亚残运会开幕式并宣布广州亚残运会开幕。

中共中央政治局常委、中央纪委书记贺国强专门在北京听取广州市市长张广宁有关“廉洁办亚运”的专项汇报，并多次对亚运会筹办过程中的监督检查工作作出过重要指示。

中共中央政治局常委、中央政法委书记周永康在亚运会开幕前夕专程到广州检查亚运安保工作准备情况，察看运动员公寓、综合体育馆和新闻中心和开幕式巡游路线，观摩水上反恐演练。

为办好亚运会，国务院专门成立了以中央政治局委员、国务委员刘延东为组长的亚运会、亚残运会筹办工作领导小组，切实加强对广州亚运会筹备工作的领导，并从国家层面统筹协调涉及亚运会筹办的外交、安保及宣传等领域的事宜。在亚运会筹办过程中，刘延东多次来到广州调研，考察广州亚运城、广州大学城体育中心、广东奥林匹克体育中心、亚运会开闭幕式场地，观看亚运会开幕式彩排。在考察中，

南方报网
NFDAILY.cn
南方日報
23
市委书记就广州交通拥堵道歉
朱小丹表示将加快施工解决58个黑点
穗环保局昨约见5位人大代表
LPG公交车符合国家清洁能源标准

南方日报关于朱小丹道歉的报道

她反复要求各有关方面要更加注重细节、精益求精地做好工作，把亚运会办成团结祥和、文明精彩的盛会。

中共中央政治局委员、广东省委书记汪洋则高屋建瓴地提出了“迎接亚运会、创造新生活”的目标，并亲自作出重大战略部署，多次听取广州亚运筹备情况汇报，将亚运筹办工作放在心上、抓在手上，把脉开方，出招指路。

在广州亚组委成立后，国家体育总局局长刘鹏和广东省委副书记、省长黄华华分别担任了亚组委主席和亚组委执行主席，黄华华还兼任省“三会”筹办工作领导小组组长。正是因为有了国家和省委、省政府的强有力支持，有了各级领导的靠前指挥、狠抓落实，广州亚运会的各项筹办工作开展得有条不紊，尽善尽美。

从20年前的北京亚运会到2008年北京奥运会、2010年上海世博会，“集中力量办大事”始终是中国顺利圆满举办大型国际活动的制度优势所在。广州办亚运，同样离不开兄弟省市和全国人民的大力支持。

亚运筹办过程中，有4500家建筑施工企业、约上百万建筑工人集中在广州，参与各项

亚运工程和人居环境整治，其中三分之二来自外地，他们跟时间赛跑，挑战技术难关，用双手创造出“大变”的广州。

来自贵州、云南、广西、海南等4省区的上千名保电技术人员在亚运期间赶赴广州，与广东省人员一起确保亚运会供电万无一失。全国铁路民航系统精心调度、统筹运能，确保外国政要、运动员等数十万国际旅客和来自全国各地的游客顺利安全抵达广州，参与亚运盛会。

在亚运会比赛中，运动员和各国嘉宾食用的蔬菜、水果来自全国各地，江西出产的橙子，山东、山西出产的苹果，海南、广东湛江出产的菠萝，南方多地生产的香蕉均可以在亚运城的餐桌上见到……

亚运圣火虽然在羊城燃烧，但光芒却传遍了整个神州大地，“中国加油”、“亚运加油”的呼喊如潮涌动，在各族人民中汇聚成一股奔腾不息的强大力量。

从1990年到2010年，从北京到广州，中国人民对亚运会的热爱没有变，中华民族对奥林匹克精神的崇敬，对亚洲和平、友谊、进步的愿景没有变。变化的，是中国的综合国力和国际地位，是城市承办亚运的理念与方式，是国人看待金牌、看待体育、看待盛会的心态。如果说北京亚运会是一个在改革开放中破冰前行的发展中国家的缩影，那么广州亚运会则凸显出一个在国际舞台上具有一定影响力和话语权的东方大国的新形象。在这变与不变之间，展露的是中国特色社会主义伟大事业的勃勃生机，是中国一步一个脚印的改革发展之路。

20年前的北京在计划体制之下倾全国之力成功举办了亚运会，而今天的广州则在国家和各地的支持下，主要靠一城之财力和市场运作完成了一届规模更大、难度更高的亚运会的准备工作。

1989年，中国GDP为15677亿元；2009年的广州，GDP超过9000亿元，是20年前全国GDP的60%；而广州所在的广东省，2009年GDP更是达到了39081亿元，是20年前全国经济总量的两倍半。中国奥委会前秘书长魏纪中说："相比1990年北京亚运会，广州亚运会完全站在一个更高的起点上。"

广州承办亚运主要依靠市场的力量，尽量不给国家和百姓增加负担。"除掉场馆建设、治理环境、修路等费用外，广州亚运会的赛会运营费用通过市场开发筹集等多种方式获得财务上的支持。我们力争做到收支平衡。"广州亚组委副秘书长、广州市体育局局长刘江南自信地表示。

20年前举办北京亚运会时，中国竞技体育正处于低潮期。此前的1986年汉城亚运会，中国代表团在金牌榜上仅以一金优势力压东道主韩国；1988年汉城奥运会，中国军团更

汪洋在珠江新城的城市中轴线视察。

是只收入5金11银12铜，“兵败汉城”之说甚嚣尘上。那个年代，金牌几乎象征着国民意志和国家的强大，体育是必不可少的强心剂。对当时的体育人来说，在自己家里举行北京亚运会是绝对不能输的翻身之战、正名之战。结果，中国健儿一举囊括创纪录的183枚金牌，从那时开始，中国成了亚运赛场上的独孤求败。

20年后的广州亚运会上，中国依然是一骑绝尘的金牌霸主，然而2008年奥运称雄的经历，已经让再漂亮的亚运成绩单，都只能被形容为“锦上添花”。在广州亚运会举办前，仅有半数北京奥运会金牌得主决定前来广州，锻炼新人、备战伦敦成为多数运动队的首选。以重竞技项目为例，为了培养新人兼顾市场需要，举重队特意平均分配了奥运冠军和新人的报名人数，并决定“放开冲击纪录”。如此满足观众、娱乐观众的举动，在“金牌至上”的中国体育史上实属罕见。

更有甚者，在中国首个男子游泳世界冠军张琳惨败给老对手韩国人朴泰桓之后，一名记者面对沮丧的张琳大声说：“不就是比赛输了吗？别整得这么沉重，张琳说说你来广州有什么开心的事？”开心、快乐、大PARTY，这是广州亚组委一再强调的亚运会本色，而参与其中的观众、记者和运动员，也开始学会享受和宽容。

值得一提的是，在中国国奥队完败于日本队之后，观众的反应令人意外。“男足踢得不好，观众表现不错”，次日，广州一家媒体如此形容观众的表现。或许，这也将成为此次亚运会一个颇具意味的注脚。毕竟，将邻人延至家门，却将大宴食得只剩残羹冷炙者，难言是真强者。

正是在这种心态之下，从北京奥运会、第十一届全运会到广州亚运会，近年来大型赛会组织者的思路也开始发生明显变化，即不是单纯地把运动会作为承载金牌角逐的舞台，而是借助运动会的契机推动全民健身的普及。

广州亚运会此次把赛地分为几个场馆群，比较分散，虽然给运动会本身造成了一些不方便之处，但却努力追求场馆赛后利用的最佳效果，让亚运场馆不仅服务于运动会本身，更服务于长久的全民健身需要。

正如体育研究专家易剑东所说：“中国百姓已经把自身健康看得越来越重，不少人甚至已经将其置于国家金牌之上，因此对于赛场上胜负已经不再那么执著，胜负观逐渐趋于成熟。与此对应的是，政府对于赛事功能的要求也不再是改善形象，而是融入城市建设进

中央政治局委员、国务委员刘延东在中央政治局委员、广东省委书记汪洋、省长黄华华、广州市委书记张广宁等领导陪同下参观亚运开幕式主会场。

程，顺应和满足百姓健身需求。”

应该说，成功举办北京奥运会之后，举办大型赛事和庆典已经成为中国的常态。曼谷、新德里已分别举办过四届和三届亚运会，强盛的中国时隔二十年后再办亚运，已无需刻意证明自己。让亚运回归体育，不再承受其难以承受之重。中国已经有足够的能力从容展现最真最美的自我。

与20年前以倾国之力举办的北京亚运会相比，2010年广州亚运会在办赛理念、办赛模式上有了新的超越，从市场化运作的资金募集方式到最新电子科技的广泛采用，从场馆布局、建设兼顾全民健身需求到注重城市的可持续发展，广州亚运会已经成为一段崛起中的大国自信谦和的自我介绍。

在北京奥运会、上海世博会之后，广州亚运会成为了世界瞩目的又一“中国样本”，成为全面建设小康社会的一次积极实践。亚运会留给运动员和观众的，是精彩的赛事和难忘的激情；留给这座城市的，是不尽的发展动力和丰厚的人文财富；留给国家、留给未来的，是更新更深的思考和奋发进取的豪情。

告别亚运，争取新的光荣。广州不会停步，中国不会停步，新的目标正在召唤，新的希望已经升腾。

第二章

运筹之道

YUNCHOU
ZHIDAO

2009年11月12日，距离广州亚运会开幕还有整整一周年，广东省委、省政府在广州中山纪念堂隆重举行迎接2010年广州亚运会动员大会，广东由此进入了“亚运时间”！

中共中央政治局委员、广东省委书记汪洋在这次动员大会上发表了重要讲话。他说，2010年广州亚运会承载着全国人民和亚洲人民的重托，承担着推动我国体育事业科学发展、进一步提高我国国际地位和国际形象的重任。进入迎亚运倒计时一周年，也就进入了整个筹办工作最关键、最艰苦、最紧张的一年。全省要进一步统一思想，坚定信心，鼓足干劲，奋力拼搏，做好亚运会筹办最后攻坚阶段各项工作，再接再厉，高质量完成场馆建设，高效率筹备各项赛事，高水平开展市场运营，高标准做好安保工作，确保2010年广州亚运会和亚残运会热烈、精彩、成功，办好一届具有中国特色、广东风格、广州风采的亚运会，让国际社会满意，让各国运动员满意，让中央满意，让全省人民满意。同时，要以筹办亚运会为契机，开展“迎接亚运会，创造新生活”主题活动，推动广东科学发展上水平，谱写美好生活新篇章。

1年之后，羊城如约为亚洲、为世界奉献了一场规模空前、精彩绝伦的亚运盛会。回望广州亚运会的筹办过程，其实也是广州、广东以创新求突破、以突破成就卓越的过程，为各地其他盛会的筹办提供了极具价值的广州模式、广东经验。

从设置亚运竞赛项目，到亚运场馆的布局以及赛后利用，再到迎办亚运会的财力来源；从亚运城的建设模式创新，到用现代城市营销手段重塑、推广一个地区乃至一个国家直接呈现出的开放形象；匠心独运而又稳健踏实的运筹之道，让广州得以载入亚运史册。

第一节

YA ZHOU DUO MIN ZU WEN HUA HUICUIYA YUN

亚洲多民族文化荟萃亚运

体育赛会的核心和主角当然就是体育比赛。而广州在亚运筹备期间，首当其冲最需要精心解答的问题就是：如何设置比赛项目？

综观世界体坛，但凡大型综合性运动会都是由竞技体育项目挑大梁，亚运会自然也不例外。与此同时，亚运会在设项上又和奥运会有着本质的区别。奥运会更注重的是体育竞技本身，追求的是纪录、金牌，而亚运会，则是给亚洲各国和地区一个展示当地体育文化风貌，促进体育文化融合的舞台。因此，亚奥理事会给予了亚运承办城市更多的自主权，这就相当于给历届亚运承办城市出了一道半开放的论述题：如何在完成既定动作之余，更好地通过项目设置来推广亚洲体育文化？

42个大项476个小项！广州亚组委开创了亚运会比赛项目最多的历史先河：除全部保留北京奥运会项目外，还以“文化融合”作为先决条件，在充分尊重亚洲各国和地区体育文化的基础上设置了14个具有亚洲地区特色和群众基础的非奥项目。最引人注目的是，体育舞蹈、轮滑、围棋和龙舟史无前例地入围“亚运大家庭”，令日渐升温的边缘运动和非竞技类群众体育运动也走上了亚运会的历史舞台。

创新设项回归本真体育精神

几经推敲和反复论证，广州亚运会新增了6个项目：体育舞蹈、龙舟、轮滑、板球、围棋、象棋，最终成就了42个大项、476个小项的盛大规模。

与1951年在印度新德里举行的首届亚运会相比，亚运会走过了近60年的风雨岁月，走到在广州举行的第16届，竞赛大项从6项发展成42项，是首届亚运会的7倍，竞赛小项更是达到8倍以上。

广州亚运会的比赛项目规模不仅是空前的，也极可能是绝后的。考虑到亚运会规模的不断扩大给承办城市造成了不小的负担，亚奥理事会已经决定对亚运会项目进行“瘦身”：从2014年亚运会开始，项目设置将改为“28个奥运项目＋X”的模式，最多不超过35个。而被削减的部分亚运会项目将分流到亚洲室内运动会和亚洲沙滩运动会。

事实上，在亚运会的历史中，每届亚运会均有新增项目，即便是出现经济困难时也不例外。如1970年的曼谷亚运会就削减了网球和乒乓球项目，同时又新增了帆船比赛，原因是泰王蒲美蓬很喜欢帆船运动。当然，很多时候，发展才是亚运会不断新增项目的根本原因。一条不成文的“规定”是：东道主有权力增加自己擅长和喜爱的项目，如在马尼拉举行的第2届亚运会就新增了拳击，因为菲律宾人很喜欢拳击；在雅加达举行的第4届亚运会又新增了羽毛球，因为羽毛球是印尼的国球。亚运会的新增项目均堪称东道主的“国粹”。如汉城亚运会增加了跆拳道，北京亚运会增加了武术，广岛亚运会增加了空手道、棒球。在多哈亚运会上，增加了国际象棋，主要是为了当时已经嫁入卡塔尔的国际象棋大师诸宸考虑，希望她能代表卡塔尔出赛，以增加赛事的吸引力。

与此同时，东道主也不是一味只管自己，同样注重弘扬亚洲体育文化，1990年的北京亚运会除了新增武术比赛外，也将棒球和软式网球列为表演项目，这两个项目随后也成为正式比赛项目；也是在北京亚运上，卡巴迪正式成为亚运会的比赛项目。这些具有强烈民

广州国际龙舟邀请赛。

族色彩的“国粹”项目，充实和丰富了亚运会的竞技内容，成为亚运会所独具的最大特色和魅力。

新增多少项目？新增哪些项目？同样的“考题”放在了广州亚组委面前，考验着广州人的智慧和胸襟。

体育的本质是强身健体的娱乐活动。奥林匹克精神是“更高、更快、更强”，而作为亚洲文化大融合的盛会，广州亚组委为亚运会增加了一个新的设项标准，那就是“更好玩”。亚组委竞赛部常务副部长李乃镇在介绍广州亚运竞赛项目设置时曾直言：“我们对一些充满趣味性的运动项目，给予了特别的关注。如新加入亚运大家庭的轮滑，特别受年轻人的喜爱；又如卡巴迪，这项在东南亚地区深受欢迎的运动项目，类似于我国的老鹰抓小鸡游戏，既好玩又富有对抗性，因此被继续保留在亚运大家庭中。”

正是在这种“更好玩”的设项原则下，14个非奥运会项目昂然“入亚”，6个“全新面孔”闪亮登场，这无疑在一定程度上增加了综合性运动会的吸引力。如高尔夫、保龄球、台球等风靡世界的体育项目现身亚运会，就显著增加了广州亚运会的受众群。

从另一个角度来看，这些项目的设置还有助于人们创造新的生活方式。如高尔夫，可以培养亲近自然的生活方式；如体育舞蹈，可以培养高雅的生活方式；如棋类，可以培养富于理性的生活方式。非奥项目中，有许多是非常适合全民健身的。比如说轮滑，非常适合在年轻人，特别是儿童中开展。保龄球、台球、体育舞蹈，因为身体对抗性不强，不容易造成身体损伤，非常适合老年人进行健身活动。

非奥项目促进多元文化大融合

作为亚洲体育最高级别的盛事，亚运会本身就是一次亚洲文化的展示舞台。联合国教科文组织“全球对话大使”沈澈曾指出，广州举办亚运会，就是要让观众不仅观看到高水平的竞技比赛，还要参与、感受一种多元文化的交融。要让来自亚洲各国的人士看到广州的实力和文化想象力，感受到广州的亚洲文化情怀。“大家来广州不光是看足球踢了几比几，更重要的是文化分享、文化拜访和文化对话。”

卡巴迪运动。

亚洲拥有丰富的宗教、文化资源，亚洲的体育文化也呈现出与众不同的独特风格。广州亚运会竞赛项目设置，充分挖掘出这一特点，将亚洲各地区具有鲜明体育文化特色的运动项目尽可能列入其中，如东亚地区的柔道、跆拳道、空手道、围棋、象棋；南亚地区的卡巴迪、板球；东南亚地区的藤球、台球；中、西亚地区的马术、国际象棋等。这样的设置充分照顾到亚洲各个国家和地区的优势项目，并在小项设置上给予了适当的照顾，从而为这些国家和地区获得更多的奖牌创造条件。

14个具有浓郁亚洲特色的非奥运会项目的设置，是广州亚运会区别于英联邦运动会、泛美运动会、非洲运动会等其他综合性运动会的最鲜明的标识。和前两届亚运会相比，广州亚运会上非奥小项有109个，占全部小项的近四分之一，尽可能将亚洲各地区具有鲜明体育文化特色的运动项目列入其中。如藤球是东南亚的传统项目，围棋是东亚的传统项目，卡巴迪、板球是南亚的传统项目，国际象棋是中西亚的传统项目，这些项目结合起来，就构成一个完整的亚洲，基本囊括了亚洲各地群众喜闻乐见全民健身的重点项目。

这些非奥项目未必如三大球或田径那样具有普遍性，却恰恰集中体现了一个地区独特的历史和文化传承。事实上，许多非奥运会项目，都与地方文化有着很深的渊源。如卡巴迪，这项运动在印度有四千多年的历史，相传释迦牟尼修成正果之前，最喜爱的游戏就是卡巴迪，因此，卡巴迪深深印有印度文化的烙印。空手道又名“唐手”，是日本拳师到中国学习少林拳法后，糅合日本武术形成的一种搏击术，代表了中日文化的交流；比如龙舟，是中国“北人赛马，南人竞渡”的体现，代表了岭南文化。再如东亚地区的柔道、围棋、象棋；南亚地区的卡巴迪、板球；东南亚地区的藤球、台球等，这些项目已经不能单纯地理解为体育比赛，而是一种文化载体。

广州亚组委并不仅仅是承担了设计项目的责任，如何在筹备过程中，在赛事期间，更好地以项目推广为契机，促进亚洲文化的融合，才是亚运会真正的意义和价值所在。非奥运会项目在亚运会舞台上的展示，就是亚洲不同地区文化在亚运舞台上的展示；非奥运会项目的宣传推广，就是文化的宣传推广；非奥运会项目在人群的普及，就是文化的传承和发扬。

在项目设置敲定后，对外通过“巡回亚洲”、对内通过“深入民间”，多路径、多形式、多层面的亚运项目推广活动，直指亚洲多元文化和谐共生共荣之本义。

2009年3月，“阔阔真公主”号仿古木船带着来自中国广州最真诚的祝福，开始走访亚洲海岸线上的国家和地区，在这些国家和地区推广亚运项目的同时，也收获着各民族文化间交流的共鸣。

而在对内的项目推广中，广州亚组委更加侧重于推广当地居民尚不熟悉的项目。譬如在校园、社区、农村推广藤球、板球、卡巴迪、龙舟、轮滑等项目，效果显著，不少广州市民在学习参与“卡巴迪”时重拾了儿时游戏“老鹰抓小鸡”的别样乐趣；亚组委竞赛部还特意组织了卡巴迪友谊赛，由留学广州的印度学生与中国学生对垒。

兼容并收助岭南文化走向世界

在首次亮相亚运的六张“新面孔”中，龙舟、围棋、象棋最为国人熟悉，而这三项都充满着岭南文化特色，正是让岭南文化通过亚运会走向世界的契机。

在广州亚运会开幕式总导演陈维亚看来，岭南文化的精粹就是一种“敢为人先、兼容并收”的精神，这种精神内涵难以物化，却以一种独特的方式，体现在亚运会的项目设计上。

兼容并收，表现在项目设置上既不“排外”亦不“避内”：韩国最强的轮滑、印度大热的板球在亚运舞台大展风采的同时，独具有岭南特色的龙舟、围棋也同样“入亚”。充分尊重观众的意愿，在东亚地区拥有深厚观众基础的体育舞蹈，也成为了亚运项目。

在项目设置上充分考虑亚洲各国各地区传统项目都能在广州亚运会的舞台上展示各自的独特魅力，让亚洲各国各地区运动员广泛参与，实现亚洲大团圆；充分照顾到亚洲各个国家和地区的优势项目，并在小项设置上给予适当的考虑，从而为这些国家和地区获得更多的奖牌创造条件，实现亚洲竞技事业的和谐发展。岭南文化海纳百川般的胸怀被越来越多的亚运来宾所认知。

此外，广州亚运会新增的女子项目超过了男子项目，卡巴迪、水球、板球、轮滑、龙舟、围棋和象棋、拳击等项目中，都有女子项目首次进入亚运会，这为亚洲女运动员提供展现自我的平台，充分体现了男女平等的价值取向。最受关注的是女子拳击项目，在国际奥委会正式确认女子拳击成为伦敦奥运会比赛项目后，经过多次协调和充分论证，亚奥理事会和广州亚组委决定增设女子拳击3个小项，这样，广州亚运会成为第一个举办女子拳击项目的国际综合性运动会。

值得关注的是，这次广州亚运设项，还有不少项目是全民健身“玩”出来的。例如中国队龙舟选手, 分别是来自九江和肇庆的“农民军”，龙舟本来只是他们的业余爱好、强身健体的消遣，如今却能登上亚洲体育最高的竞技舞台，这大大丰富了参赛选手的社会层面，也令亚运赛事在本质上更加回归体育的真谛。

附：广州亚运会42个比赛项目名单

游泳（游泳、跳水、水球、花样游泳）、射箭、田径、羽毛球、棒球、篮球、拳击、皮划艇（静水、激流回旋）、自行车（场地、公路、山地、小轮车）、马术、击剑、足球、体操（体操、蹦床、艺术体操）、手球、曲棍球、柔道、现代五项、赛艇、帆船、射击（飞碟）、垒球、乒乓球、跆拳道、网球项目（网球、软式网球）、铁人三项、排球（排球、沙滩排球）、举重、摔跤、保龄球、台球、体育舞蹈、龙舟、高尔夫球、卡巴迪、空手道、轮滑、橄榄球、藤球、壁球、武术、棋类（国际象棋、围棋、象棋）、板球。

第二节

JIAN YAYUN CHANGGUAN SHENGJI SHIMIN SHENGHUO

建亚运场馆升级市民生活

举办大型赛会必然要使用大量的场馆，而大量的场馆的兴建及赛后利用，一直是一个让主办方备感头疼的严峻话题。

前车之鉴比比皆是，其中最著名的便是“蒙特利尔陷阱”。话说1976年，第21届加拿大蒙特利尔奥运会以其巨大的亏损而“扬名”，虽然会期只有15天，但原计划1.24亿美元的总预算不断超支，到最后整个花费超过24亿美元，其中场馆花费占70%多，奥运会后场馆无法赢利，这笔巨大的债务使蒙特利尔的财政负担持续了20多年，被称为300万纳税人旷日持久的一场“噩梦”。

原本致力于办一届“既俭朴又有品位”的奥运会，但由于场馆建设大兴土木、过于追求奢华，最后变为吞噬巨资的无底洞，成为了加拿大经济甩也甩不掉的“包袱”和“陷阱”。

就连近几届奥运会都没能避免“蒙特利尔陷阱”。悉尼奥林匹克公园在2003年至2004年度亏损8539万澳元；雅典奥运会后一年，雅典为维护30多个场馆共花费1亿欧元，成为雅典市政府的包袱。

相形之下，广州亚运会的赛事场馆数量达70个，其中12个是新建场馆，58个是老场馆改造升级，亚运会结束后比赛场馆的规划利用，成为了“后亚运”时代的关注焦点。

奥体游泳馆。

场馆改造建设以简朴适用为原则

对一座城市而言，举办一场大型赛会，无论从长期还是短期来看，都可能催生出难以估量的变革与进步。历史告诉我们，大型赛会对举办城市的影响必须与城市发展水平相对应。一届体育盛会的举办及一批体育场馆的建设，往往成为一座城市发展史上的“分水岭”。

从国际上讲，与“蒙特利尔陷阱”相对应的，还有著名的“巴塞罗那效应”。由于两个举办奥运会的城市获得了截然不同的影响，从而成为奥运史上的专门术语。

在很多中国人心里，1992年奥运会是巴塞罗那的唯一记忆符号。巴塞罗那曾是西班牙最大的工业中心及港口交通枢纽，1992年奥运会则使巴塞罗纳的城市性质发生变化，从一个原来并不出名的海滨工业城市变成了世界著名的地中海式休闲旅游城市，并在10年之后，成为欧洲教育和服务的地区性中心。在城市复兴运动中，在如何保护历史文脉、老城与新城如何和谐相处上，巴塞罗那的做法都受到国际社会高度肯定。巴塞罗那市长乔迪·俄瑞武（Jodie Hereu）甚至表示：时至今日，1992巴塞罗那奥运会在全球范围内仍是信任和专业的象征，奥运会效应仍在继续。

对广州来说，亦是如此。1987年第六届全国运动会在广州举办，作为六运会主场馆的天河体育中心，在此后10多年间成功拉动广州城市中心逐渐东移。2001年第九届全国运动会在广州举办，广州在东部地区兴建了广东奥林匹克体育中心和170多项重大市政工程项目，促进了城市空间的二次东进。

事隔九年，亚运来了。它给了广州在更大的亚洲舞台上集中展示城市魅力的机会，亚运场馆建设也给了广州人重新设计城市基础设施、交通运输和城市规划的机会，而所有的改造和更新都将在“后亚运”时代产生深远的影响和作用。

中共中央政治局委员、广东省委书记汪洋曾指出：“要立足城市长远发展需求，统筹推进运动场馆及配套设施建设，加大城市基础设施建设和产业升级投资力度，全力推进城中村改造，努力为人民群众创造一个宜居宜业的环境。”

许多人知道的是，广州亚运会是近几届亚运会中建设场馆最少、用钱最省的一届亚运会。而诀窍在于新旧场馆结合利用，而且都注重最有效的赛后利用。许多人不知道的是，在申亚之初，场馆的数量和布局并非如此。

广州申亚之初，计划安排96个比赛训练场馆。2006年国家批准的《第16届亚运会比赛

大学城中心体育场。

场馆及相关设施建设总体规划方案》中，广州亚运会使用场馆也为96个。如此众多的场馆自不待言形成了巨大的经费压力。怎样才能既满足亚运会竞赛需要、不损害申办承诺又适当压缩场馆数量以减少经费预算？这是一个不小的挑战。

亚组委从赛事组织的实际需要出发反复论证，多次优化了场馆布局，最终确定使用70个场馆，其中包括53个比赛场馆、17个独立训练场馆，共调减了26个场馆。在满足《主办城市合同》各项要求的前提下，大大缩减了场馆建设投资规模。在场馆建设的规划布局上，首先考虑尽可能利用现有场馆，然后根据城市社区体育事业的发展需要，适当新建一些场馆。各类场馆的改造建设都坚持以简朴、适用为原则，不搞形象工程。

场馆压缩后，不仅为国家节省了大量经费开支，而且在分布上凸显了广州场馆建设理念的创新：正确处理亚运特殊需要与城市长远发展的关系，提升城市可持续发展能力和水平。通过亚运场馆多中心、多功能的空间格局，与广州市“东进、西联、南拓、北优、中调”的城市发展战略相契合。

广州经过深思熟虑，在整体战略规划引领下实现亚运规划，采用了分散布局、集中组团式布局，形成了天河地区、奥体地区、大学城、亚运城几个组团，按照城市发展布局的需要和各个地区发展相融合，同时充分关注到赛后利用统筹。包括场馆、亚运城、交通设施在内的亚运工程建设，都极大地促进了广州战略规划的实施和实现。

单从亚运城的选址上，就可窥见广州期望借场馆升级城市的良苦用心。亚运城规划设计项目总负责人、广州市城市规划勘测设计研究院院长陈建华透露，2004年广州申亚成功，广州亚运城规划随即起步。当初亚运城备选地址有广州大学城地块、广氮地块、广州新城地块。选择大学城是希望借用学生宿舍作为运动员村，但由于亚运会举办时间在11月，与学校教学冲突；广氮地块则受到面积限制。亚运城最终落户番禺中东部，除了因为大学城、广氮地块本身不足外，最重要是考虑到2000年广州提出的“南拓”战略，对城市中轴线往南的发展起到延续作用，也可视之为广州新城建设的启动区。亚运城规划选址的调整，体现了广州人要把“城市建设得更加美好”的理念，是广州加快建设国家中心城市和全省宜居城乡“首善之区”的重要战略布局，为未来广州城市建设发展开辟了更加广阔的空间。

“一次盛会，升级一座城”，这句充满诗意的口号在广州落地成真，既缘于十年大变的锲而不舍，更缘于亚运盛会的完美登场。用5万多吨钢材构建出“少女回眸”的新广州塔所代表的新中轴线、把场馆办在“家门口”的城市布局、在赛后启动“完美变身”的亚运城……广州把“办赛事”和“办城市”融为一体，借助亚运机遇，广州的城市建设也加快了5至10年。换言之，广州市民提早5至10年享受到了城市建设现代化的成果。

亚运城集约建设赛后成宜居新城

亚运城的开发建设另辟蹊径地采用聚合式的创新模式。广州亚运城不仅包括传统意义上的亚运村——运动员村，还包括技术官员村、媒体村、主媒体中心、后勤服务区、体育馆区及亚运公园，一共七大功能区，有效实现了城市各功能建筑的综合配套。由“村”而“城”，亚运城开创了亚运会非比赛场馆集约建设的新模式。

尽管只能对着图纸和模型认购，尽管每平方米均价超过了1.1万元，但是2010年9月26日启动的亚运城商品房销售，依然火爆非常。

仅是两三年前，对于许多广州人来说，番禺莲花山还只是城郊的一个风景秀丽的景点，许多虔诚的佛教徒只有在初一、十五拜佛烧香时，才会搭车去到那里。然而，亚运城的落脚令莲花山声名大噪，“把家安在莲花山下”成为许多广州人的现实选择和行动。事实上，当许多技术官员、运动员及媒体入住亚运城时，他们想不到的是，他们所住的房间其实早已“有主”了……亚运会、亚残运会结束后，一个高品质的生活社区将在此崛起。

自从有大型体育盛会以来，其赛事的生活区均是以“村”的形式存在，而广州亚运会却让这个“村”变成了一座集居住、比赛、购物、休闲等于一身的现代化“城市”。它包括运动员村、技术官员村、媒体村、主媒体中心、综合体育馆、后勤服务区与亚运公园等七大功能区。这也是亚运史上首次将七大功能区集中在一个区域，开创了非比赛场馆集约建设的新模式。

占地2.73平方公里的亚运城在投入使用之初就获得了一片赞誉。这片亚运会赛时集体育比赛、工作、居住等功能于一体的区域之所以叫“城”而不是“村”，除了其功能健全之外，更在于它赛后将作为优质商住社区投放市场，一切赛时设施赛后都将陆续转为生活配套设施，学校、医院、商场、交通等一应俱全。对于广州未来城市空间格局发展更有意

义的是：亚运城的横空出世，将激活、启动占地面积达到228平方公里、能容纳一百万人口的“广州新城”的建设。可以说，未来广州超级大城的磅礴格局，自亚运城呼之欲出。

谋定而后动。广州市规划部门早已注意到了困扰多个体育盛会城市的“蒙特利尔陷阱”，对亚运场馆赛后利用在规则之初已进行了充分的考虑和功能定位。因此，亚运城在规划布局和建筑上都充分考虑了空间的可变性和功能的多样性。运动员村、媒体村和技术官员村的所有户型都是按照居民需求建造，比如运动员村，赛时和赛后除了洗手间不一样，其他都一样；户型面积在70平方米至180平方米之间，赛后稍加调整就可以成为居民生活区。总共8078套房屋均敞开向市民销售。

“赛时亚运城，赛后宜居城”这句广告词在广州亚运规划赛后利用中被发挥得淋漓尽致，亚运城内76%的设施已被划入赛后利用范围。

可以说，广州亚运城的每个公共设施，赛后都有“用武之地”：万余名各国媒体记者使用最多的主媒体中心，赛后将改造成服务100万人口的郊野式大型超市，这也将是广州最大的超市；运动员村的体能恢复中心及950座餐厅将转换为居住区会所和幼儿园；位于亚运城东南部的赛时物流中心，赛后直接转换成服务于周边地区的一个三甲型500床医院；亚运志愿者居住中心赛后直接转化成具有优质教育资源的一所中学和一所小学；亚运城还有望与莲花山“连成”新旅游线路，成为亚运留给广州的美好记忆。

亚运城距离市区比较远，于是地铁四号线建了起来，作为广州新城的启动区，2015年这里还会连上地铁三号线，三号线南到番禺市桥，北抵机场。

时任广州市规划局局长王东曾坦言，亚运城设计之初也有人说这里配套这么完善，为何不考虑做豪宅？但考虑到城市定位，还是选择做成了中户型楼盘。

广州亚运城综合体育馆。

亚运会一结束，亚运城将迅速变身为购物、娱乐、餐饮、医疗、教育等公共设施一应俱全的高品质生活社区，正由于此，亚运城早在赛前即成功实施了整体拍卖，得益甚多。

亚运场馆增光添彩融入城市记忆

如果说，北京奥运会让世界记住了“鸟巢”和“水立方”，那么，广州亚运会会让世界记住些什么？

首先记住的，应该是广州亚运城建设的“广州效率”。

胡勇华曾是广州番禺莲花山下一位普通的农民，2008年亚运城开工建设后，他们全家5口人转移到距此2公里外的一个安置小区居住。“一年前这里还是一片泥泞的滩地，而现在已经变成了一座现代化新城”，胡勇华惊叹着一年来这里发生的巨大变化。

“亚运城”有96栋单体建筑，总建筑面积147.82万平方米，其工程总量相当于1990年北京亚运村的3倍，2002年釜山亚运村的2倍。当世界经济还深陷于金融危机之中，广州亚运城在短短一年半时间内建设完工，令世界刮目相看。

其次，一座座造型独特、低碳环保的亚运场馆，也必将融入亚运城市的记忆中，为美丽的羊城增光添彩。

从亚运场馆规划兴建之初，省市领导及各相关部门就十分明确一条宗旨：一定要让亚运会场馆给城市增光添彩！亚运会场馆作为大型公共建筑要注重规划，与城市及周边环境相协调。场馆建设要优先考虑使用功能的要求，做到功能性、质量和经济适用性的统一，同时，要注重建筑的结构和安全性，建设适用、安全、经济、美观的亚运会场馆设施。

全新的亚运城，其设计理念及运用工艺技术也是全新的。亚运城规划设计项目总规划师方浩介绍说，亚运城项目已列入“中英低碳城市建设”试点与示范工程，低碳理念贯穿了规划、建筑、交通、市政手段等方面。亚运城综合应用了七大新技术，包括综合管沟、真空垃圾收集系统、分质供水及雨水综合利用、太阳能及水源热泵、建筑节能、数字化社区及智能家居与绿色交通。在规划手段上，首次使用了“微气候模型”，节能约占整个项目30%；在建筑手段上，居住建筑节能65%，公共建筑节能50%。赛时，亚运城将减少50%碳排放量，相当于25000辆汽车的碳排放量。亚运城所运用的综合管沟技术，意味着地下空间的节约化运用，有效保护城市管道生命线，其推广有望解决广州老城区“拉链路”的老大难问题，对于新城区建设具有积极意义。

“生态簇团、择水而居”，亚运城内原有的河道全部保留，让自然风可随河道而入城，在建筑风格上，结合中国南方地区湿热多雨等气候特点，广泛采用自然通风、采光设计，并融入了浓郁的岭南水乡建筑特色。

在亚运城内，新建的亚运城综合体育馆被比喻成“有表情的建筑”。设计师潘勇说：“当我们目光注视着她的时候，你会发现整个建筑的流动感，会感觉到她正慢慢走起来。”从亚运村升旗广场望去，亚运城综合体育馆如飘逸的彩带，线条感很强，不锈钢的屋面板系统对自然光线的反应特别敏感，使建筑外形与自然环境、人的观看角度形成“移步易景”的效果。

广东奥林匹克中心新建的游泳跳水馆有一个别具岭南风味的名字——“云山珠水”。设计师孙一民说，场馆外形俯看似两条蓝白的飘带，隐喻了广州北靠白云山、珠江水穿城而过的城市地理特征；馆内可见淡淡天光从屋架间泄下，下有一泓清池，天光水色。

低碳节能，是亚运场馆不变的追求。“海心沙”开放的空间要求开幕式场馆有创新的设计，“珠江边刮的是顺河风，所以我们设计了半开放式的场馆，绝大部分地方都不用开空调。”主创设计师胡展鸿说。

广州棋院抱水衔山，采用庭园和宽敞廊道相结合的布局手法，运用白云山麓开放的空间，将广州人喜闻乐见的棋文化与岭南山水园林建筑融为一体。设计师林冬娜说，考虑到南方湿热多雨的特点，场馆在东西向设计了遮荫外廊，南北向设计了自然通风窗。

即使是老场馆，在亚运的舞台上也焕发出全新的活力。现在走进已20多岁的天河体育馆，可以发现，一个灯光一流、木地板锃亮、座椅布局先进的体育馆已露真容，改造后的座位数增至8000个，人们记忆中1987年六运会时安装使用的老式座位已经旧貌换新颜，而且除了自行车、足球外，绝大部分竞赛都可在此举行，让人忍不住赞叹道："亚运会让老场馆也能'与时俱进'了！"

场馆布局体现城市民生为重理念

大型赛事场馆布局一般有两种类型，分散式和集中式。出于赛时便于赛事组织、交通运输和安全保障的考虑，组委会通常都采用集中式布局。如北京奥运会的场馆布局就属于集中式：奥运村和主赛场很近，好处是交通方便，但是赛后利用就比较麻烦。

除了三个协办城市，广州亚运会的比赛场馆辐射了全市十区两市，虽然略显分散，但在赛后，这些凝结着岭南风貌和智慧设计的优质场馆，将在最大限度上方便市民使用，全民健身功能将更为有效。

广州经过深思熟虑所采用的分散布局、集中组团式布局，形成了天河地区、奥体地区、大学城、亚运城几个组团，奠定了"场馆就在家门口"的基本格局。

在历届亚运会上，广州亚运会的新建场馆都是最少的。而新建的12个亚运场馆中，近一半建在了番禺、南沙等体育设施相对薄弱的城区。因亚运得益的又何止是南部地区？以奥林匹克中心所在的东圃地区为例，广州市的规划决策者们考虑到九运会对此地区的带动还不够理想，欲借亚运会"再加一把火"，故而在此增加了游泳馆、网球馆等好几个亚运场馆。

再比如南沙区，本来是没有体育场馆的，需要建设场馆，那就索性配合亚运会新建了南沙体育馆，后来作为亚运武术比赛的场馆在此诞生了本届亚运会上的第一枚金牌。

12个新建场馆有意识地向体育设施相对薄弱的城区和大学城倾斜，为居民就近享受体育设施提供了极大的便利。

事实上，亚运尚未落幕，广州亚组委、广州体育局、广州规划局及发改委等相关部门，已在制订所有亚运体育场馆的赛后利用的详细报告了。

除了亚运城是规划中广州新城的启动区外，天河体育中心在亚运会后将以体育公园的形式呈现给市民，让市民自由进出，“让体育场馆逐步走近市民、走近城区，是目前非常重要的努力方向。”

因精彩绝伦的开幕式而一夜成名的海心沙，在亚运会之后不但可以供市民参观，今后还拟成为市民活动广场和室外剧场。

经与香港赛马会通力合作，新建于从化的广州马术比赛场一举成为中国内地第一个获国际认可的无规定马属动物疫病区，也将成为内地唯一能够举办境外马匹参赛赛事的场所，同时还是全国最大的国际标准赛马场。赛后，从化马术场将发展成香港赛马会的赛马饲养训练基地，同时，通过马匹的饲养和训练，发展出新型的绿色农业的产业链。

赛后，大学城体育场馆转化为大学的体育教学活动场所；增城龙舟赛场将改造成为滨水公园；而投入4000万元改造升级后的英东体育馆也将继续免费开放……通过强化场馆功能设置的多样性和完善场馆周边配套设施，分散分布在各地的亚运场馆在赛后将有效缓解新城区人均体育设施较少的现状，成为广州宜居城市环境的有机组成部分。

据中国体育场馆协会统计数据表明，目前全国公共体育场所的开放度仅为44%，利用率不足30%，单个小型场馆平均年收入不足万元。这充分说明，我国场馆运营开发不够，

广州体育馆。

黄埔中心体育馆。

资源闲置还是个非常普遍的问题。从这个意义上来说，广州亚运会场馆能大面积地向市民免费开放，无疑是一种巨大的进步。

有场馆，就意味着有人气；而有人气，前提是交通配套到位。因此场馆建到哪里，广州的地铁与公路交通网络也就如影随形地铺到哪里。亚运场馆的分散格局反过来对城市交通基础设施的建设也提出要求，直接促进了六条新地铁线在亚运前开通。

亚运前夕，6条地铁新线和国内首条城际轨道交通线——广佛线的陆续开通，贯串起80%的亚运场馆。亚运期间，平均每天都有超过400万人次的乘客使用轨道交通线网。这些交通基础设施的建成开通，固然为亚运盛会提供坚实的交通保障，但对于城市居民来说，日益完善的轨道交通网络所带来的出行便利更具实际意义。亚运场馆及交通配套设施的建设，令“绿色出行”在广州一步步从口号变成现实。

以亚运为契机提高市民安全感、归属感和幸福感，这是广州的决策者反复强调的同一个观点。“亚运会上运动员打破多少世界纪录，这倒不是我最关心的事，我更关心的是通过筹办亚运，广州的城市环境特别是水环境、空气环境、人居环境、交通环境改善了多少，人民群众得到了多少实惠。”张广宁在接受《南方日报》记者专访时如是说。

誓把“亚运会”办成“亚运惠”，这种“民生为重”的理念在广州历届领导班子中均有体现，贯穿了整个亚运的筹备过程。“亚运场馆就在家门口”，这无疑将大大满足广州市民日益增加的体育健身的需求。何谓“新生活”？不外乎是以人为本、健康阳光的生活方式。亚运场馆成为广州人迎接新生活的最佳载体，也将成为城市精神和市民风貌的最佳秀场。

“为亚运建场馆，但不把亚运作为终极目标。”可以说，这充分体现了广州10年来在城市建设和管理理念上逐步走出“重物轻人”的传统思路，进而转向以人为本、见物见人、注重公共服务的现代化轨道。“场馆就在家门口”是广大市民们已经开始切切实实享受到的“亚运红利”。

亚运遗产千千万万，而亚运场馆无疑是其中最辉煌、最引人入胜的一笔。以亚运为坐标，以场馆为骨架，大广州城市结构多中心发展的磅礴格局呼之欲出。

精打细算务实节俭亚运更精彩

办大事势必要花大钱。任何一个城市在申办亚运之初，自然都会先好好算一笔经济账。如香港有意申办2023年亚运会，香港特区民政事务局局长曾德成2010年9月25日在出席一个电台节目时坦承，当局展开申办亚运咨询后，收到不少反对的声音。反对意见主要认为举办开支太大，应把资源用在其他民生项目上。为争取民众支持，香港“申亚”成本拟预算从450亿减至60亿港元。

1970年，蒙特利尔市决定申办奥运会时，市长德拉波曾宣称：“我们承诺在加拿大，在蒙特利尔，我们将向世界推出一个真正符合奥林匹克精神的，既俭朴又有品位的奥运会。”然而，从最初的预算1.25亿美元，到最终的开支24亿美元，一个“俭朴”的奥运会最后变为吞噬巨资的无底洞，成为加拿大经济的“陷阱”。究其原因，主要是组委会大兴土木，豪华的基础设备耗费了巨额财政资金。再加上管理不善，“门外汉”胡乱经营，令蒙特利尔在那届奥运会后陷入了多舛的命运。

广州多年来在城市经济实力上稳居全国第三把交椅、家底较厚，但即便是这样，如果盲目效仿前一届以奢华著称的多哈亚运会，命运之路同样会充满曲折和变数。从这个意义上讲，运动会的成功不一定就代表城市的成功，只有将运动会的举办与城市的未来发展有机地结合起来，提升城市的风范，运动会之后城市以及城市中的市民，才能够堪称完美。

广州毫不犹豫地准确把握住了自己的命运。2006年多哈亚运会耗资巨大的盛大开幕，让广州客人惊讶的同时，却也并未让他们失去冷静。市长张广宁当时就明确表示，广州不可能也不允许像多哈那样花钱，广州的目标就是要尽量少花钱办出高水平的亚运会。张广宁还曾在不同场合强调，除了盯住某个项目是否廉洁之外，更要看整体筹办、谋划、布局是否能做到科学、合理、专业。“不能是城市建设服从亚运需要，而应是亚运服从城市建设需要，这样才是真正的节俭，真正的廉洁”。

翻开亚运账簿，可以看到，用于城市基础建设方面的投资是“大头”，办会直接投资是“小头”。正如张广宁所说，城市基础设施建议是“不搞亚运也要做的”，而这其中，相当一部分是通过市场化方式来运作的，如广州塔、海心沙、花城广场，政府只需要“建好制度，管好钱”。

广州人认为，“节俭”一是不讲排场，不搞攀比，能满足亚运会的需求就行；二是注

奥体网球馆。

重赛后利用；三是注重引入社会力量建场馆，如保龄球馆是利用私人场馆进行维修以后来使用，这部分为亚运会省了20亿元左右；四是在一些环节上能省即省，例如本国的技术官员能满足要求，就不花大价钱到国外去聘请等。

“节俭亚运”来自于精打细算，合理统筹。亚组委常务副秘书长、广州市副市长许瑞生表示：“广州一直在实行精明严格的财务管理。节俭是基本原则，不会盲目提高服务标准。”在一次新闻发布会上，曾有记者提问：多哈亚运会开幕式用了1.8亿美元，广州亚运开幕式打算花多少钱？“费用可能只是多哈的几分之一，但广州将会运用中国人的智慧给大家呈现一场充满岭南风韵的、效果不打折扣的盛典。”广州亚组委官员的回答赢得满场掌声。

广州亚组委下设18个部门，但所有工作人员加起来只有800多人，是同类大型运动会组委会工作人员的三分之一。在一些部门的办公室里，实习生连固定的座位都没有，只能“流动”办公。

在亚运投资的重头戏——场馆建设上，广州也充分显示了务实、高效的城市风格。在申亚之初，广州曾计划使用场馆96个，后来经过精打细算缩减至70个。其中新建场馆12个，改造维修58个。而且，广州提出，各类场馆的改造建设都坚持以简朴、适用为原则，不搞形象工程；改造场馆不作标准提升和超规格扩建；新建场馆在建筑形体上不作过度追求；建筑材料选用上不刻意追求品牌豪华；亚运城工程采用综合管沟、水源热泵、雨水收集、建筑节能等9项新技术，均志在打造资源节约型、环境友好型的建筑空间；兼顾赛时赛后功能适用，减少临建开支。

在务实精神的旗帜下，广州市重点公共建设项目管理办公室完成施工类招标87个批次，通过招投标竞争节约资金达4.2亿元。

亚组委各部门“节俭办亚运”上，可谓各显神通。

亚运城赛时总绿化面积达1.1平方公里，需要绿化乔木、灌木120多个品种，近4万余株。如果按常规施工组织安排，这些苗木的采购将在绿化施工单位招标进场后分标段进行。然而招标领导小组会议经深入研究分析发现，大量苗木短时间集中采购极可能导致市场价格快速上涨，从而导致工程造价大幅度膨胀，还容易造成苗木供应不到位。为此，决策者们及早谋划、超前出击，巧用亚运城中亚运公园地块闲置的时间差，提前一年半就开始了亚运城绿化苗木的分批采购，并将采购回来的苗木精心假植在亚运公园内。这一举措可谓一举三得：既方便了日后苗木的精心挑选，又避开了与全市周边地区大规模的苗木采购活动相冲突和有效控制地采购成本。经初步测算，单此一项策划，亚运城至少节约工程投资1500万元。

在进行场馆建设时，在亚运会沙滩排球场到底是使用海南沙还是广东省内沙问题上，各方意见不一。海南沙要750元一吨，而广东省内沙只需200元一吨，8000吨沙排比赛场若用省内沙可节省400多万元。当时，负责沙排项目的竞赛部处室领导、竞赛主任助理会同场馆器材部、沙排团队主任等有关人员，前后两个月共10多次往返广东各地的河滩、海滩找沙。他们逐一考察了惠东巽寮湾、阳江海陵岛、东莞虎门、南沙等地的优质沙滩，经过反复比选，最终选定了来自茂名的完全符合国际沙滩排球竞赛要求的用沙，节省了400多万元。亚运会转播商的技术人员甚至认为，该沙子的电视转播效果比北京奥运会还要好。

按照惯例，所有亚运会项目都应举行测试赛。广州亚组委严格控制测试赛总数、规格、规模和内容，首先，对于某些广州已具有丰富赛事组织经验的项目，如乒乓球、羽毛球、网球等，就没有安排专门的测试赛；其次，务实的亚组委认为，测试赛以达到测试目标为目的，不追求赛事本身水平的高低，不追求办赛的轰动效应，省内赛事占了60%，国内赛事占30%，亚洲及以上赛事只占10%；在规模上，以省、市内举办的邀请赛、调赛为主，锦标赛和公开赛较少；第三，在测试内容搞大而全，避免一刀切。种种举措，令专项测试经费从原计划2240多万精减至1440万元，平均每项赛事办赛成本不到38万元。

在亚残方面，广州在设项时充分研究亚洲残疾人体育现状，根据亚洲残奥委员会（APC）的设项原则和所掌握的情况，尽量控制一些因报名人数少而取消立项和并项可能的小项的设立，最终形成了广州亚残运会设置390个竞赛小项的预设方案，比原计划470个小项缩减了近20%。

附：晒晒亚运这本账

大军未动，粮草先行。举办一届大型运动会，更是如此。

1990年，北京亚运会的总投入为26亿多人民币；2002年，釜山亚运会总投入3亿美元；2006年，多哈亚运会总投入28亿美元，因而被称为“用钱堆出的亚运会”。

广州市人大代表王跃林曾大声发问道：广州办亚运会花了多少钱？广州亚运会是赔还是赚？他不仅道出了广州市民迫切想知道的一个问题，也引出了国际社会深感兴趣的一个话题。

对这两个问题，广州市的回答是明确、公开、透明的。

就在各项亚运工程全面竣工投入使用之际，广州市于2010年10月正式对外公布：广州举办亚运会和亚残运会的总投资逾1200亿元人民币。

1200多亿人民币，这是一个什么概念？这意味着广州亚运会是20年前的北京亚运会费用的整整49倍！

而在这个数字公布的第二天，广州市财政局局长张杰明就紧急约见中外媒体，并详细解释了1200亿的构成：2005—2010年间广州市投入城市重点基础设施建设资金为1090亿元，而用于亚运会（亚残运会）赛会运行和场馆建设维护的投入共136亿元。

换言之，广州亚运会直接投入赛会的费用是136亿元，而非1200亿。

“1090亿元重点基础设施建设资金，是立足于城市长远发展的长期投入，不应简单等同于亚运投资。”张杰明甚至为媒体们举了一个例子：“譬如我儿子长大了，要办婚事，我拿出90万元积蓄买了套房子给他。但你不能说，财政局长的儿子办婚事花了90万元。”

而136亿的赛会直接费用，在历届亚运会中算多还是少？张杰明表示，多哈亚运会仅开幕式就投入了2.8亿美元，广州亚运会应该排“中等”。

比起“多与少”的问题来，务实的广州人其实更关注“赔与赚”、“值与不值”的问题。对此，张杰明表示：“不会亏钱，但也不会赚很多”，张广宁也在其他场合明确表示：“应该说做到了收支平衡，还有节余”。

而有研究表明，长期回报相当可观。广州市社科院产业经济与企业管理研究所所长尹涛预测，围绕亚运会的大量投资和消费为广州额外增加8000多亿元地区生产总值，将增加43.02亿元的财政收入。

2005—2010年城建资金1090亿的账簿

◎地铁建设经费547亿元，开通了5条地铁线路，新建了144公里地铁，亚运前通车总里程达222公里。

◎城市道路、桥梁等基础设施建设经费185亿元，推进洲头咀隧道、黄埔东路、护林路、中山大道BRT试验线、仑头—生物岛隧道、生物岛—大学城隧道等市政道路的建设。

◎环境综合整治经费190亿元，推进了市政道路两侧、老城区人居环境、亚运场馆及重点区域周边环境、机场高速公路、空气环境、绿化、绿道建设等整治工程。

◎ 公益性污水治理与河涌综合整治经费168亿元。

第三节

RANG SHANG YE LUO JI GUAN ZHU GUANG ZHOU YA YUN

让商业逻辑灌注广州亚运

因为首次在亚运历史上采用市场自主开发的新模式，广州以一座副省级城市的财力和架构，在国家和省委、省政府的大力支持下，主要依靠一城之力成功举办了一届规模最大的亚运会。

从北京亚运会的举国之力到广州亚运会的举重若轻，堪称史诗般的跨越。这意味着，随着中国综合国力的增长，中国的城市力量也急遽生长。在未来的大型盛会和国际竞争舞台上，除了国家角色，城市的“戏份”将越来越重。而广州亚运会则极有可能是一个新的起点，其标本意义在于，如何通过政府的杠杆去撬动更多的社会资源，从而取得共赢。

广州亚组委大胆买断亚运会招商权，令广州成为亚运历史上第一个接受亚奥理事会经营权“让渡”的主办城市。自主市场开发两年后，一组数据证明了“敢为天下先”的勇气可嘉、收益可观：截至亚运会开幕前，广州亚运会已签约49家赞助商，通过市场化运作募集了30多亿元，是2006年多哈亚运会的5倍、2002年釜山亚运会的3.5倍，仅开幕前的收入，就能够保证本届亚运会的收支平衡。

截至2010年10月23日，广州亚运会共有高级合作伙伴7家，合作伙伴6家，赞助商5家，独家供应商8家，供应商20余家，有国企、民企、外企，还有台湾的企业，覆盖面非常广，商业价值冠绝历届亚运会。

市场开发的大获成功令广州亚运会成为世界大型综合性运动会的经典案例。广州亚运带来的巨大商机，甚至打动了他国“申亚”的念头。据菲律宾媒体报道，在参观了广州亚运会筹办工作后，菲律宾体育委员会主席哈里•安平表示，举办亚运会的城市能够吸引许多大公司，菲律宾有意申办2018年亚运会。

广州亚运会成功的市场开发运作，聚集了众多探询的目光：广州究竟有什么“秘笈”？

亚奥理事会首次让渡市场开发权

现代大型赛会的商业化始于1984年洛杉矶奥运会。

在1984年洛杉矶奥运会之前，通过商业手段筹集奥运经费，被认为有损奥林匹克精神的纯洁，奥运会的主要开销都要由承办城市和国家的财政支出，以及来自个人捐赠和会场的门票收入。

随着奥运会比赛项目的增多和规模的扩大，主办城市面临着越来越沉重的经济负担。经济负担成为各城市尝试申办奥运的顾虑。1978年洛杉矶在没有竞争对手的情况下获得了第23届奥运会的举办权。

而正是运营模式的改变化解了奥运危机。国际奥委会1978年宣布允许洛杉矶以商业化的方式筹集奥运会经费。通过出售转播权和设立独家赞助商的方式，这届奥运会结束后盈利2.5亿美元，成为第一届真正盈利的现代奥运会。

与全球瞩目的奥运会相比，作为区域性赛会的亚运会其局限性显而易见。回顾亚运史，首次实现盈利的“洗具”故事，比奥运会整整迟了20年。这故事是发生在曾以一国、一城之力先后4次主办亚运会的泰国首都——曼谷。

继1966年，1970年，1978年，曼谷于1998年12月第四次举办亚运会，此时正值金融危机爆发后半年，筹备过程充满种种酸楚和艰辛，但大量运动员、记者和游客的涌入，使泰国旅游和酒店业有了复苏迹象，最后反而赚了2亿多泰铢（约560万美元），实现了亚运会史上破天荒的首次盈利。究其主要原因，正是由于组织者的经营有方，也就是整体筹备、谋划、布局的科学、合理和专业。

然而，时易势移，多哈亚运会、广州亚运会所面临的困局也是显而易见的。

从2002年算起，能够让人们留下比较深刻记忆的世界性赛会不少于十个：2002年的韩日世界杯、釜山亚运会、盐湖城冬奥会，2004年的雅典奥运会、葡萄牙欧洲杯；2006年的德国世界杯、多哈亚运会、都灵冬奥会；2008年的瑞士奥地利欧洲杯和北京奥运会。而上海世博会和南非世界杯更是与广州亚运会同年举行“撞到正”！

虽然不同的大型体育赛会定位有所不同，但是大部分赛会都拥有同样的目标观众。道理很简单：在南非世界杯的盛宴狂欢之后，亚运会上的足球比赛即使再激烈，估计很难再入一个球迷的法眼。

事实上，就连南非世界杯也在为暴涨的预算发愁。2004年南非取得世界杯举办权，当时的预算只有2亿—3亿兰特。而两年后，承办费用一涨再涨，仅预赛已高达120亿兰特（约合12亿美元）。所以，没有成功的市场开发，就没有成功办会的前提和条件。

如此众多的盛会不仅对观众的热情是一种挑战，对于赞助商们的营销支出也同样是一种挑战。可以理解的是，亚运会的赞助商将比赞助奥运会和世界杯等赛事时要“小气”一些，但是“小气”到何种程度，对于广州亚组委的决策者们来说却是一个未知数。

古石阳曾对记者表示，在奥运会和世博会之后举办亚运会，很多企业因前两个活动已经花费了大量的资金进行赞助，这确实给亚运会的市场推广带来挑战。

更何况，原来的亚运会市场开发都是交由代理公司、中介公司主导进行的。广州亚组委市场开发部部长方达儿曾介绍说，日本电通公司作为代理商承接了釜山亚运会及多哈亚运会两届的市场开发工作。在这种模式下，21%的收益归代理商所有，而余下的1/3收益则需以现金折现的方式给亚奥理事会，剩余的现金及物资才划归当届的亚组委。

广州亚运会到底能够带回多少市场开发的数额？“我当时是亚运市场开发部部长，既然电通公司是唯一的代理商就应该给我们承诺，但是对方开始不愿意，我当时感觉到不理解，你是唯一代理商，你不能做到哪算到哪，因此我一直在强调应该给我们承诺，结果再三敦促，他们承诺了一个非常低的数字，就是1.2亿美元，按照目前的比例来算才多少钱？非常少！跟我的愿望相距甚远。”广州亚组委副秘书长、广州市体育局局长刘江南后来回忆说。

此外，鉴于2006年多哈亚运会市场开发得并不乐观，亚奥理事会指定的代理商对中国市场情况也不了解，再加上亚奥理事会在商业利益分配方面有着严格规定，广州亚运会市场开发的前景一度非常黯淡。

2006年，时任亚奥理事会总干事穆塔莱第一次提出“让渡”市场开发权的意向后，广州市政府紧急召集专业人士进行可行性报告分析，经过对国内经济形势的深入了解，广州方面认为亚运会的商业价值要高于普遍预期。

经过多次的交涉，甚至在国家总局出面的帮助协调下，前所未有的“让渡”终于成为了现实。

2008年2月1日，亚奥理事会主席艾哈迈德·法赫德·萨巴赫亲王和广州亚组委副主席兼秘书长、广州市市长张广宁，在第16届亚运会市场开发权让渡协议上郑重签下了自己的名字。中国奥委会副主席、国家体育总局副局长蔡振华见证了整个签约仪式。

张广宁在致辞中意味深长地说：“这个签约仪式虽然简单，但意义重大。”的确，在亚运历史上，亚奥理事会把市场开发权全部让渡给主办城市属于首次，这充分显示亚奥理事会对中国体育事业的支持，对广州亚组委的信任。这也意味着，广州成为亚运会历史上第一个可以自主进行市场开发的举办城市。

“让渡”的成功令之后的一切成功都有了可能。

自主市场开发创新顶住金融危机

创造市场自主开发的新模式，是广州亚运会的惊人之笔。然而，广州还没来得及充分体会拿到市场自主开发权的喜悦，便迎面遇上了更大的挑战——世界性的金融危机。

从2008年下半年，席卷全球的金融危机令世界经济遭遇前所未有的“寒冬”，广州亚运会的市场开发工作也不能幸免，感受到了阵阵寒流侵袭。

但广州已经没有了退路。“既然开发权交给亚组委，一切得靠自己。而我们正好在世界金融危机爆发的节骨眼上接过市场开发的权利，对广州亚组委开发来说无疑是一个困难局面。”刘江南如是说。继任亚组委市场开发部部长的方达儿更是坦承，那段日子的确很难熬，有时接连几个晚上都睡不着觉。“有的企业在金融危机面前打了‘退堂鼓’。”

资金困难是亚运会主办方的历史难题之一，有的国家和城市，因“囊中羞涩”被迫缩减比赛项目甚至放弃主办权。

从最后落实的亚运赞助商名单中，也可以看出广州亚运会受全球经济不景气的影响有多大：在历届奥运、亚运盛会几乎无一缺席的可口可乐、NIKE等，均不在本届亚运会赞助商之列。

虽然由于国际金融危机影响，一些世界级大企业退出广州亚运会的赞助商之列，但留下的市场空白引起了很多中小企业的兴趣。可以说，在不少世界性品牌缺席之时，是民族企业向广州亚运会伸出援手，而亚组委敏捷地迅速地握住了这只手。

摘下“头彩”的是广汽集团。就在“让渡”协议签署仅3个月后，2008年4月24日，广汽集团与广州亚组委签订协议，正式成为广州亚运会首家高级合作伙伴，更一举签下高达人民币6亿元的赞助金额！单单这一笔，这个数额就已经超越多哈亚运会的赞助总金额！

为什么是令人惊叹的6亿？张广宁在签约仪式上讲出了一段鲜为人知的历史：10年前，广汽重组需要6亿元资金，广州市政府拿不出，求助省政府，最后只好卖掉北环股份，才凑出6亿元支持广汽。“广汽此前涅槃重生的10年，离不开广州市政府的支持。现在，广汽已经是广州工业的龙头企业，赞助亚运也有‘回报社会’的意味。”业内人士如此评说。

与北京奥运会跨国赞助企业云集不同，广州亚运会的合作伙伴、赞助商及供应商中，国资背景企业及广东本土企业居多，尤其是后者唱起了主角，甚至还突显了“岭南特点”，王老吉、TCL等一批植根岭南的民族企业，成为世界级体育盛会的新贵。

广州亚运7家高级合作伙伴中，民族品牌占了6家，本土企业有广汽集团与王老吉两家，6家合作伙伴中有TCL和网易两家。而5家赞助商中，广东企业有4家；7家独家供应商中，广东企业有5家；27家供应商中，广东企业也占了14家。

还有不少广东企业以“捐赠”名义，搭上亚运的营销顺风车。如广州绿动环保科技有限公司就是借向亚组委捐赠价值上百万元的净烟产品之机，让其产品直接进入亚运会各个场馆和运动员的房间。

另外，广州亚运会还吸引港台资企业的积极参与，台湾最受欢迎的啤酒品牌台啤2010

广汽集团成为首个广州亚运会高级合作伙伴。

年就与亚组委签约，成为广州亚运会合作伙伴、独家啤酒赞助商，开创台湾岛内企业首次赞助在内地举办大型国际性运动会的先例。

民族品牌借助亚运会，从幕后走到前台，成为国际性活动的主赞助商，在于不少民族品牌多年来深耕庞大的中国内地市场，积累了雄厚资金实力，而中国消费市场持续复苏的前景，更给他们壮了胆。

在民族企业的强有力支撑下，广州亚运会的市场开发持续创下新高，令市场开发成绩远超预期。

事实上，直到离亚运会开幕不到一个月的时候，广州亚运会组委会还在与供应商签约。纵向对比，广州亚运会总赞助金额早在一年前已经超过多哈亚运会5倍、釜山亚运会的3.5倍。

因此，人们普遍认为，“让渡”只是迈出了广州亚运会市场开发的重要一步，而海内外企业对中国经济活力的认可以及对亚洲经济崛起的信心，是广州亚运会市场开发成功的重要砝码。

国际品牌企业错失亚运营销盛宴

依托中国稳健有力的经济发展和组委会全力以赴的工作，广州亚运的市场开发终于熬过“寒冬”，迎来“春天”。但“春天”过后，广州亚运带给赞助商们的，都是“洗具”故事吗？

众所周知，广州亚运会赞助商的赞助门槛价很高。广州亚运会官方网站显示，此次设定的赞助商体系，从高级合作伙伴到普通供应商共分为5个级别，赞助门槛分别为3000万美元、2000万美元、1000万美元和500万美元。有的价格与上届亚运会相比提高了一倍。

在体育营销业界看来，一个大洲内各国参加的亚运会，赞助费用标准已经接近影响覆盖全球的奥运会了。即使与奥运会顶级合作伙伴6500万美元的基本赞助标准相比，广州亚运会个别高级合作伙伴的赞助费也不逊色。如广汽集团投下人民币6亿元外，三星电子、361度等企业赞助费也都在2亿元以上。

但细看赞助商名单，可口可乐、耐克、阿迪达斯等体育赛事赞助的常客，却一概不见踪影。

有知情人透露，其实亚组委市场开发部早早就向一系列热心体育营销的国际品牌企业发出了邀请，但金融危机让这些企业犹豫不前。然而，随着亚运会开幕日期临近，金融危机冲击逐渐缓和，不少企业又流露出参与的兴趣，不过，由于亚运会各级别的合作伙伴和赞助商都有具体名额限制，名额满了，想进也进不来。就连韩国三星电子，也是由于三星是亚奥理事会长期合作伙伴，亚奥理事会出面为它说情，广州亚组委才“网开一面”。

业内人士分析说，奥运会、亚运会这类大型体育赛事，为企业提供了国际平台，当这些企业与亚运联系在一起时，他们的品牌则与 “优秀”和“成功”紧密联系在一起。

事实上，亚组委在选择赞助商上，也相当慎重，其商业逻辑：参与亚运会相关项目的企业，最好能对亚运会进行赞助，但是前提是该企业必须能确保拥有足够的资金实力，产品优质等。不可否认，一家企业能否成为亚运合作伙伴，赞助费在其中起着不小的作用，但是亚组委并非只是“见钱眼开”，因此，对企业而言，也不是“有钱大晒”。

东莞光润家具制造有限公司成为广州2010亚运会家具的独家供应商，董事长高汉光曾告诉记者：之前亚组委并没有选择光润家具，最后通过实地考察、市场调研，综合评估才选择了光润家具。

很显然，精打细算的赞助企业也各有盘算。

亚运会合作伙伴TCL集团一位负责人表示，近年来他们开拓海外市场的进展一直不太顺畅，而亚洲市场向来是TCL海外自有品牌最重要的阵地，赞助亚运是他们在区域内各国提升品牌价值、拉动销售的好机会。

事实上，效果也是相当明显的。以菲律宾市场为例。2009年5月，TCL利用亚运合作伙伴身份在当地举行的“亚洲之路”推广活动，当月彩电等产品销售额超过了2008年全年在该国市场的业绩，6月份的销售又比5月份提高了近20%。

加速实现国际化，也是很多广东本土企业赞助亚运会的重要目标之一。向亚运场馆提供王老吉凉茶和昆仑山矿泉水的加多宝集团一位负责人坦言，东南亚是全球最大的华人聚集地，王老吉凉茶在这些国家和地区有很好的市场基础，借助亚运会营销平台，将会让更多亚洲尤其是东南亚国家的消费者认识王老吉。而王老吉让可口可乐、百事可乐黯然出局的故事，最为媒体所津津乐道，也必然成为王老吉发家史上浓墨重彩的一笔。

韩国三星电子的目标却直指以广州为中心的华南市场。此次三星亚运赞助权益涵盖了通信、视听、数码、家电全领域，它的野心是每一个赞助商品类别上，在华南区的市场份额至少能增长20%。

台湾最受欢迎的啤酒品牌台湾啤酒自2009年10月与亚组委签约后，成为广州亚运会合作伙伴、独家啤酒赞助商。台湾烟酒公司副总经理游杭柳说，台啤进入内地市场时间还不长，但发展势头非常好。

东莞的民营企业也有自己的胜算：五星太阳能赞助亚运会为东莞新兴产业带来希望；而光润家具股份有限公司在成为广州亚运会家具独家赞助商后，这个一度依赖产品外销的企业，内销之路驶上了正轨，2010年超额完成销售目标2000多万人民币，并在国内首开办公家具专卖店的先河。

继通过奥运视频直播获得成功以后，网易再度成为亚运会史上首个互联网赞助商，正欲借此向外界表明要加大门户内容投入的决心与雄心。

至于广汽和TCL，作为国有企业，除了有支持地方政府、回报社会的考虑，同样也是出于商业行为的考虑。

2010年9月份，广汽自主乘用车首款车型传祺下线。亚运期间，广州真可谓“满城尽是传祺车”：大街上有500辆尚未上市的传祺，作为亚运官方用车频繁往来机场等要道、比赛场馆周围遍布广汽集团和传祺车型的宣传彩旗、广州城内的一些商业中心广告牌早已换上传祺的新装……无论在筹划上市，还是在发展自主品牌两方面，赞助亚运对广汽提升品牌形象均大有好处。

而TCL，在国际化道路上受阻后，继续加大开拓东南亚市场的步伐已成必要，很显然，亚运会是它的一个很好的营销契机。

体育产业联手房地产开发亚运城

“亚奥理事会的‘让渡’让我们成为亚运会市场开发的主导者。”广州亚组委市场开发部部长方达儿对记者说，“我们对中国国情、企业诉求、市场状况更熟悉，市场开发也更有针对性，因而成效更好。”

广州亚运会市场开发主要有六大领域，包括赞助、电视转播权销售、特许经营、票务、捐赠和宣传推广（海外），各单项收入均达到了历史新高度。

台湾啤酒与广州亚运合作暨亚运专用啤酒面世活动在广州亚体中心举行。

省长黄华华将亚运城“管理金钥匙”交给亚运城负责人。

在广州亚运会开幕不过一周时间，亚运城MPC（主新闻中心）的亚运特许商品店已经第五次进货了。一位工作人员一边忙着搬箱子，一边对记者说：“‘五次’指大批量进货，另外每天我们都要给畅销纪念品补货。”在运动员村国际区等处的特许商品专卖店，销售人员普遍反映，各类特许纪念品都很热销，现在有的品种需要预订，而有的则已经断货了。广州亚运会与27家制造商共同开发了11大类2000多种特许商品，兼顾实用性和时尚特色，面市后特别受欢迎。

精装修两室两厅、24小时热水、电子管家、一楼多部高速电梯亚运城里媒体村和运动员村居住环境让人感觉非常舒适。许多亚运来宾在享用这些设施的时候并不知道，这些房子都是有主的——早在亚运开幕前的两个月，开发商就拿出的亚运城首批房源推向市场，尽管这里离广州市区有50分钟车程，均价达到了1.2万元/平方米，但在开盘前一天晚上，还是有很多人通宵在这里排队。开售一个月，至2010年10月25日，亚运城项目已签约的房子达3200套，成交40亿元。

与20年前北京亚运会政府出资建设场馆的模式不同，广州政府和亚组委早早就设计了体育产业与房地产业相结合的模式。五家国内房地产“大腕”出资近300亿元，联手拿下亚运城的开发权和经营权，除了已售出物业，今后预计开发商每年还可向市场推售60万平方米商品住宅及相关配套设施。

而赛时配套设施也将在赛后转变功能继续使用，比如，主媒体中心赛后将改建成大型购物中心，赛时作为志愿者宿舍和运动员体能恢复训练的场所，赛后将成为亚运城的配套中学；包括沙滩排球场在内的亚运公园将予以保留，成为社区室外活动空间；赛时物流中心则将改建为拥有500个床位的三甲医院……据了解，所有亚运城的场馆和设施，在亚运会结束后都会立刻转为民用或商用。

每场比赛前，所有看台座位上都会放一只印有某赞助商LOGO的充气棒；比赛间隙，穿着某赞助商品牌服饰的吉祥物会在现场与观众互动，拉拉队员和其他演出人员会给观众送上某赞助商提供的小礼品这些，都是赞助商服务团队给予赞助商的回报方式之一。

广州“老字号”王老吉。

亚运会前的商业开发部，在亚运会开赛后变身为“赞助商服务团队”，部长方达儿的身份也变成了赞助商服务团队主任。“我们非常注重维护赞助商权益，除了进行定向采购，还为高等级的赞助企业提供更多赛场广告和以体育展示为载体的回报等。”方达儿介绍，2008年底，亚组委成立了由14家高级赞助商组成的“赞助商俱乐部”，定期通报亚运会筹备以及市场开发的进展情况；举办亚运营销专题论坛，与赞助商协商赞助进程中遇到的重大问题等。

结缘亚运全本土赞助商成功转型

赞助亚运到底值不值？亚运生意这本账，到底该怎么算？不同的赞助商显然有着不同的算法，而亚运带给他们的惊喜也各有不同。

众所周知，投资体育产品需要花费的资金和相关资产是非常巨大的。“即使企业取得了官方赞助权，这也仅仅是一个开始。真正用它的时候才是真正花钱的时候。”一位体育营销专家说。TCL集团品牌管理中心有关负责人也说，“除了赞助费外，赞助企业还要拿出2—3倍的费用来进行宣传推广，赞助一次就意味着要透支企业两至三年的宣传费用。”

这就是体育营销学中的“1：3”定理。也就是说，在整个赞助期间，企业还需要花费大约3倍于赞助款的资金来告诉目标消费者自己是赛事的官方赞助商。难怪有人将投资体育赞助比喻成“买名贵跑车”，在支付了购车款之后，买主还需要不断地支付维护和保养方面的费用。

1. “两乐”缺席？

借亚运平台王老吉有望跃升世界级饮料品牌

体育赛事历来是大牌饮料品牌寸土必争之地。但有意思的是，无论是在奥运赞助榜上稳占一席的可口可乐，还是在市场上对可口可乐步步进逼的百事可乐，都没有出现在亚组委合作伙伴的名单当中。两乐同时“缺席”广州亚运，令王老吉独领风骚，成为亚运有针对性的市场开发理念一个意味深长的注脚。

有一种解读是，王老吉之所以脱颖而出，最大“功臣”正是王老吉与第16届广州亚运会在文化取向上的契合点。

北京举办的1990年亚运会和2008年奥运会，作为中国举办的第一个亚洲及世界型体育赛事，更多需要承担展示中国整体民族文化的责任。而广州是岭南文化的中心，2010年的广州亚运会则成为弘扬岭南文化的良机。

岭南文化的精髓是：包容，坚韧，和谐，开放，而本届亚运会的主题口号是“激情盛会，和谐亚洲”，与岭南文化的精髓一脉相承。亚组委也有意将更多岭南文化特色注入本届亚运会中，突出亚运会的岭南特色。无论是亚运会的吉祥物选择，还是主题歌曲的创作，都以是否契合岭南文化作为挑选的重要标准之一。

凉茶始祖王老吉起源于岭南，作为两广地区的老百姓清热止渴解暑湿的保健养生饮品已经流传了千百年，具有悠久的历史和地道的岭南本土文化特征。加多宝相关负责人表示，王老吉历经180年悠悠岁月，早已是岭南凉茶文化的一个象征符号，同时也成为一个了解岭南文化的窗口。“岭南文化的代表赞助体现岭南文化的体育盛事，王老吉是赞助亚运会的最合适品牌。”亚组委相关人士笑称，而“两乐”所代表的美国文化就不一定很适合此次广州亚运了。与岭南文化的代表王老吉合作，也有利于广州亚运会中岭南文化元素的宣传推广。

业界专家指出，王老吉借助与广州亚运会匹配的岭南文化契合点，将有力抓住奥运后最大的体育营销机会，利用广州亚运会搭建的国际性体育平台，积极实施国际化营销战略，有望升级成为一个世界级的饮料品牌。

2. 是赚是赔

东莞民企自有一盘账

2010年11月11日，亚运会开幕的前一天，东莞东城光润家具工厂内的电子公告栏，滚动播放着几条信息：

“光润公司全体员工祝广州亚运会圆满成功！”“热烈庆祝高汉光、黄彬勇、朱建生被推选为广州2010亚运火炬手！”“热烈庆祝我司亚运家具全面交付使用！”

作为广州亚运会唯一的家具供应商，东莞光润家具砸出重资终于与亚运结缘，却有人说，这是赔钱赚吆喝。

公司董事长高汉光却认为，如果是从直接获利来说，亚运订单的确并非最好的生意，但后续商机很大。

高汉光细细地算了一本账。“赔本”，在账面上是有据可查的。首先，光润家具从数十家竞争企业中脱颖而出，以现金和实物各占一半的3506万元赞助额，成为广州亚运会唯一的家具供应商。此后，为了确保在不影响公司其他订单供货的前提下，企业顶住金融危机的压力，投资2000多万元引进了一条新的生产线。

由于亚运会的订单，是先交货后付款，因此光润家具在收到第一笔亚运订单款项之前，为此投入的资金总额已超1亿元。按照目前家具行业的平均利润10%来计算，亚运订单的总额大概1亿多元，因此这笔生意下来，光润家具真正赚到亚运会的利润只有1千多万元。“我们赞助亚运3000多万元，赚回来的大概这么多，从表面上，是一笔赔钱的买卖。”高汉光承认。

但与此同时，高汉光又算了另一笔账：

2008年，光润家具为亚运会供应商之前的市场格局是：国外市场占企业销售额的90%以上，国内市所占比重甚小。

时至2010年，公司新生产线上线之后，公司产能提升30%以上，市场格局更加合理，目前国外市场所占的份额为45%，而国内市场份额已经上升到了55%。可以说，公司已经成功从一个外贸企业，实现了内外销并举“两条腿”走路的目标。

在高汉光刚刚放下亚运火炬手的火把之后，光润的美国总代理不期而至，这位美国客商听说高汉光成为亚运火炬手之后，强烈要求高汉光拿着亚运火炬与之合影。

在之后的洽谈中，该美国总代理信心满满地说，借助亚运品牌效应，将有把握将光润在美国的市场销量提升20%。“美国经济并未完全好转，对方做出这样的承诺不容易。”高汉光说。

“公司的成功转型，与亚运家具独家供应商——这块金字招牌是分不开的。”高汉光说，光润家具与亚运会联姻之后，借助亚运品牌，国内政府部门的订单明显增加，因为对方认亚运这个牌子，目前国内订单中，亚运订单占了30%，接下来公司将借助亚运的品牌效应，拓展国内市场。

高汉光说，光润家具在国内首创的“办公家具专卖店”已开张了5家，尽管因为承担为广州亚运会供货的紧迫任务，而放慢了专卖店扩张的速度，但借亚运品牌的东风，年内开满10家专卖店不成问题。

同是东莞民企的东上板业，也上演了类似的“洗具”故事：在参与亚运会建设之前，东上板业的所有业务都在国内，并且主要局限在广东、广西两大市场，但是参建亚运之后，北方不少工程公司在考察亚运工程项目时，都表示了与东上板业的合作意向，鉴于看得见的市场发展前景，公司目前正在计划投建新的生产线。2010年6月份，几个中东的客户更慕名主动找到林相环，希望能展开一些合作。

与亚运会成功联姻的东莞企业无疑是幸运儿，但是如何用好亚运这张金字招牌，将考验企业家们的智慧。

“说实话，赞助亚运等于提前透支了公司未来几年的推广费用，当初做这个抉择时我背负了很大的压力。”高汉光坦言，虽然现在亚运品牌效应已经让光润收获不少，在未来两年内如何继续创造性地打好“亚运会家具独家供应商”这张已经捏在手上的金字招牌，仍有待研究。

第四节

BA GUANG ZHOU WEI DAO LAO RU YA ZHOU JI YI

把广州味道烙入亚洲记忆

看一项大型国际性体育赛事办得成功与否，其标准无疑是对大赛的记忆是否能长久地留在人们的脑海里。为此，每一届亚运会的组委会都是绞尽脑汁，从赛事规模、参赛人数、开幕式内容、地域风情等许多方面大力宣传。广州亚运，将怎样让人们长留心底？

北京奥运带给国人的激情尚未走远，南非世界杯、上海世博会掀起的热浪纷至沓来，而与这些规模更大、名气更响的大型国际性盛会“撞期”，令广州亚运更加迫切地渴望着让世界了解自己、让亚洲认同自己。

毋须讳言，在众多国际性赛会中，作为区域性赛会的亚运会面临越来越大的竞争压力。比如，提起2002年和2006年，一个普通的体育迷可能首先想到的是韩日世界杯和德国世界杯，其次才可能想到在釜山和多哈还举办了一届亚运会。这给亚运会乃至所有的赛会的组织者提出了一个新的难题：在应对场馆、环境等问题的挑战之外，他们将首当其冲地面临着和其他赛会争夺观众的吸引力竞争。因此，2010年广州亚运会首先面临的挑战是：要在众多“同期”赛会中脱颖而出，大声告诉世界：“我在这里！”

广州亚运会选择在2010年11月12日开幕，这样的会期安排固然有办会传统上、气候条件上、时局判断上、文化认可上的种种考虑，希望10、11、12这一连串的数字能给人们带来清新感觉并更加易记、好记、便于传播的苦心，也从一个侧面彰显出广州提交亚运会申办报告的那一刻起，就有意识、有步骤地构建、运营“广州亚运”品牌的深谋与韬略。

广州亚运会特许商品——“亚洲之路”系列产品在羊城首发上市。

创新，创新，再创新！“广州亚运”全新的品牌形象体系构建了起来，富含独特的岭南文化风貌和海洋文化特质；重访两条丝绸之路的“亚洲之路”串了起来，把亚运火种传遍亚洲；来自民间的“亚运信使团”、“骑客”、“拍客”、“拜客”也行动了起来，把亚运之火洒向更广阔的民间……一系列匠心独运的宣传、策划、营运活动，令广州亚运会犹如迎风飘扬的蒲公英，把亚运的热切期盼、和平的美好畅想、竞技的激情拼搏、友谊的温馨祝福、文化的斑斓色彩、广州的盛情之约，化身为一颗颗生机盎然的种子，撒向全亚洲和全世界湛蓝的海洋、无垠的沙漠、广袤的大陆、美丽的草原、跃动的群山……

岭南文化构建“广州亚运”品牌体系

从2007年起，广州就开始精心构建“广州亚运”品牌体系的种种元素和标识，并请来全国各地的专家们，分成正反两队，为“亚运的视觉标识是要注重传统还是要立足未来”这一论题上演了好一番“唇枪舌战”。

经过仔细的权衡思量，广州的选择是：巧妙地继承，大胆地突破，要将岭南文化精神发挥到极致。最具传播力的元素往往来自传统。睿智的广州人，认定了岭南文化就是广州这座城市的灵魂。

广州建城史长达2200多年，流传至今的独特符号均堪称经典，种种文化符号经历了日久天长的考验，代表着独有的民间文化印记，凝聚着生活在这片土地上的人们千百年来的劳作体验。它既是一面镜子，能使广州市民更加深入地了解历史、增强自信心与自豪感；它更是一扇窗户，透过它世界可以认知广州，感受岭南文化的秀美和开放。

于是，我们看到，流传千年的“五羊传说”幻化为五只可爱卡通小羊，成为亚运吉祥物；广州城市标志“五羊”雕塑，与亚运圣火融合构成了广州亚运会徽；粤剧花旦脸谱，幻化成亚运文化活动标志；《水浸街》童谣揭开了海心沙上那一场令人神往的亚运开幕式……一连串岭南文化符号，就这样被生动而鲜明地烙入了亚运的记忆中。

广州浓郁的海洋文化气息，在亚运标识系统中也得到充分体现。取名为“海上丝路”的亚运奖牌，正面为亚奥理事会会徽和广州市花红棉，背面的左上方为本届亚运会会徽图案，右边为广州独特的“广船”图案，传递了“乘风破浪，开拓进取，敢为天下先”的岭南精神。就连颁奖小姐身上漂亮的礼服——“行云流水”，也仿佛在亚运颁奖台上吹拂着一阵阵清新的海风。此外，颁奖花束取名叫“好运广州”，颁奖托盘为“佩玉盘”，颁奖台叫“珠水呈祥”，无不彰显着岭南文化和广州味道。就连亚运场馆的设计上，也融入了“择水而居”、“向水而生”的岭南水乡气质：亚运城综合体育馆“飘逸彩带”的设计构思，以流动线条展现岭南建筑轻灵飘逸的神韵；广州自行车轮滑极限运动中心，借鉴了粤

广州亚运会吉祥物发布。

式“骑楼”的设计，在东西向建造了遮荫外廊、南北向设计自然通风窗；亚运会武术比赛场馆——南沙体育馆，以“海螺”外壳为造型的意象，运用九个曲面单元来隐喻中国武术所追求的“阴阳俱合，天人合一”……

善用声音及视觉，从会歌的层层海选，会徽、运动图标logo、亚运服装等的设计传播；到“潮流”火炬的网络投票PK，以及将云山珠水的岭南特色融入各场馆……广州由外及内、从细节到整体，构建了完整的“广州亚运”品牌体系。

种种富有文化内涵和地域特色的形象标识，作为亚运会、亚残运会品牌形象的有机组成部分，与会徽、吉祥物、理念等元素结合，广泛应用于形象景观、电视转播、印刷出版物、环境保护、文化活动和志愿者活动的形象推广和宣传中，亚运景观从场馆延伸到城市主要干道，体现出亚运的主题和主办城市的性格。这一切，都令广州亚运名声大噪、美名远扬。

广州亚运会是国内举办大型国际性赛事以来，第一次建立了统一、完整的视觉形象识别系统和场馆、城市亚运景观体系，在媒体和受众中都留下了鲜明记忆。

亚洲之路营造“亚洲一家”欢乐氛围

有人说：亚运会之于全亚洲，恰如春节之于全中国，是一个不分民族、种族、宗教、信仰、地域的全民竞技狂欢节日，它远离政治的喧嚣和纷争，却贴近文化的和谐与交融。而广州是一座具有平民气质、富有包容性的城市，从一开始广州就想把亚运会办成让更多人能够参与和分享的大“PARTY”。选择在市中心一个江中小岛上举行开幕式；以珠江巡游、一江欢歌开启欢乐聚会；加上一次又一次彩排，其目的都是让更多的人参与这个大“PARTY”，充分感受过节的欢快气氛。

正如中国人为迎接春节阖家欢聚而早早忙碌开来一样，广州为了将“和谐亚洲，激情盛会”的理念价值最大化，也早早就“操办”起来：一条开创性的“亚洲之路”重访了海上、陆上两条“丝绸之路”，串起了亚洲各民族的心，成功地撩拨起全亚洲共度节日的热切期盼。

1. 缘起：“两条丝路”拥抱崭新亚运

700多年前，在中国生活了17年的意大利旅行家马可•波罗，奉元世祖忽必烈之命护送阔阔真公主远嫁波斯，历时两年多，终完成使命，堪称神奇的圆梦之旅；

1988年，英国剑桥大学12名学生倡议重走“海上丝绸之路”，并专门建造了仿古传统中国帆船，取名“阔阔真公主号”，却遗憾未能成行；几经周折，“阔阔真公主号”被爱国人士购回香港，并捐赠给广州亚运会组委会；

2009年3月，“阔阔真公主号”出现在科威特，它将扬帆起航，重走“海上丝绸之路”，重现700年前的那一段传奇旅程，不同的是，它此行要圆的是一个不折不扣的“亚运梦”！

而早在2008年11月12日，在广州亚运会倒计时2周年之际，一支由赞助商、传媒人、专业人士和志愿者组成的独特队伍，沿着陆上丝绸之路，逐一登门造访参加亚运会的国家和地区。

“阔阔真公主”号海上丝绸之路归航。

以“Fun Games，Fun Party”为主题，“亚洲之路”形象大使们追寻着张骞、阔阔真公主、郑和等先辈们的足迹，在所到之处沿途举办媒体见面会、趣味跑、签名祝福等各类亚运宣传推广及文化交流活动。通关文牒上，盖满了各地奥委会的印章。

“亚运之路”犹如一条红线，把参加广州亚运的所有亚洲国家和地区串在了一起，共同响应“激情亚运，和谐亚洲”的感召。

它更像是一次特殊的“火炬传递”，把亚运的“火种”传遍亚洲37个亚奥理事会成员国和地区。所到之处，迅速在当地掀起了“中国热”和“亚运热”。

2. 主旨：传播亚运、宣传广州、探索丝路文化

古往今来，两条丝路记载着亚洲人民在天文、地理、农业、畜牧、医药、建筑、航海、艺术等领域取得的辉煌成就，也打通了亚洲各地人民相互之间的交流和友谊。而今，“亚洲之路”活动通过独特的构思和前所未有的方式搭建了一个全亚洲共同参与的广阔平台，并将体育与经济、文化紧密结合，“这对于弘扬奥林匹克和亚运精神，促进亚洲各国和地区的团结、友谊和交流有着重要意义。”许瑞生表示。

亚奥理事会总干事、“亚洲之路”组委会主席侯赛因·穆萨拉姆表示，“亚洲之路”是一个极出色的创意，以全新的模式承载丰富的文化内涵，更是推动亚洲各国家和地区文化交流传播的平台，有利于亚洲人民的和谐相处和文化融合，也有利于奥林匹克精神的发扬。

传播亚运、宣传广州、探索丝路文化，背负着这三项主旨，“亚洲之路”沿途开展了多种多样的经济、文化、体育交流活动，包括“亚运趣味跑”、媒体见面会、亚洲特色文化竞技比赛、亚运祝福手语展示、通关文牒展示以及收集亚运祝福等。同时还在一些重点国家和城市由广州市政府各相关部门牵头举办各种大型主题活动。

通过各国媒体对“亚洲之路”的广泛参与和交流使活动的影响深入到亚洲每一个角落，为亚洲人民留下共同的记忆与财富，既传递广州亚运会团结、友谊和交流的宗旨，又营造出“亚洲一家”的和谐氛围。

3．故事：收获感动，收获快乐，收获分享

亚运会是全亚洲共同的节日，而节日总能使人们的心态格外平和宽容；“亚洲之路”所到之处，“亚运”成为了最好的“通行证”和“名片”。

代表团抵达伊朗的4天正值伊朗的新年。和中国的春节极其相似，伊朗新年是伊朗最隆重的节日，这期间，伊朗人都和家人团聚在一起欢度新年。此时拜访伊朗奥委会是否合适？代表团一行心里都没有底。但没想到的是，当地时间2009年4月3日上午10时，伊朗奥委会秘书长阿夫赛扎德、公共关系部主任阿卜杜拉西、国际关系部主任阿兹兹以及外事办主任加马洛梅德放弃休假准时出现在伊朗奥委会的会客室内。当代表团来到准备签署“亚洲之路”伊朗站通关文牒的会客室，首先映入大家眼帘的是一条醒目的中文横幅：“我爱亚运，广州欢迎你！”伊朗奥委会对于代表团的到来显然是做了精心准备。当记者问，是谁帮他们制作了这条横幅时，阿夫赛扎德和几名官员都得意地笑了“我们这里也有人懂中文啊”。

“你好，我们是从中国广州来的，请问能接受我们关于亚运会的调查吗？”在印度新德里的一家餐厅，当来自广州的团员们拿着厚厚一叠问卷如此礼貌地介绍和询问后，不管是正在聚会的朋友还是正在亲密交谈的恋人，都纷纷放下刀叉，表情从好奇到庄重，再到跃跃欲试，并很快接过问卷，认真地作答起来。尽管奖品只是一些亚运官方特许纪念品，但看参与者都十分专注。不一会儿，问卷便陆陆续续地交上来了，有的参与者居然全部答对了！在这个板球国度里，能有人对亚运会如此了解，实在令团员们感到意外和振奋。当然，也颇有些错得离谱的问卷，代表团团员正好抓住这个机会，跟他们耐心地介绍广州亚运会。有些参与者听完之后笑着说：“嘿，你们这样做很好，我们又当了一回学生！”

亚洲各地华人华侨们对广州亚运的热忱也令人感动。

在巴林，华人同胞抢着跟“乐羊羊”合照，更仔细打听广州亚运会的举办时间，盘算着能否回国观看。

在印尼，十几个华侨华人社团集体签名祝福亚运，表示将用实际行动积极参与支持。

在菲律宾，华侨华人社团举行了各种形式的广州亚运会宣讲、交流及联谊活动，并以最隆重的传统舞龙舞狮祝福亚运。

在尼泊尔，已在当地生活了40年的古稀老人叶孟新，用布满岁月痕迹的双手，在“四十亿人同祝愿，亚运祝福签名活动”的横幅上，一笔一画认真写下了“叶孟新，广东梅县”7个字。叶老先生出生在印度，祖籍“广东梅县”对他而言，显然是一个已经思念了许久的地方：“明年在家乡开亚运会，我非常渴望能回去看看！”叶老先生告诉记者，2008年北京奥运会倒数100天的时候，尼泊尔举行了10万人庆祝游行，他虽然年事已高，但还是走在队伍的最前列，“今后为广州亚运会举行类似的活动中，我还是一样会走在最前列！”

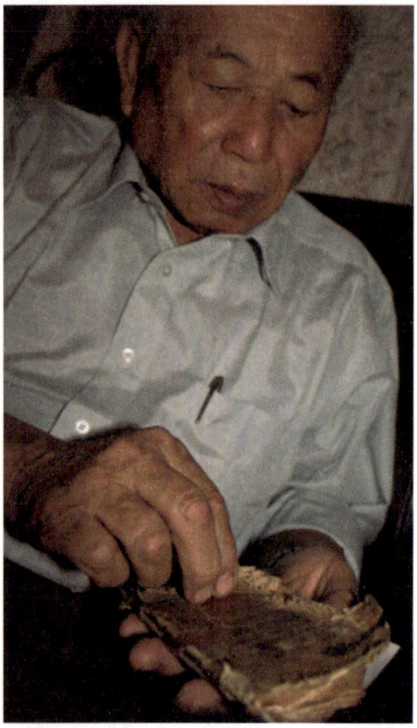
叶孟新老人。

在立陶宛维尔纽斯，一个在广州人看来几乎是“极北之地”的城市里，广州亚运的团员们发现居然有不少人在室外打太极拳，校园里也有小学生在选修太极拳课，顿觉惊喜不已。

在新加坡，国立大学中文图书馆馆长、华侨代表许国华先生题写了一副对联：“同声同气同文化，相惜相知相见欢”，道出了众多海外华人华侨的心声。

亚运信使播撒广州亚运盛情邀约

“广州是一座有2200多年悠久历史的岭南文化名城。这里的云山珠水风光旖旎，这里的都市街景现代繁华，这里的广式美食享誉中外，这里的市民善良淳朴，这里的志愿者微笑温暖如春……2010年，让我们相约广州！”这一封由时任广州市市长张广宁亲手签

广之旅成为广州亚运会首个旅游服务供应商。

署的、情真意切的《广州亚运邀请信》，到底被成功派发到全世界多少个国家和地区？又有多少个城市收到了来自广州的邀请？答案是令人惊喜的：广州共派出了957个“亚运信使团”！共有21个国家和地区的120个城市收到了广州亚运的盛情邀约！

第一封邀请信的发出，是在广州亚运会倒计时500天之际。2009年6月30日，由100名普通市民自愿组成的首个“广州亚运志愿信使团”在广州人民公园举行宣誓仪式，张广宁将亲手签署的邀请信交到信使们手中，并拜托他们带往此行的目的地——新加坡和马来西亚，在旅游的同时义务宣传亚运会。广州市政府、亚组委和每一位广州市民，都对这一个首发团充满了希望，希望亚运的种子能够借助他们的双脚，走出广州，洒向世界。

自此，广州亚运开启了一种大型赛会民间宣传的新模式：首次广泛动员民间力量进行最大广度和深度的民间推介，通过民间互动唤起民间对广州亚运的极大热情。这一创举得到了广大市民的热烈响应。

在广州亚运开幕前一年半的时间内，逾5万人参加了957个“亚运志愿信使团”。

亚运志愿信使团线路共300多条，几乎囊括了国内外所有的旅游热点地区，他们热情的足迹到达了21个国家和地区的120个城市。

拜访目的地城市官员，送上由市长亲笔签署的《广州亚运邀请信》，传递亚运邀请；

前往当地著名旅游景点或标志性建筑物，向当地市民和游客介绍亚运筹办情况，宣传亚运信息；前往当地市民家中，体验当地民众生活，与市民深度互动交流；邀请当地市民写下对广州亚运的期望和祝福，汇集来自各地民间的祝福与希望；结合旅游目的城市的特点，志愿信使开展了一系列具有当地特色的活动，凸显市民互动亮点……一切的一切，志愿信使们心里都抱着一个共同的信念：传播亚运，支持广州。

而首个国内信使团的出发，令平时车水马龙的广深高速公路见识了前所未有的“大阵仗”：近1000辆广州自驾车一辆接着一辆、首尾相接望不到尽头地浩浩荡荡行驶着，搭载着2010名市民奔赴深圳华侨城，车主们统一穿着亚运宣传T恤，将代表1000多万广州市民诚挚地邀请深圳人民亚运期间共聚羊城。而这近千辆自驾车、2010名游客都是在极短的时间内自愿报告参加的，该项活动成为广州亚运推广中最大型的单项民间推广活动，也是广州史上最大型的一支自驾游车队。

在亚运倒计时300天之际，前往韩国的“亚运志愿信使团”中，出现了羽毛球女单世界冠军谢杏芳的靓丽身影。在韩国首都首尔，她与广大市民团员一起在1988年奥运会主场放飞了30只和平鸽造型环保气球，祝愿亚洲各国和睦相处。

2010年2月10日，春节伊始。由广州交通电台名嘴主播梁永斌等人带领的亚运志愿信使团开始了他们的澳洲自驾、宣传广州亚运之旅。信使团一抵达凯恩斯，昆士兰旅游部部长、凯恩斯市市长就举办欢迎晚宴，迎接亚运志愿信使的到来，并接受了广州市民的盛情邀请。

香港、澳门、阳朔、厦门鼓浪屿这几个外国游客较多的城市，亚运志愿信使团更是增加了“英语传亚运”元素，向世界各地游客介绍广州2010年亚运会，热情邀请他们踏足广州，参与亚运。

主场意识彰显新时代广州人精神

与跋山涉水、千里迢迢的“亚运亚洲行”相比，在家门口频频举行的“亚运中国行”、“亚运广州行”就来得更加亲切、更加密切，效果更明显，迅速搅热东道主们的

亚运中国行。

心，亚运主场的气氛一下子热烈起来。

“要围绕迎接运动会、创造新生活，大力推进广州、深圳和全省物质文明和精神文明建设。要广泛开展讲文明、树新风活动，深化文明礼仪教育，形成讲文明、有礼貌、团结友善、热情好客的良好风尚。要大力开展全民健身运动，努力提高人民群众健康水平。”2008年底，中共中央政治局委员、广东省委书记汪洋在主持广东省省委常委会议时，提出了这样的广州亚运会部署。

“要以一流的市民素质、一流的公共秩序、一流的服务水平、一流的城乡环境、一流的社会风尚迎接亚运会、服务亚运会、办好亚运会。”2007年，朱小丹也曾如此阐述广州迎接亚运的“姿态”。

为打造亚运一流“软环境”，广州在自身修炼“内功”方面也有声有色。“迎亚运、讲文明、树新风、促和谐”的“全民行动”贯穿2007至2010年四年，持续时间之长、活动项目之连贯完整在广州尚属首次。

政府的大力倡导，与民间的意愿融合为一股宏大的温暖力量。伴随着亚运的临近，广州人身为东道主的热情和自豪被唤醒并迅速升温。

2008年12月1日傍晚时分，广州夜空出现了“双星伴月”的奇观，就有一位名为张弘弢的市民，拍摄出“双星伴月”下瑰丽的广州夜景，取名“微笑广州”，表达了他对微笑广州的认同与期待。这张图片被无数网友点击和转载，更勾起无数广州人会心的微笑。

2009年3月，以“争做好市民，当好东道主”主题的“亚运广州行”系列群众性宣传

广州亚运吉祥物"乐羊羊"落户上海南京路。

文化活动正式启动。随后，4月份举行了"微笑日"活动，20万窗口行业服务人员和志愿者用微笑喜迎各方宾客；5月份举行了"健身日"活动，数十支龙舟竞逐让现场15万观众沸腾；6月份举行"礼仪日"活动，20万市民现场用文明礼仪迎接亚运倒计时500天……"志愿服务日"、"文明行动日"、"文明出行日"等14个主题日活动陆续上演，令亚运宣传活动"区区有特色、月月有高潮"，一直持续到2010年11月亚运开幕之时。

为培育市民的"亚洲情怀"，广州亚组委从2007年起就启动了亚运竞赛项目进社区、进校园、进农村活动，对板球、藤球、卡巴迪等亚洲特色项目进行宣传推广，并充分利用电台、电视台、报纸等大众媒体对竞赛项目进行全方位、立体化宣传介绍，使"和谐亚洲"的理念深入人心。

2009年4月，"亚运中国行"活动在国内多个城市开展。共走进了合肥、西宁、成都、沈阳、厦门、南京、杭州、武汉、西安、北京、长春、哈尔滨、济南等多个城市，通过举行媒体见面会、座谈推介会、亚运图片展和文艺演出等各种方式，向全国人民传递广州亚运的信息，彰显亚运城市魅力，诚邀全国人民参与亚运、支持亚运、共享盛会，达到良好的宣传推广效果，有效提升了广州形象。

2010年7月27—29日，上海世博会“广东活动周”暨广州亚运会、亚残运会系列宣传活动在上海举行，受到广大上海市民和世博游客的广泛关注；广州亚运会吉祥物落户上海南京路，亚残运会宣传活动在世博会“生命阳光馆”上演，令亚运元素闪耀世博会。

与此同时，由社会各团体、赞助商们合作开展的“我为亚运添光彩”、“亚运会拉拉队全国选拔赛”、“亚运天使全国选拔赛”、“南航亚运空姐招募”等系列的宣传推广活动，更充分调动了社会各界参与亚运、支持亚运的积极性，营造了浓厚的亚运主场氛围。

东道主的心有多热？集中体现在广州人浓重的“志愿者情结”上。“我今年63岁了，但我做过英语翻译，可以申请做亚运会志愿者吗？”“我在澳洲生活工作了5年，年初刚被调回到广州的分公司。我大学学的也是与环保相关的专业，很希望利用自己的专业知识以及在外国吸取的有益经验，成为一名亚运环保志愿者”……广州亚运会志愿者报名自2009年4月21日启动以来，广州亚组委志愿者部每天都会接到许多咨询电话，亚运志愿者队伍以每天增加2000名的速度快速组建起来。

2010年7月，有两条广州亚运志愿者的新闻，接连登上了联合国志愿人员组织的官方网站。而这个过去通常只和北京、上海打交道的最高级别国际志愿者组织，自广州亚运起开始频频注视广州。

2010年5月19日，联合国志愿人员组织的考察团飞抵广州，考察亚运会志愿服务的筹备工作。“大拇指行动”、“亚运志愿信使”、“志愿彩”、“志愿礼”等一系列创新亚运志愿者活动，让考察团成员竖起了大拇指。他们认为，这些活动将志愿文化与广州本土的岭南文化相互融合，为志愿事业植入了新的活力，值得国际同行参考和借鉴。广州亚运令国际志愿人员组织重新打量广州。现在，他们正有意向在未来三年与广州开展志愿服务的国际合作试点。

有人说，广州人的“志愿者情结”，既有仓廪实而知礼节的社会因素，更源自广州这座城市的性格和传统沉淀，亦是新时代“广州人精神”的本真流露。

绿色志愿者们从广州少年宫出发，向各个城市骑行，宣传绿色亚运。

民间力量宣传亚运饱含创意激情

中国人的性格含蓄、谦和，岭南人尤为中庸、内敛、低调。然而，在为广州亚运鼓与呼的行列，却涌现出大量自告奋勇的人，而每一位自发外出宣传亚运的市民，广州都给予他（她）一个古老而又年轻的美丽称号——“亚运信使”，他们中有“拜客”、“拍客”也有游客，他们或骑单车或骑摩托甚至踩滑轮，他们带着亚运旗帜登南极、闯北极、攀珠峰……他们堪称广州亚运的“民间外交大使”。

“我不是一个自行车爱好者，我是一个志愿者，我要让更多的人看到，健康乐观的中国人是什么样。”在陆川执导的广州亚运会志愿者宣传片中，一个“拜客”王卫用轻快有力的声音坚定地说。

“拜客”一词源于自行车的英文单词“bike”，旨在倡导绿色出行。在民间自发的亚运宣传中，拜客们表现踊跃。

2009 年，被誉为“草根骑士”的大学生王卫率领一个单车亚运信使团穿越了新加坡、马来西亚、泰国、柬埔寨、老挝、越南等东南亚六国，向海外侨胞热情地宣传了广州亚运。

2010年8月1日，距离广州亚运开幕尚有103天，100多名“拜客”亚运志愿者从广州出发，在接下来的100天里，他们骑经东莞、惠州、江门、中山、珠海、澳门、肇庆、深圳、香港和佛山11座城市。这群亚运“拜客”此行采纳了“3+X”模式：“3”即三部曲，

广州、佛山和东莞三地冬泳协会的近700名冬泳爱好者及家属齐赴台湾宣传广州2010亚运会活动。

拜客亚运志愿者每到一个地方，都会教授当地志愿者行亚运志愿礼，传递亚运志愿彩，然后组织当地志愿者学唱亚运志愿者之歌《一起来，更精彩》，并展示绿色新生活画卷，收集各地志愿者和市民对绿色亚运的祝福和绿色环保理念；“X”代表特色项目，把骑行与当地特色相结合，与当地志愿者联合开展特色环保宣传，以此吸引更多的人参与到骑行活动中来。

2010年11月4日，离亚运开幕还有8天，王卫率着他的“齐天下亚运志愿信使单车队”从香港回到广州，带回一幅长达56米的巨“龙”长卷，收录了百位书法名家用毛笔写的各种形态的龙字，成为他们此行最大的收获。至此，王卫和他的队友骑行中国计划版图上，只剩下宝岛台湾了。

拜客们以这种饱含创意与激情的“单车游历”的方式来自告奋勇地宣传亚运，可能这个想法很“疯狂”、可能这个想法很“理想”，却吸引了一大批志同道合的“骑行者”；尤其是“草根骑士”王卫，他冲破了国内一般志愿工作的框架，凭借民间团体的力量，以一种全新的方式宣传了亚运，让亚运的“火种”深入民间，传遍全国，走向世界，并因此成为了中国“首位骑行全国的在校大学生”吉尼斯纪录创造者；而他灿烂的笑脸，也永远铭记在了亚运的历史上。

而其实，比王卫的想法和做法更加“疯狂”和“匪夷所思”的，大有人在。

一位来自湖南的80后小伙子沈修刚，在2010年4月间，以身披亚运会旗、脚踏单排滑轮的方式，用七八个月的时间游走在全国 20 多个省市之间，最后赶在亚运开幕前回到广州；

2010年6月，江西省萍乡市年逾花甲的王有庄老汉，从家乡出发，一路骑行到广州，在他的摩托车车身上、车把上飘动着亚运旗帜，风挡上还贴着醒目的三个红字“迎亚运”，被媒体誉为“花甲骑士”、“摩托猛男”；

更早些时候，2009年6月15日，由几名广州商业摄影师组成的团体“嘻嘻TV”，在优酷网上发表了他们拍摄的“广州行系列搞怪短片”之《嘻嘻TV亚运广州行——小洲村》，宣称要借此草根方式来宣传广州文化，宣传广州亚运。而这部花了2000元和两天时间拍摄的短片上传网络仅一天，就让超过44万名网友通过观看视频认识了广州的这个古村落，并在随后几天内迅速冲上了70万的日点击量。

“嘻嘻TV”的成功引爆了“拍客”们对亚运的热情，一时间，“亚运拍客”无处不在。有网站甚至在广州举办了“广东拍客训练营”，鼓励每个广州市民都用手机记录下自己参与的亚运瞬间上传网络，与更多的人一起分享，鼓励普通人用“视频记录我的亚运

在珠峰飘扬的亚运旗帜。

亚运旗帜在北极点飘扬。

会”，人人成“拍客”、记录“我的亚运会”成为亚运民间宣传的又一段佳话。

甚至借助民间的蓬勃力量，亚运会首度在地球人迹罕至的两极，都镌刻下属于自己的印记。

2008年，举重世界冠军何灼强、骏丰频谱公司总裁陈险峰和广东科学探险运动俱乐部黎宇宇组成的“南极环保三剑客”历时一个月，终于顺利完成了南极环保之行；“三剑客”不负众望，将绘有广州亚运会会徽的旗帜在南极冉冉升起。

2009年5月17日，中国建筑工程总公司职工、在广州工作生活了十多年的黄宗华，带着广州亚运会的旗帜、吉祥物和登山队的队友们，一起登上了珠穆朗玛峰顶，并和“乐羊羊”一起在珠峰绽开了灿烂的笑容。他令亚运吉祥物阿祥、阿和、阿如、阿意和乐羊羊，成为有史以来爬得最高的“五只羊”。

2009年7月29日，去北极参加“地球倒计时•北极生态考察”之旅的广州亚运志愿者、万信达企业董事长陈日铃，在历经艰险终于抵达北极极点的时刻，用相机的支架作旗杆，把亚运旗帜背在自己的背上，并且在寒风中坚持了四个多小时，感召了来自13个国家的100多名探险家在亚运旗帜上签名留念。

星星之火，可以燎原。每一位亚运信使所到之处，都给当地人民留下广州最诚挚的邀请；而收集的每一份祝福，都在成为亚运举办期间各地百姓对广州最大的支持。也许每一个人的力量是薄弱的，因为他们只是传递一份信息；而一群人的力量却是巨大的，因为他们形成了一个无形的网，每一个结点，都听到了广州亚运的声音。

第三章

城市之光

CHENG SHI
ZHI GUANG

广州亚运会举办期间，许多来自其他国家和地区的朋友，都对亚运带来的“新广州”、“靓广州”表示惊叹。

国际奥委会委员、亚奥理事会副主席霍震霆来过广州多次，但他说，从未见过一个变化如此之大的新广州。

蝶变，是亚运给广州的财富；而广州则紧紧抓住亚运这一契机，为城市发展提速。

自2004年成功申办亚运会算起，6年筹备期，广州累计投资2200多亿元进行亚运相关配套设施建设，修地铁、建BRT、“穿衣戴帽”、“揭路复涌”、“拆围透绿”……这座城市经历了长达六年的建设，咬紧牙关，埋头建设，如今，“骨骼”舒展、“眉目”清晰，隐然展现出一股国际大都市的魅力。

从西自东，由南向北，亚运之风吹过的地方，处处变脸：天蓝，树绿，水清，花多，路平，楼靓。

黑臭得令人难以忍受以至于要盖起来遮丑的荔湾涌，揭盖复涌，回复了“一江春水绿，两岸荔枝红”的旧景；高架桥下的臭水沟东濠涌，变身为清流，成了游人散步的好去处；城中村变成了新中轴……

《南方日报》载文指出：“迎接亚运会，创造新生活”，这是中共中央政治局委员、广东省委书记汪洋对广州迎办亚运会的明确要求，也是广州迎办亚运会的根本目的所在。

设施完备的村文化体育公园

办亚运，也办城市。天更蓝、水更清、路更畅、房更靓、城更美，广州的巨变令亚洲赞叹。广州亚运会的成功，并不仅仅体现在赛场之上，更体现在广州通过亚运实现了城市发展的大跨越。亚运会令广州的城市建设提速5—10年，而广州城市的“大变”则是亚运会成功的坚强后盾，二者相辅相成、互为支撑。以亚运为契机，结合“大变”，广州的城市建设和管理理念也逐步走出“重物轻人”的传统思路，进而转向以人为本、见物见人、注重公共服务的现代化轨道。

香港《大公报》也发表社评说，从成功申办、筹办到盛大开幕的六年间，广东省、广州市政府全力以赴，克服了种种困难，今天，广州市的城建、交通、卫生、治安和体育设施已面貌焕然一新，当然一劳不可永逸，亚运过后，一些问题仍会浮现，但经过申亚的成功，广州的“软”、“硬”件建设都发生了显著的变化。

“艰难困苦，玉汝于成”，在2011年年初举行的中共广东省委十届八次全会上，汪洋书记为广州总结出了五条经验：坚持以人为本，全心全意为人民群众的幸福而努力工作；形成倒逼机制，利用重大活动压任务打硬仗；突出工作重点，集中优势兵力打“歼灭战”；善于改革创新，找准解决难题的思路和办法；切实强化政治优势，发挥领导干部和党员的模范带头作用。

五点经验弥足珍贵，这是亚运会留给广州的无形财富，也是科学发展观在亚运会上的深度演绎。它必将成为广州这座英雄城市、亚运城市奋勇前行的不竭动力，成为广州建设国际商贸中心、世界文化名城伟大征程的智慧支撑。

第一节

SHENG HUI HUI MIN

盛会惠民

2010年9月27日，一个看似普通的星期一。

这天清晨，无数步履匆匆的广州市民从位于城市新中轴线上的天河体育中心门前走过，高高矗立的倒计时电子屏显示着距离亚运会开幕还剩下46天。也许没有多少人能猜到，这座城市的每一个成员，今天都将收获一份大礼。

这天下午，广州市政府对外正式公布了10项亚运惠民项目，包括亚运及亚残运期间增加放假三天，亚运比赛门票100万张免费派，发感谢信并赠送亚运相关纪念品，15万人免费参加“广州一日游”，15万人免费参观亚运主要场馆，残疾人、低保户等获补贴500元，等等。沉甸甸的“亚运大礼包”，兑现了这座城市要让亚运盛会惠及全民的承诺，更传递出一份“祥和如意乐洋洋”的情谊。

早在亚运会筹办之初，省委汪洋书记就明确指出，亚运会不但要面子，更重要的是要里子，能不能把亚运会办好是“面子”问题，能不能通过亚运会发展生产、改善民众生活就是“里子”。广州固然是为迎亚运、办亚运推动了一系列措施，但这些措施不仅只是为了办好亚运会本身，同时也要有利于城市的发展、民众生活水平的提高。如果单纯将亚运会办得风光却没有让城市同步发展、让民众同时受惠，那就不是以人为本办亚运。

广州亚运会所以真正实现了汪洋书记所说的“面子”“里子”都要，正因为广州市委市政府政府从一开始就从理念上注重以人为本，在实际运作过程中将这一理念真正落实到位，从而大幅提升了市民的自豪感和归宿感。

黄埔区邮政局的工作人员将“广州亚运大礼包”送到了老人院让他们感受亚运带来的欢乐。

广州市出租和流动人员办的工作人员向居住广州的荷兰籍人士赠送亚运纪念品。

10项大礼惠及千万市民

近年来，我国盛事不断。每逢国际重大活动，主办城市向市民发放礼包已经成为惯例。2008年北京奥运会开幕当日，北京市民愉快地享受了一天假期；2010年上海世博会把假期延长到了两天，同时给所有上海常住户口居民每户免费赠送一张世博会参观券，另外免费赠送一张200元的交通纪念卡，即“世博礼包”。北京奥运会和上海世博会发放的礼包让市民认识到，举办国际盛事不仅是城市决策者的事，也关系到每个市民的利益，更体现了政府财政的“取之于民用之于民”，大大地增加了市民参与国际盛会的热情。随着亚运会的临近，广州会不会向市民发放亚运礼包，亚运礼包又将是什么样子，成为万众瞩目的焦点。

早在2010年1月6日，广州市市长张广宁参加省委十届六次全会期间接受媒体采访，就明确表示，将利用亚运举办之机，推出一系列惠民措施，回馈广州市民，以感谢市民对亚运工程、水环境、大气环境、人居环境和交通环境等综合整治工程的理解和支持。

2010年8月4日，中共中央政治局委员、广东省委书记汪洋在亚运会倒计时100天全省动员大会上发表讲话，要求“精心组织实施亚运惠民项目，让人民群众切身感受到亚运带来的实惠”。为了进一步贯彻落实汪洋书记的讲话精神，让广大市民关心亚运、参与亚运、共享亚运，携手办好亚运会，共同创造新生活，根据广州市领导的指示，由广州市政府办公厅负责牵头，会同广州市各单位共同制订了《亚运惠民项目方案》。

这个方案经过半年的酝酿，先后经市政府常务会议、市委办公会议审议修改，并于当年7月9日市委常委会议上获原则通过。此后又经过近3个月来的不断补充、发展和完善，终于在2010年9月27日正式发布。

广州的亚运惠民项目共有十大项，分别是：

● 发感谢信并赠送亚运惠民纪念邮品和亚运志愿服务纪念品。

市委、市政府向全市常住人口家庭（含户籍人口家庭和在广州居住半年以上的流动人口家庭，下同）发感谢信，并赠送亚运惠民纪念邮品和亚运志愿服务纪念品。

● 增加放假。

经国务院批准，广州全市在亚运会及亚残运会期间增加放假3天，即亚运会开幕式当天（11月12日，星期五）、亚运会闭幕式前一天（11月26日，星期五）、亚残运会开幕式后一天（12月13日，星期一）。在该3天内，广州市及中央、省驻穗部分行政机关、企事业单位、学校和社会团体放假，但保障国事活动、亚运会和亚残运会运行、城市运转等必要的工作岗位除外。广州市行政区域内其他单位和社会组织，可根据实际情况自行安排。上述增加的假期不影响正常公休日。

● 公共交通免费。

除《亚运期间免费公共交通政策》明确免费享受公共交通服务的群体（亚运会亚残运会身份注册卡持有者、持证工作人员、赛会志愿者、开闭幕式及比赛门票持票观众）外，新增以下群体免费享受公共交通服务：

NANFANG DAILY 南方日报 GUANGZHOU NEWS

广州新闻

AⅡ01

南方视野 民生情怀

▶A Ⅱ 02版·时政
今年市民出行费用不涨反降

▶A Ⅱ 03版·社区
个别开发商降价售房逃避监管

▶A Ⅱ 03版·社区
广州建材企业集团原副总出庭受审

广州市委、市政府向全体市民发感谢信

“历史将铭记全市人民的辛劳和奉献！”

感谢信

广州市委、市政府向全体市民发感谢信。

1．在亚运会、亚残运会机动车单双号限行46天期间（11月1日至29日、12月5日至21日），剔除13天双休日和3天新增假期后的30个工作日，全体市民免费享受公共交通服务。（此后改为给市民发放公交补贴）

2．除上述30个工作日以外，市民持有亚运会开幕式预演门票、电影赠票、文艺演出赠票、文化展览展示赠票、广州新电视塔免费参观票，在票面标注当日零时至次日凌晨4时，免费享受公共交通服务。

3．亚运会城市志愿者从10月25日零时至11月30日24时，共计37天，免费享受公共交通服务。

4．亚残运会城市志愿者从12月1日零时至12月22日24时，共计22天，免费享受公共交通服务。其中，亚运会免费公共交通服务范围包括：广州行政区域范围内城市轨道交通、公共汽电车（含BRT）、水上客运的所有线路，不含出租车、机场快线、珠江游以及市区与郊区之间的公路客运班线。亚运会身份注册卡持有者、亚运会工作人员、赛会志愿者、持亚运门票及赠票观众、亚运会城市志愿者也可在其免费享受公共交通的同时，免费享受广州城区至增城、从化市城区的部分公路客运班线。

地铁三号线直通番禺。

亚残运会免费公共交通服务范围包括：广州行政区域范围内（不含番禺区、南沙区、花都区、增城市、从化市）城市轨道交通、公共汽电车（含BRT）、水上客运的所有线路，不含出租车、机场快线、珠江游以及市区与郊区之间的公路客运班线。

●旅游优惠。

除目前已实行免费开放的景点外，广州市户籍人口和在广州市居住半年以上的流动人口，在11月12日至14日（亚运会开幕式当天、后两天，星期五至星期日）、12月12日至13日（亚残运会开幕式当天及后一天，星期日及星期一），共计5天内享受市内收费旅游景点门票5—8折优惠。

通过申请抽签方式，分别安排常住人口家庭15万个名额（5万户中签家庭×3个名额/户）免费参加“广州一日游”和参观广州新电视塔。组织全市参与迎亚运工程的2万名建筑工人免费游览白云山。

●体育场馆和设施免费开放。

没有安排亚运会、亚残运会比赛或训练任务的13个市属、区属公共体育场馆，于11月11日至12月20日面向户籍人口家庭和在我市居住半年以上的流动人员免费开放。倡导全市民营体育设施、国企和其他机构内部的体育设施自愿实行免费或优惠开放。

●亚运主要场馆免费参观。

在亚运会和亚残运会结束后，亚运的主要场馆接驳5条旅游专线，通过申请抽签方式，组织本市常住人口家庭共15万个名额免费参观。

●赠票。

通过申请抽签方式，向本市常住人口家庭赠送亚运会及亚残运会门票、文艺演出票、电影票、文化展览展示门票155.4万张。同时，组织参与迎亚运工程的5000名建筑工人观看亚运会开幕式预演。

1．亚运会及亚残运会门票。向市民赠送亚运会开幕式预演门票2.4万张、亚残运会开闭幕式门票约3万张、比赛门票100万张。

2．文艺演出票。组织“风采亚洲——亚运期间文艺演出活动”。其中拟从国内外采购37台剧目（或节目）共235场，向市民赠送门票15万张。

3. 电影票。组织“欢乐亚运之夜”电影放映月活动，拟在广州电影公司院线的25家电影放映场所组织500场电影，向市民赠送15万张电影票。

4. 文化展览展示门票。在全市博物馆、纪念馆、书画院及相关场馆安排79个展览展示活动，向市民赠送20万张门票。

以上4类门票合计155.4万张，向每户中签的家庭发放同类赠票2张。

●向特殊群体发放补助。

10月15日至30日，向具有本市户籍且2010年9月15日前在册的以下特殊群体人员发放补助500元，具体包括：持有《残疾人证》的残疾人、低保对象、低收入困难家庭成员、五保对象、重点优抚对象、社会福利机构政府供养人员。

●学生优惠措施。

1. 向“亚运年，我想说……”第七届广州市中小学生书信节活动中获奖的1200名中小学生颁发亚运吉祥物公仔、邮册、徽章等纪念品。

2. 向全市1583所中小学、中职学校、技工学校各赠一份亚运礼品包，包括亚运宣传册、群众性体育娱乐用品、徽章、亚运宣传光碟等。

●无线城市宽带网络免费上网项目。

11月1日至12月31日，由市科技和信息化局会同中国电信广州分公司、中国移动广州分公司、中国联通广州分公司等通信网络运营商，在广州市范围的3大运营商无线城市宽带网络覆盖地区，向全体广州市民、来穗的访客和游人，免费提供无线宽带（WLAN）接入服务，使市民、访客和游人可随时访问国际互联网，浏览亚运会现场比赛、网上直播、官方网站的最新信息，享受广州市政府门户网站的各种网上服务。市民只需登记注册成功，即可享受上述服务。

在广州市政府专门为《亚运惠民项目方案》举办的新闻发布会上，广州市政府新闻发言人、市政府办公厅副主任欧阳永晟强调，广州市政府高度重视《亚运惠民项目方案》的组织实施工作，制订了《关于实施亚运惠民项目的意见》和《亚运惠民项目整体实施方案》；成立了由万庆良市长担任组长的亚运惠民项目领导小组，办公室设在市政府办公厅。每一个惠民项目均指定1名市领导负责，并安排牵头单位会相关单位具体实施。每一

中国移动推出免费wlan活动。

个惠民项目均由各项目牵头单位制订了详细的工作方案和操作办法。

统计数字显示，通过亚运惠民大礼包，94万余张亚运门票被派发到中签居民手中，11万多市民免费观赏了238场亚运文艺演出。在广州亚运会期间，万千广州市民像过节一样，或聚朋结友，或拖家带口，去现场观看亚运会比赛、参与亚运各种文化活动。

亚运大礼包不仅促进了政府与民众的相互信任，也使民众增强了对亚运会的归属感、责任感和亲近感，为亚运会的顺利举行创造了一种温馨的人文氛围。在亚运会闭幕后，广州市统计局通过万户居民调查网，对全市十区两个县级市的2036名常住居民进行了抽样调查。调查结果显示，有96.4%的市民表示为“广州成功举办亚运会感到自豪”，96.5%的市民表示“为自己是广州市民感到骄傲”，有98.2%的市民认可“广州的国内国际影响力得到了提升”。

83条举措构建民生保障体系

“亚运大礼包”的发放，是广州多年来持之以恒改善民生福祉、实施惠民工程的一个缩影。在亚运会筹办的数年间，广州市历任领导班子均以民生福祉为根本出发点，相继制定实施了“惠民66条”、改善民生10件实事等民生工程项目，让老百姓民众得到了实惠。

2007年5月8日，广州市委、市政府联合发布了《中共广州市委广州市人民政府关于切实解决涉及人民群众切身利益若干问题的决定》，引起了全社会的广泛关注与一致好评。由于分十一个部分共66条，这份决定此后又被媒体和群众亲切地简称为“惠民66条”。惠民66条紧紧围绕群众关切的民生问题，立足现实，直面困难，内容涉及从诸如生活、就业、社保，到医疗、教育、交通、政务服务等群众关心的点点滴滴。其范围之广、力度之大、可操作性之强，在全国各大城市中也属罕见。

惠民66条努力做到“群众利益无小事，民有所呼，必有所应”，但也坚持了“尽力而为、量力而行”的原则，在千头万绪的工作中，将近期内与人民群众利益最直接、最迫切而财力又可以承担的事情作为重点解决的问题，逐一梳理，逐条列出。66条内容涉及改善农民生产生活条件、就业、教育、社会保障、医疗卫生、公共安全、住房保障、城市交通、人居环境、文化体育和政务服务水平等方面的民生问题，致力于为城乡居民提供均等化公共服务、共享型社会保障和生态型人居环境，不断满足人民群众日益增长的物质文化需要，努力创造惠及全市人民的富裕和谐新生活。

改善农民生产生活条件是当前解决“三农”问题的迫切需要，也是推动科学发展、构建和谐广州的必然要求。惠民66条把改善农民的生产生活条件列为第一部分，充分体现了广州市委、市政府把解决好“三农”问题作为全市各级党委政府工作的重中之重的意图和要求。改善农民生产生活条件首要的是促进农民持续增收。66条提出的措施主要是通过充分挖掘农业内部增收潜力，稳定增加农民农业收入；通过积极引导富余劳动力向非农产业和城镇有序转移，显著增加农民工资性、投资性和财产性收入；通过加大扶贫帮困力度，落实各项支农补助、补贴政策，增加农民转移性收入。此外，66条还从推进“万村千乡”市场工程和全面完成农村“五通”工程等方面提出有力举措。

就业问题是广州必须长期面对的重大民生问题。66条就强化政府促进就业职能提出了推进充分就业社区创建工作和强化再就业技能培训等具体举措，明确了近期要实现的目标，并对“十一五”期间每年培训“农转居”人员的规模提出了新的要求。

促进教育的优先均衡协调发展，是确保城乡居民平等享有发展机会、合理共享发展成果的迫切需要。66条首次将应届初中毕业生免费就读技工学校和中专的范围，从农村地区年家庭人均纯收入1500元以下提高到2000元以下；针对群众反应较强烈的择校费等问题，

66条也分别作出了回应。

建立健全共享型社会保障体系，是构筑民生安全网的重要内容。66条围绕建立社会保险、社会救助、社会福利、慈善事业相衔接的覆盖城乡居民的社会保障体系，提出了9条具体举措。首次明确承诺解决有关历史遗留问题的时间表，首次对被征地农民、农民工等群体的社会保障问题提出明确的工作要求。

医疗卫生关系人民群众的生命安全和健康水平。为了给群众提供安全、有效、方便、价廉的公共卫生和基本医疗服务，66条围绕健全医疗卫生服务体系、改善医疗卫生资源配置、整顿药品生产和流通秩序等环节，明确提出到2009年将全市新型农村合作医疗的筹资水平提高到每个参合农民100元以上，实现100%行政村有卫生站的目标要求；强调社区卫生服务机构的公益性质及应对其实行“收支两条线”管理等新举措。

建设平安广州，促进社会和谐稳定，是关注民生的题中之意。66条从社会治安、消除安全隐患、保障食品药品安全、构筑应急体系等方面，不仅明确提出了到2008年，群众对社会治安满意率达85%以上，而且提出了建立健全市、区（县级市）、街（镇）三级突发公共事件应急管理体制和机制，以及市区危险化学品企业搬迁的时间表等举措。

住房保障问题是当前全民关注的重大民生问题，促进房地产市场健康发展，解决中低收入住房困难家庭的住房问题，切实改善居民住房条件是政府应尽的职责。66条针对建立健全廉租住房、经济适用房、商品住房等三个层次构成的住房供应体系等问题提出了7条举措，并明确提出了具体的时间要求。

改善城市交通状况，切实提高出行效率，是广大市民的迫切愿望。66条从坚持公交优先、增强城市交通基础设施系统功能、降低市民出行成本等方面，对实行公交车、地铁票务一体化工作提出明确的时间要求，对偏远地区和城乡结合部群众“出行难”等问题提出了解决的办法。

优化人居环境是坚持以人为本，建设“两个适宜”城市的重要内容。66条用了较大篇幅在提高水、电、气供应水平、加强环境整治、完善公共基础设施等方面提出了13条举措，首次提出解决好广大农村地区村镇道路的照明问题；首次在市委、市政府重要文件中明确全面完成行政村一级新农村规划编制工作的时间要求；明确提出建成全市再生资源回

收利用网络体系建设的目标要求等。

满足人民群众不断增长的文化方面的需求，是我们必须予以关注的民生问题。66条强调公共文化事业必须更多地考虑群众最基本的文化权益，并从强化文化体育产品供给、提高文化体育事业服务水平等方面提出了具体措施，明确要求近期全市公共文化体育设施向未成年人免费开放或优惠开放，以及进一步完善农村体育设施等。

切实提高政务服务水平，是建设法治政府、服务型政府的迫切需要，也是把群众切身利益问题的各项举措落到实处的重要保障。66条从制度建设的角度提出了深化行政审批制度改革、强化行政效能监察和推进依法行政等措施。明确提出建设政府政务服务中心，构建政务受理、投资服务、政务信息三大服务系统建设，强化对依法行政的行政效能监察等。

一组数字客观真实地反映了惠民66条给广州百姓带来的实惠。

截至2008年5月，广州全市各级就业服务机构共推荐转移就业农村劳动力6.28万人。

全市城镇登记失业人数25.06万人，已有17.51万人实现再就业，再就业率为70%，登记失业率为2.23%，实现了控制在3.5%以内的目标。

多渠道妥善解决了43万非广州户籍适龄儿童少年的义务教育问题。

全市企业退休人员生活保障水平达到1563元/月。

先后9次给困难群众发放临时性物价补贴共4200万元。

市本级统筹区内95.5%的社区卫生服务机构已纳入医保范围。

“两抢”“两盗”案件同比分别下降28.24%、25.53%，全市刑事案件同比下降14.04%.全市1000多所中小学校体育场馆向社会开放，符合条件的学校开放率超过95%.

各级就业服务机构共推荐转移就业农村劳动力6.28万人。

…… ……

广州的惠民长跑并未就此止步。在惠民66条实施15个月之后，广州市委市政府又出台了《关于切实解决涉及人民群众切身利益若干问题的补充意见》。17条补充意见的内容主要涉及养老保险、合作医疗、廉租住房等社会保障体系的完善。相对于“惠民66条”，“补充17条”体现出“扩大覆盖、提高水平”的特色。不仅政策的实施范围不断延伸、扩大，而且既有领域的惠民措施也在不断深入、细化。惠民政策的“加法”不仅表现为惠民

措施覆盖面的扩大，也体现在保障水平的提高上。

有专家评论说，从“惠民66条”到“补充17条”的历程，可以看到广州市在改善民生问题上进行的制度建设。显示出广州正在积极探索建立健全保障民生、改善民生的长效机制，把保障民生、改善民生工作纳入制度化、规范化、经常化的轨道。

10大民生实事写入施政纲略

进入亚运之年，广州的惠民长跑再次提速。2010年4月12日，广州市第十三届人民代表大会第五次会议在白云国际会议中心世纪大会堂开幕。省委常委、广州市委书记、市长张广宁在向全体人大代表作政府工作报告时言称：“2010是广州发展史上极其重要的一年。”

2010年广州的头等大事，当然是举全市之力做好亚运筹办工作，而改善民生，则被提到了更为靠前的地位。在由张广宁宣读的政府工作报告中，“办好改善民生十件实事”第一次详尽列入政府的施政纲略。在整篇工作报告中，“改善民生”所占篇幅约占十分之一。10件实事涉及就业、医疗、教育、住房等方面，都是“市民群众关心，看得见、摸得着的实实在在的切身利益问题”。

领到医疗保障卡的市民露出笑容。

这十件实事包括：确保全市新增就业岗位20万个，完善促进就业的长效机制；安排社保资金30.89亿元，继续扩大社会保险覆盖面并提高保险水平；完善养老体系建设，进一步提高社会福利水平；全面实施重大公共卫生免费服务，提升医疗卫生服务水平；完成西江引水工程，让更多的市民喝上“放心水”；新增100所义务教育规范化学校；加速保障性住房建设，廉租房申请人年均可支配收入由7680元上调到9600元；进一步改善出行条件：更新改造车辆，完善“BRT”；投入不少于2000万元，推进全民健身设施建设；推进百项政府服务网上办公工程。

一年以后，广州市新闻中心于2011年2月向媒体发布了这十大民生实事的落实情况，十件民生实事经过各个具体承办的政府部门的努力，都交出了令人满意的答卷。

在就业方面，广州市全市新增就业人数96.95万人（本市户籍新增就业36.03万人），同比增加24.5万人，增幅达34%，位居五个国家中心城市中首位。

在社保方面，全市社会保险五险参保人数达2081.9万人次，全市64万名退休人员人均养老金达到2229元/月，在五个国家中心城市中居首。

在社会福利方面，广州将城乡低保标准、城镇平均低保标准提高到398.75元。在全国率先向低保、五保对象和低收入困难家庭成员发放5个月的一次性临时物价补贴。

在医疗方面，广州新农合人均实际筹资额达312元（含中央财政补助部分），各级财政人均补助额达222元。新型农村合作医疗制度参合率达到99.8%，其中农村贫困人口参合

率保持100%。同时，全市各区（市）共有215家基层医疗卫生机构全面启动实施基本药物制度，使用基本药物品种占总配备数的68.6%。

在环境方面，总投资近90亿元的西江引水工程如期建成通水，广州市中心城区饮用水水源地实现100%达标，自来水出厂水质也提前近两年时间全面达到了国家新标准。

在教育方面，广州达到义务教育规范化学校标准的有84所；通过调整布局、控制规模，完成师资、图书配置，达到义务教育规范化学校标准的有16所。100所义务教育规范化学校建设任务已基本完成。

在住房方面，广州启动了历史上规模最大的保障性住房建设，全年新开工建设保障性住房308万平方米、4.07万套，占“十一五”期间保障性住房建设总量的50%。累计解决了68321户家庭的住房困难，完成了总目标任务的89%。

在交通方面，广州全市已拥有565条公交线、8条地铁线，一条BRT线路，14条珠江轮

渡，地面地下水上纵横成网，公交地铁无缝接驳。广州轨道交通线网线路总里程已达到了236公里。仅2010年就新增地铁运营里程达85.7公里。

在健身方面，广州2010年投入不少于2000万元的资金，带动社会力量建设了500处健身路径、球类运动、休闲活动等社区体育设施。

在政务方面，已有143项面向市民和企业的服务事项实现网上办理，累计网上办理业务量达2097万余笔。2010年12月8日发布的全国政府网站绩效评估报告中，广州市政府门户网站获得了全国省会和计划单列市组的第1名，充分表明广州电子政务在全国处于领先地位。

2011年2月，在广州市第十三届人民代表大会第六次会议上，广州市委副书记、市长万庆良在做政府工作报告时表示，在总结2010年十件民生实事完成情况基础上，广州市政府2011年要实行“五个压缩”、“一个增加”，即压缩党政机关办公经费、公务接待经费、公务购车和用车经费、会议经费、出国经费，增加对民生和社会事业的投入，继续办好2011年度的十件民生实事：一是做好扶贫开发工作；二是免收贫困家庭学生中等职业教育学费；三是继续扩大社保覆盖面；四是提高城乡医疗保障水平；五是提高社会救助水平，城乡居民低保标准提高至25%；资助8万名农村困难群众和重度残疾人参加新农保；孤儿养育标准提高至每人每月1000元；六是加大住房保障力度，构建以公共租赁住房为主的多层次住房保障供应体系，年底前全部解决登记在册的7.72万户低收入家庭住房困难问题；七是改善市民群众出行条件；八是提高社会养老服务水平；九是推进农村道路“亮化”工程”；十是为市民群众提供更多的休闲健身场所。

广州市财政局随后宣布，2011年广州用于十件民生实事的财政资金累计达184.34亿元，主要来源于市本级财政、各区级财政和预算外资金等。其中用于“改善市民群众出行条件”资金所占比例最高，达到91.24亿元，占整个“十件民生实事”财政总投入的49.5%。

第二节

BU BU WEI YING

步步为营

在亚运会举办前后，每个广州人都能真切感受到盛会给生活带来的变化：当你开车走在广州大道、番禺大道等大路上，扑面而来的是平整的路面，窗外飞过的是婆娑的绿树，就会惊叹道路整治的硕果；当你再度走近记忆中又黑又臭的东濠涌、石井河等河涌，见到柳绿岸美、水清鱼跃的场景，就不能不感叹水环境治理的成绩；当你仰望星空，看到久违的星星，就不难发现广州的天空变蓝了，空气变清了；当你走在大街小巷，举目四望，楼台参差，面貌一新，就能理解“穿衣戴帽”的初衷；当你登上开放不久的广州塔，看到的是一个如诗如画的新羊城，是千千万万个广州人因亚运盛会而嬗变着的新生活……

亚运之年，恰恰也是广州城市建设管理“2010年一大变”的目标实现之年。借助亚运筹备的良机，建城已逾2200年的古老广州只争朝夕，以时限倒逼进度、以目标倒逼责任，压任务、打硬仗，以“背水一战”、只争朝夕的气魄，全面推进推动城市建设大提速、城市形象大提升，打造与国家中心城市地位相适应相匹配的城市环境和城市风格。

城市管理年行动奠定大变基础

改革开放30多年来，广州由一个普通省会成长为推动中国经济腾飞的重要一极、傲视华南的国际都市。然而到上世纪末，长期粗放型的经济增长和城市扩张模式，也为广州带来了“城市不像城市，农村不像农村”的恶名。污水染黑了珠江，废气遮盖了蓝天，见缝插针的握手楼蚕食着绿地，走鬼档、“天光墟”摆到了路中间。

“穷则变，变则通”，地处改革开放前沿的广州人对此深有感触。经济解困需要变，环境解困也需要变。

1998年 “一年一小变，三年一中变，到2010年一大变”的建设目标提出后，广州真正朝适宜人创业发展和生活居住的现代化中心城市一步步迈进。

“中变”三年，广州以基础设施建设为突破口，投入城建资金达600多亿元人民币，先后建成内环路及其放射线、广园东路和华南快速干线、环城高速路等一批重要道路干线设施；清拆了1200多万平方米的违章建筑，修缮整饰了6700多栋陈旧楼宇的立面景观。

然而城市整体水平的提升，基础设施的完善只是万里长征的第一步。重大项目增强了广州的承载力，推动了经济迅猛增长，也带来了更多人流、物流的积聚，为城市可持续发展带来巨大挑战。

“穿衣戴帽”装扮了临街高楼，却挡不住林立的小广告牌；“光亮工程”点亮了城市夜空，霓虹灯下却袅绕着烧烤档的浓烟；乱摆卖、私宰肉屡禁不绝；火车站、城中村让外地人谈之色变——没有一个行之有效的管理机制，再鲜亮的城市景观也会很快被岁月抹去光华。

2004年7月，申亚成功的喜讯从多哈传来。在北京成为奥运城市、上海将世博会揽入怀中之后，广州也获得了向世界展示自己的绝好机会。广州之“大变”，有了更加清晰的目标。但古老的羊城，将以怎样的面貌去迎接这一刻的到来呢？

“我们必须针对存在问题，着眼于建设现代化大都市的全局，从增强城市综合竞争力的长远出发，依法加强管理，采取有效措施，实施重点突破，努力提高城市管理水平。”省委常委、广州市委书记、时任广州市市长张广宁这样说道。

为提高市民生活质量、建设亚运城市、促进城市建设与经济协调发展，2005年年初，正当广州亚运会刚刚开始筹备工作的时候，广州市委、市政府召开动员大会，宣布广州将用三年时间，展开以城市环境、食品安全、流动人员管理为主要内容的“城市管理年”活动。

加强城市环境管理，营造整洁有序、优美舒适的城市环境，是广州三年城市管理年的首要目标。从2005年到2007年的3年间，广州市共制止新的违法建设达280多万平方米，清拆违法建设近404万平方米，共清拆各类违法户外广告2036块、招牌广告73204块，其他违法构筑物10万平方米。

三年中，市城管综合执法部门共取缔乱摆乱卖114.9万多宗，整治占道经营62万多宗，利用“城管宣传告知系统”告知乱张贴通讯号3.79万多个，断停通讯工具3.01万多个，罚款1.26万多宗。工商部门累计取缔无证照生产经营点共120560户，引导办证照共75864户。清除乱张贴4507万张、清除乱涂画2686万多条。抓获乱张贴、乱涂画违法人员6020人次，清除乱拉挂170254宗。查处违法夜间施工8500多宗、违章运输排放余泥1.1万多宗，并通过建立了突发事故应急处理预案，从源头上加强对泥头车的管理。

通过城市管理年，广州的市容环境卫生状况和生态环境都得到明显改善。2006年11月和2008年初，广州先后通过了国家环保模范城市和国家卫生城市的考核验收。创模和创卫的成功，是广州多年不懈坚持推进城市面貌大变工程结出的累累硕果，也是广州三年城市管理年在城市环境领域取得巨大成就的真实写照。

让广州市民“吃得称心、吃得安心”，这是广州开展“城市管理年”的另一目标。在

城市管理年的三年中，广州在食品安全管理上作出了一系列探索，初步建成了企业自检与政府监测相结合的食品检验检测体系、市场准入的食品安全流通体系、政府监管监控体系、食品安全信息网络体系、社会广泛参与的食品安全社会监督体系等五大体系，实现了食品从“源头”到“终端”各环节的质量安全和卫生管理及信息反馈。

在检验检测领域，广州市先后投入1.08亿元，建成12个大型农产品、产地批发市场农产品质量监测室，8个大型生产基地农产品质量监测室，负责各种农产品生产的质量安全检测，使上市农产品质量安全性更有保障。三年管理年期间，广州蔬菜农药残留超标率由2005年的18.9%下降为7.2%，生猪及其产品瘦肉精检出率由2005年的8.5%下降为6.3%。此外，广州全市有525个市场和104间超市配置了与其规模相适应的检测室、检测设备和专职人员，建立并落实了检测制度。

“放心早餐”让市民吃得称心、吃得安心。

在市场准入领域，广州市从2005年下半年开始，要求在广州市场销售的农产品生产经营企业必须与交易市场签订质量安全协议书，承诺严格执行国家的有关法律法规和市场准入制度，保证不使用国家明令禁止的农药、兽药、饲料添加剂和违禁药品。一旦检测出农产品存在质量安全问题，实行一次性质量安全否决制，其生产企业的产品不得再进入广州市场。

流动人员管理，是让每一个特大城市都感到头痛的问题。在三年城市管理年过程中，广州始终坚持管理与服务相结合，突出解决重点难点问题，全面加强流动人员管理服务，不仅圆满完成了城市管理年的目标任务，也被中央电视台等多家媒体评选为“最受农民工欢迎十大城市”之一。

在城市管理年期间，广州市、区两级政府共投入2500多万元，按照“统一规划，统一标准，联合共建，数据共享”的原则，开发建设了市流动人员信息系统，并在全市推广应用，又根据实际操作进行了全面升级改造。该系统集“人-屋-企”信息登记、暂住证办理、数据查询、统计分析、网上告知、业务考核等功能于一体，纵向连通市、区、街、居四级，横向各职能部门通过政务信息平台实现数据共享。为全面掌握流动人员信息，市于2006年把IC卡暂住证工本费从20元降至10元，2007年10月1日起免收暂住证工本费，切实减轻了流动人员负担。此外，广州还按照消防合格、结构安全、产权清晰和建设合法的标准对全市出租屋进行了全面整治，治理消防和结构安全隐患58.23万处，查封违规出租屋1.1万套，责令整改出租屋13.5万套，改造出租危房1993栋，拆除违法建设出租屋5383栋68.59万平方米。

广州市总工会还成立了全国首个流动人员权益咨询机构，开通了“法律咨询援助”、“职工心声热线”、“妇女儿童法律援助”等多条维权热线。积极推进流动人员密集企业建立工会组织，流动人员入会会员达40多万人。三年城市管理年中，广州监察用工单位25.68万户，责令补签劳动合同88.92万人，补办工伤保险87.4万人，为22.95万人追回拖欠工资、押金等近4亿元，仲裁处理劳动纠纷近3万多件。各地纷纷开放社区公共服务设施，把困难流动人员纳入社区救助范围，分类分步多渠道妥善解决流动人员子女义务教育问题。

亚运城市行动书写大变华章

三年城市管理年为广州塑造全省首善之区和亚运之城奠定了坚实基础，城市环境更加整洁舒适，食品药品产品更加安全可靠，社会更加和谐、稳定。就在这项活动接近尾声的时候，一个内容更加丰富、操作更加细致、意义更加深远、目标直指广州亚运会和“2010

年一大变”的庞大工程已悄然起步，这就是“2010亚运城市行动计划”。

举凡大型国际体育赛事，由于项目多、参与人员庞大、赛程紧凑、编排复杂，其组织工作涉及场馆设施、交通服务、食宿接待、氛围营造等各个方面，与整个城市的运行密切相关，既是对主办城市组织管理水平的重大考验，也是提升主办城市建设发展水平的很好机遇。因此，编制并组织实施城市行动计划，是成功筹办大型赛事非常重要的基础性工作。按照惯例，城市行动计划的基本任务有两个：一是在整个城市范围内，为大型活动提供全方位的服务保障，包括完善城市基础设施、保障能源及各种资源供给、营造赛会节日氛围、提供安全应急保障等方面。二是充分利用主办国际大型活动的机遇，动员政府和社会资源搞好城市运行，提升城市综合运营能力，推动社会经济发展。悉尼、北京举办奥运会之前，都制定了奥运城市行动计划，确保了赛会的成功举办。比如悉尼，其奥运城市行动计划中就包括了提供场馆、设施与奥运村住宿，提供基本服务和环境，为安保、边防、外交方面提供支持，提供城市内电视转播场地，市容环境改善、景观整治、清洁环卫，场馆赛后利用计划，等等。

从2007年开始，市长张广宁便要求广州亚组委和广州市政府相关部门成立专门工作小组，学习考察北京奥运会筹办、举办工作和上海世博会的筹办工作，按照国际惯例运作的经验，结合广州市的实际，编制亚运城市行动计划。

2007年年底，广州市政府正式印发《广州2010亚运城市行动计划纲要》。《纲要》分为基础设施与城市环境、亚运服务与城市保障、亚运文化与城市人文、亚运遗产与城市发展等四大部分，共包括27个大项、127个具体计划，每个计划都确定了具体负责的职能部门，其目的在于以迎接2010年亚运会为契机，全面提升城市软硬环境。

2009年5月，广州市委、市政府召开三年城市管理工作总结暨亚运城市行动动员大会，吹响了举办一届成功的亚运会，实现城市建设管理“2010年一大变”目标的集结号。这次会议也标志着以亚运场馆、重点建设、交通畅通、青山绿地、蓝天碧水、市容改善、人文景观、设施配套等八大工程为主体的广州2010亚运城市行动计划进入全面实施阶段。

在八大工程的推进过程中，广州市政府及各职能部门均把2010年作为完成任务的最终时间自我加压，以时限倒逼进度，以目标倒逼责任，确保有关工程在最后大限前全部按时圆满完成。

●亚运场馆工程。

为实现“活力广州，体育强市”的发展目标，广州在2010年亚运会开幕前须完成亚运城建设，建设运动员村、媒体村、技术官员村、综合体育馆等相关设施，满足赛时的使用需求；为满足亚运会42个比赛项目，广州要新建场馆12个、改扩建场馆58个，形成广东奥林匹克体育中心、天河体育中心、大学城、亚运城和广州亚运大家庭总部酒店（花园酒店）及周边酒店等五大亚运场馆群；同时在亚运工程建设中严格遵照国家节能减排方针政策，发展生态建筑，实现节能、节水、节地、节材、环境保护等。

夜看广东奥林匹克中心。

●重点建设工程。

为配合亚运会的举办，2010年前建成一批重点项目及大型标志性工程，进一步提升广州作为国际大都市的城市形象。包括机场二期工程、广州新客站、广州国际会展中心二期、广州新电视塔、广州市电视中心、广州市国际金融中心（西塔）、广州歌剧院、新中轴线交通市政项目、海心沙市民广场、从化生态旅游工程等重点项目。

●交通畅通工程。

为了保证亚运举办时交通畅顺，2010年前，广州按亚运场馆布局规划及亚运交通需求，建设和改造了一批交通基础设施项目，包括道路、地铁、公交等项目，重点建设亚运会各场馆、口岸、总部饭店之间的联系通道及亚运场馆周边的集散通道，确保亚运交通顺畅。在亚运会赛时，乘坐地铁及市郊铁路可到达80%的比赛场馆，经换乘可到达所有场馆。为方便观众出行，鼓励使用公共交通工具，在地铁主要换乘

碧水蓝天远眺广州新CBD珠江新城。

站设置接驳公交总站、小汽车和自行车停车场。市区内绝大多数观众可使用地铁和公交在45分钟内到达比赛场馆。

●青山绿地工程。

结合亚运绿化要求，实施城市美化工程，改善城市面貌，到2010年建成区绿化覆盖率达到40%。在市区604平方公里范围内，推广黄埔大道、白云大道自然群落绿化模式，采用乡土植物、彩叶植物、开花植物，每条路以1—2种开花植物为主，一路一景，营造富有广州“四季花城”特色的道路景观。重点升级东风路、广州大道、环市路、广园路等37条城市干道的沿线绿化，全面提升城市干道绿化的整体水平。在604平方公里外，重点抓好南沙港快线和京珠高速（南段）、南二环高速、北二环高速等37项主要道路沿线和进出口立交的“绿线”建设，全面提升交通走廊的绿化景观水平。

●蓝天碧水工程。

在污水治理方面，继续推进北部地区四大污水处理系统工程建设。到2010年，中心城区和开发区污水处理规模达到了202.5万吨/日。

在河涌综合整治方面。2010年完成黄埔涌、沙河涌等12项综合整治工程，黄埔涌、龙潭涌等21项截污工程，新河浦涌和庙头涌等27项河涌绿化工程，修复水生态，美化堤岸，

干净快速的地铁交通。

全面改善河涌水质和沿线景观，逐步恢复河涌自然生态系统，建设水清流畅、岸绿景美、富有岭南水乡特色的生态城市。

此外，还要在2010年年底前完成西航道引水首期白云湖（东湖）和白云湖（西湖）建设。

在空气质量控制方面。亚运期间广州市环境空气质量要达到以下指标：S02、N02、PM10日平均浓度符合国家二级标准要求，每日空气污染指数API≤100。2010年前关闭一批落后的、污染严重的企业；对脱硫效率低的脱硫工程实施整改。到2010年，全市建设工地文明施工达标率95%以上（中心城区工地达标率100%），文明工地率80%。加强路面保洁，落实洒水防尘制度，一、二级马路16小时保洁率达到100%。

● 市容环境改善工程。

整治改善亚运城周边地区环境，2010年前完成亚运建设配套工程，包括亚运征地拆迁及安置区建设、英东体育馆及其周边环境整治、亚运城周边环境及道路整治等。

升级改造珠江两岸光亮工程，打造广州市夜间照明景观精品和“一河三岸”旅游观光城市名片；通过全市各区重点地段的光亮工程建设，打造立体夜景品牌，同时注重节能、环保和文化内涵，全面提高夜间景观水平，塑造岭南文化特色与现代科技相结合的“首善之区”新形象。

2010年底完成猎德村复建房工程，全面推进花地村的整体改造，完成杨箕村、琶洲村及萧岗村等城中村部分复建房建设。

●人文景观工程。

在保护珠江生态环境的同时，充分利用其自然景观资源，开展珠江两岸及标志性建筑应景升级工程，加强两岸景观建设和改造，营造优美的公共休闲空间，提升城市形象和环境质量。全面、系统考虑广州历史文化景观建筑的发展，将其与亚运会紧密结合，推进历史文化景观建筑的恢复、重建和修缮工作。重点推进南越王博物馆扩建工程、辛亥革命纪念馆等9项重点历史文化旅游设施建设，进一步提升城市文化品位。加强横沙书香街、姬堂古村落等21个具有历史文化价值的街区、建筑群以及古村落的整治保护工作，推进历史文化景观建筑保护，设计、运营历史文化景观建筑旅游观光线路。

●设施配套工程。

具体包括通讯、供气、电力等。其中，通讯保障方面，要紧紧围绕“保障亚运、服务广州”的目标，全面统筹，有计划、有步骤地推进通信系统的建设，为2010年广州亚运会提供高效、可靠的通信服务。2010年亚运会开幕前，主要场馆内要设置通信机房，采用双物理路由的管道及光缆接入，在机房内配置电源系统、传输系统、通信基站系统、数据网

荔湾区的沙面岛经过综合环境整治后展现出最时尚、最国际的欧陆风情。

系统、综合室内分布合路平台等，提供场馆内所需的各种通信服务，各个亚运场馆间通过网络的冗余设计和不同层网络的备份机制构成统一的亚运网络，实现亚运通信保障的要求。广州还要建设一张覆盖大广州地区的数字集群共网，为广州亚组委、公安、交通、应急等部门提供专业的指挥调度通信，前期为亚运会提供调度通信保障，后期为全市应急联动通信提供保障。

亚运城市行动无疑是一个庞大、复杂的系统工程。为确保各项工程按期完成，广州市委常委会、市政府常务会议专门进行了研究，并成立了亚运城市行动协调委员会，下设15个分项工作组开展工作。广州市还建立了运转顺畅、快捷高效、协调有力的工作机制，保障亚运城市行动各项工作的有序开展、按计划推进。各分项工作组在亚运城市行动协调委的领导下，及时组建工作机构并保障人员到位，建立工作例会制度、信息沟通机制、协调督办机制和目标责任制，确保了亚运城市行动计划各项任务的落实。

面对着2010年亚运会和实现“大变”的最后时限，在倒逼机制的巨大作用下，广州亚运城市行动的各分项工作组、各牵头单位通过整合各方力量，围绕场馆建设及其周边环境整治、连接道路建设改造及其沿线景观整治、大气及水环境整治、安全保卫及交通组织、接待设施及各种服务保障、文化宣传及气氛营造等重点，按照轻重缓急的原则做好计划、排好工期，全力以赴逐个落实专项计划。到2010年10月亚运会开幕前夕，亚运城市行动计划8大工程的目标均告顺利完成，焕然一新的广州，实现了面貌“大变”的誓言，为亚洲体育健儿提供了奋力拼搏的舞台，也向全世界展示着千年羊城的崭新魅力。

第三节

GONG JIAN KE NAN

攻坚克难

从黑臭的水沟到碧绿的河涌；从污浊的灰霾到澄净的蓝天；从堵塞的瓶颈到畅顺的BRT；从破烂的旧屋到靓丽的洋房；从积蓄能量的茧蛹化身美丽的蝴蝶。以“迎接亚运会、创造新生活”为理念，广州不仅大手笔地筹谋，更在细节上下苦功，为市民打造更舒适的生活环境。当亚运礼花绽放的那一刻，广州用回眸一笑倾述了华丽的蝶变。

宝剑锋从磨砺出，梅花香自苦寒来。自申亚成功以来，广州举全市之力，打响了水环境整治、空气环境整治、交通环境整治和人居环境整治等四大战役，一条条落实责任、一个个细化方案、一件件督办落实，打了一场又一场漂亮的“歼灭战”。

污水之战：政府一号工程让河涌不再黑臭

掐指算来，广州治水已经有十多年历史。早在1998年，中央政治局常委、时任广东省委书记李长春同志对广州提出了实现城市环境面貌“一年一小变，三年一中变，到2010年一大变”的要求，还提出了恢复市民到珠江游泳的殷切期望。2002年，作为广州“大变”的主要工程，珠江整治被广东省、广州市政府摆到了空前的高度，开始对珠江广州河段进行集中整治，并提出了“八年江水变清”的目标。

2006年7月，经过一番大力整治后，中断了多年的珠江横渡活动终于再次上演。黄华

浩浩荡荡的横渡珠江队伍。

华、张广宁等省市领导带头跳入水中，与珠江水“亲密接触”。不过黄华华省长之后坦言，珠江并不是在任何时段、任何河段都可以畅游，广州治水的最终目标是实现“2010年江水变清”。

广州市提出，继珠江整治后，广州市治水的重点要放在河涌治理上，通过截污、清淤、引水等各方面工程，使全市大小河涌“由黑变清”。只有河涌整治好了，珠江水质才能根本好转。

2008年12月23日，广州市委市政府召开全市污水治理和河涌整治动员大会，启动了新一轮治水行动，立下了“到2010年6月底全市水环境明显好转”的军令状。

然而与珠江治理相比，河涌治理显然复杂得多。以截污为例，在治理珠江时，仅是对珠江西航道沿线的几十个排污口需进行封堵，并在珠江沿线敷设了部分截污管；而在治理河涌时，要面对的是全市121条大小河涌，以及分布在全市范围内的13000个排污口。

一项统计表明，本轮治水之初，广州市建成污水处理能力为202.5万吨/日，为使城市污水处理率达到85%，需要新增225万吨/日处理能力，相当于翻了一倍；管网建设滞后，需新建1094公里污水管网，相当于过去十年所建管网的60%；中心城区有65条河涌还没有截污，水质基本为劣V类水……这些欠账是多年积累下来的，却要在短短一年半之内还上，谈何容易！

2009年春节后上班的第一天，市长张广宁的第一件工作就是开会动员，把治水当作是政府民生“一号工程”来抓：“大家不能再拖了，要一天当5天用！”在“举全市之力”治水的总号令下，全市581项治水工程被细化分解，分配到各区和水投集团。广州市水务局还在媒体上公布了各区相关治水责任人的电话，让全市市民来监督治水。

从2008年12月23日到2010年6月30日，短短一年半的时间，广州市动员全市力量，打了一场治水的“人民战争”。

承担了全市截污任务的广州市水投集团，在短短一年半内要铺设400公里截污管网，相当于过去十年铺设总量的60%。在管网缺漏最严重的白云区，要铺设220公里管网，主要是围绕石井河流域。众所周知，石井河流域支涌众多，上游7条支涌，下游33条支涌，加起来就有40条之多。铺设范围覆盖了白云区十几个镇街，而每个镇街下还有三四个村。于是，每天下乡跑腿协调施工借地和各种各样工程进展中遇到的问题，就成了市污水公司业主代表们的“生活主题曲”。

广州的十区二市也全部动员起来。海珠区是全市河网分布最多的行政区，共有水闸56座，占全市水闸总数1/4，41条主要河涌占广州市河涌总数1/5，内河总长占全市1/6。早在2005年，海珠区就开始酝酿通过水闸调水补水，引珠江“大水”补河涌“小水”。新一轮“治水战争”使海珠区终于有机会把这个设想付诸实践。为了实现“群闸联控”，一年半时间内，海珠区打通了16处断头涌，新建了水闸24座、补水泵站7座，工程量非常大。

南岗河的亲水栈道。

为了赶时间，治水人员白天跑工地督促施工，晚上还要回到治水办连夜开会。

越秀区是广州市最老的城区，主要河涌虽然不多只有4条，但条条情况复杂。尤其是处于市中心繁华地带的东濠涌，整治之前河涌两岸都是密集的民居，整治东濠涌需拆迁居民987户。按常规，要完成这987户居民的拆迁，可能就要花上一年半的时间。为了给治水争取时间，越秀区按市场价制订了拆迁补偿标准，并且规定只要拆迁户在时限内交房，还可以获得3700元/平方米的奖励金。20年楼龄的涌边房，居民可以获得8000—13000元/平方米的补偿款。如此人性化的“阳光拆迁”，让越秀区创造了在短短5个月内完成987户居民拆迁的“奇迹”。

多年的“摸爬滚打”，使广州深刻认识到治水不仅要苦干，更要会干、巧干。根据水的流域性、流动性，广州确定了“系统性治水”的路子，坚持用系统的观点、流域的观点来治水。

北修湖，南建闸，打通任督二脉，是广州治水史上的转折点。此轮治水，北部新添的广州最大人工湖白云湖，每天为石井河补水50万立方米，大大提高了石井河的生态自净能力。南部酝酿多年的河涌“群闸联控”变为现实，通过控制水闸调水补水，珠江水从石榴

越秀区水环境综合整治后的东濠涌。

岗河水闸进入海珠区河涌网，为大塘涌、五凤涌、上冲涌、黄冲涌、北濠涌、西碌涌补水。“邋遢”了多年的河涌终于能洗个“痛快澡”了！用珠江的“大水”解决天河区猎德涌、沙河涌、车陂涌3条河涌的“小水”，使河涌由“死水”变“活水”，提升河涌的自净能力。

中共中央政治局委员、省委书记汪洋曾一针见血地指出：“如果不能让老百姓喝上干净的放心水，人均GDP就是达到2万美元，也不算科学发展。”治水以来，广州瞄准西江水源，并在亚运前完成了西江引水工程，最多可满足600万居民的城市用水，超过50%的广州居民从中受益。

西江引水工程完成后，广州将形成东（东江北干流）、南（顺德水道）、西（西江）、北（北部库群）四大水源布局，广州市自来水公司目前正推进中心城区的水网联通工作，今后四大水源可以相互补充。

经过一年半的治水攻坚战，广州在亚运会前基本完成了581项污水治理和河涌综合整治工程，新建了38座污水处理厂和48座污水泵站，新铺设污水管网1094公里，完成118条河涌整治、226项水浸街改造工程以及246个村分散式污水处理设施建设。全市生活污水处理能力从2008年的228.6万吨/日提高到2010年的465.08万吨/日，每天减少了80万吨污水直排珠江。

广州中心城区部分河涌水质也有了明显改善。黑臭最严重的石井河干流已经有大部分河段不再黑臭，海珠区的黄埔涌、赤沙涌，荔湾区的大冲口涌，黄埔区的乌涌，萝岗区的南岗河和永和河，番禺亚运城周边的裕丰涌、南派涌、官涌，水质明显改善。增城市东境村、南沙区红岭村等经过农村污水整治，呈现出“莲叶何田田，鱼戏莲叶间”的田园风光。

空气之战：让蓝天白云见证绿色亚运

2010年11月12日傍晚，出席亚运会开幕式的全国人大代表、知名医学专家钟南山站在海心沙岛上，一边指着夕阳映照下的蓝天白云一边接受记者采访，“你看天上的云，都是

流动尾气自动遥测车在现场遥测过往的车辆尾气排放是否合格。

一瓣一瓣的，这就说明今天的能见度非常的强，一般很难见到这样的天气，这也说明这段时间广州的空气质量指数非常好，这一点在一个大城市里是非常难的。”钟南山说，好天气给亚运会开幕式开了个好头。

临近亚运会，越来越多的市民发现，广州天空的阴霾少了，蓝天白云多了，走在户外更觉得神清气爽。经过6年的空气环境整治行动，广州空气质量持续改善，亚运“天更蓝”的目标正在一步步成为现实。

灰霾、废气等空气质量问题，曾经一直是广州的“心头病”。2004年，广州申办亚运成功。然而，当年广州市的空气质量下降到了三级标准。环保专家调研组给出了一个令人震惊的结论：如果按过去控制污染的常规做法，广州大气环境只会持续恶化，不会好转。不少人一直担心：灰蒙蒙的天空和令人堪忧的空气状况，如何确保亚运会的顺利举办，如何向外界展示改革开放后一个全新面貌的广州？

压力化为动力，广州市决定从2004年申亚成功开始，在“一年一小变”、“三年一中变”空气污染综合整治取得阶段性成效基础上，系统制定并实施空气环境综合整治行动计划，分8个阶段全面推进。

2004年，广州启动亚运空气治理第一阶段工作，主要是狠抓56家二氧化硫重点排放企业的污染治理和监督执法。这是一个艰难的过程，个别违法排污企业甚至采取放狗唬人、围攻环保监察人员等极端手段。广州市环保部门盯紧目标，加强监管，通过铁腕执法，一年内广州空气质量全面提升至国家二级标准。

从2005年3月开始，广州启动过空气综合整治第二阶段行动，按照国家环保模范城市对空气、水环境质量的标准开展攻坚行动，狠抓3大实施方案、15个行动计划和1000多项整治任务的落实，至2006年11月，各项环境指标达到验收标准。

在2006年底“创模”成功之后，广州又以高标准狠抓污染物总量控制、全面落实“空气整治50条”及“新31条”为核心工作，顺利完成了第三、第四和第五阶段空气环境治理任务。到2010年亚运会开幕前，空气环境综合整治行动第六阶段的5837项整治工程任务也已基本完成，通过强化工业污染整治、强化产业“退二进三”和能源改造、强化挥发性有机物排放控制、强化饮食服务业污染整治、强化扬尘污染控制、强化环保执法、制定应急减排措施等措施，广州空气污染治理取得了明显的阶段性成效，为实现广州亚运“天更蓝”奠定了坚实基础。2010年1—9月，广州空气中的二氧化硫、二氧化氮和可吸入颗粒这三种主要污染物排放量浓度分别为0.035、0.053和0.067毫克/立方米，均已好于国家空气二级标准的控制线。

虽然广州的空气环境治理取得了显著成就，但根据历年积累的气象资料，广州亚运会、亚残运会举办的11月和12月，恰逢广州及珠三角地区一年之中气象条件对空气污染稀释扩散最为不利的时段。为此，广州市委托北京奥运空气保障专家组组长牵头的研究团队，研究提出了一系列应急措施，包括根据空气污染指数提出的三个级别的工业企业应急减排措施、机动车进一步限行措施等；各区市对亚运场馆周边、18个空气监测点周边以及通往亚运场馆主要交通干线两侧实施工业企业强化减排重点监管；在全市范围按照地域划定了三大类型的控制区，未经建设行政主管部门复核同意的工地，亚运会及亚残运会期间不得施工作业等。

从2010年11月1日起，广州市对72家重点企业实行了临时减排，并作出相应预案，如果出现极端不利气象条件，将启动三级应急减排，涉及企业最多达113家。这些亚运空气质量保障措施，也都是广州空气环境综合整治行动第七阶段的主要内容。

蓝天白云见证了广州治气战役的胜利。自2010年11月12日亚运会开幕到12月19日亚残运会顺利闭幕，广州空气质量一直处于优良水平，平均能见度从12公里提高到13.6公里，灰霾天气没有出现。在强有力的污染减排措施下，广州的二氧化硫、二氧化氮和可吸入颗粒物浓度分别下降57%、27%和30%，空气污染应急预案全程未被启用。

在确保亚运会顺利进行、实践绿色亚运承诺的同时，广州的空气环境治理工程，也让广州乃至整个珠三角地区的环保工作水平走上了全新的台阶。

亚运推动广州打造出空前完善的治污法律环境。2004年以来，以亚运为契机，广州先后制订实施了《广州市大气污染防治规定》《广州市机动车排气污染防治规定》2部地方性法规、18个政府通告以及一系列实施方案，为亚运空气质量保障及亚运后持续改善空气质量提供了政策法规基础和长效机制。

亚运还让广州首次建立起一支大气整治的高科技团队。2004年以来，广州组织了包括北京大学、清华大学在内的国内顶级科研机构，充分借鉴北京奥运会空气质量保障经验，开展亚运空气质量保障措施研究。2010年7月，广州还聘请包括5位院士在内的21名全国大气污染防治专家，全程服务亚运空气质量保障工作。

亚运不仅让广州行动起来，而且让整个珠三角“联动”起来。目前，珠三角近5万平方公里的区域内布设了75个监测点位，对空气质量进行全方位的监控，形成了共同保障亚运环境的良好格局。

亚运会后，广州还将以建成更加适宜生活居住的“花园城市”为目标，开展空气环境综合整治第八阶段工作，巩固、发展和提升前7个阶段整治成果，建立健全更加有效的空气污染综合防治机制，让市民享有更美丽的蓝天、更清新的空气，让蓝天白云成为亚运会后广州的新名片。

拥堵之战：公交优先摘掉“堵城”恶名

亚运对于广州是一份荣耀，更是前所未有的挑战。这些挑战中，城市交通显得尤为严峻。

伴随机动车保有量的快速增长，交通拥堵几乎成了所有大都市的通病。在广州，每天大约有600辆新车上路，交通压力越来越大。于是，“治堵”成为了亚运前一项重要工程。

一场声势浩大的“治堵”战役打响，“天河围城”首当其冲。为缓解天河核心区的交通拥堵，政府可谓多管齐下。先由广州市交委牵头制订的《缓解广州城市交通拥堵实施方案》，从2010年1月到亚运前分三阶段实施。经历亚运前的治堵，历来被认为是塞车“重灾区”的天河区交通状况得到明显改善。天河地区主要道路交叉口车辆排队的平均长度由之前的50辆降低至亚运开幕前夕的26辆，“长龙”缩短了48%；在高峰期，天河路全段平均车速约提升了11%。

天河区治堵的成功，给随后启动的同德围地区交通大整治提供了效仿经验。同德围交通整治自2010年5月正式启动，历经5个月的整治，到2010年10月，同德围人车混行的混乱局面很大程度得到遏制。昔日混乱拥堵的局面已不复存在，多年来“围城”的恶名终得以摘除。

配合治堵，从11月1日至12月21日，广州在亚运会和亚残运会期间累计实施了长达52天的限行措施，为亚运期间的广州提供了更加顺畅的路面交通。除实施机动车单双号限行外，连同亚运会、亚残运会开闭幕式在内，广州市针对部分路段采取了严格的交通管制措施。正是得益于这些措施，广州交通在

BRT从最初的“不让通”成功正名为“必然通”。

亚运期间成功实现“路更畅”的良好局面。

如果说，限行等治堵措施的出台，只是广州解决交通问题的亡羊补牢之策，那么充分发展公共交通，让市民都愿意选择利用公交、地铁等公共交通（如地铁、公交）出行，减少私家车上路，则是广州作为超级大都市解决拥堵问题的根本思路。

2010年年初，广州首条快速公交系统（BRT）在中山大道开通。从孕育到诞生，针对这条BRT的质疑声从未停息。试运营初期，甚至一度被市民嘲讽为“不让通”。然而经历了磨炼与调整，BRT从最初的“不让通”成功正名为“必然通”。这条全长22.9公里的公交快速通道运营之后，单日客流实现了“三级跳”，从65万、80万激增至96万。通道内公交车运营时速平均超过23公里，比开通前沿线公交车速提高84%，一举实现华丽蜕变。

亚运之年，BRT变身“东部彩虹”，也由此拉开了广州公共交通大变局的序幕。亚运前新开的6条地铁线路，使广州的地铁线路总里程达到236公里。如今，8条地铁线沿途248座车站东起黄埔，南到南沙，西通佛山，北接机场，通过地铁可抵达全市各主要干道和机场、火车站、长途客运和公交站场。公交更是“地铁通一线，公交调一片”，全市有320条公交线与地铁无缝衔接，市民出行换乘的范围仅限于百米之内。

硬件设施的完善，只是广州发展公共交通的前提条件，历来关注交通的省政府参事王则楚提醒说，除了完善公共交通建设外，广州更要立足于落实公交票价优惠，政府应该加大对公交的投入，把蛋糕做大。令人欣喜的是，虽然2010年全中国都面临着严峻的通胀压力，广州市民却因有了更优惠的出行费用而拥有一份慰藉。市政府加大财政补贴，不仅实现广州公交14年没有提价，还推出公交地铁联乘票价优惠，为市民出行创造了“低成本”的大环境。

广州市交通部门曾给媒体算过一笔

账：受燃料成本不断上调的影响，乘客乘坐公交的实际成本已增加到2.31元/人次，但公交企业实际收到的票款收入是1.94元/人次。这就意味着，每搭载一个乘客，公交企业就要亏损0.37元。

不过维持票价不变，并不是政府“关照”市民出行费用的唯一手段。广州后续推出公交地铁票价优惠方案，更赢来一片叫好声。由此可见，政府“公交优先”的理念何其坚定。

根据方案，公交地铁联程优惠，市民在一个自然月内持同一张羊城通卡乘坐公共交通次数累计15次后，从第16次开始乘坐便可享受票价6折优惠。BRT投入运营后，不仅将东部地区17条3元以上公交线路票价统一降低至2元，还让市民享有同方向免费换乘的优惠待遇。据统计，2010年5月实施的公交地铁票价优惠方案，总体可以让经常搭乘公交或地铁出行的市民交通出行成本降低约40%。

鼓励市民利用公交出行，显然已成为政府发展公共交通的意涵所在。亚运前夕，政府推出“免费乘车”的亚运大礼包，这一惠民政策令市民的热情空前高涨。从11月1日起，广州公交、地铁线客流量连创新高。尽管迫于各方因素，持续一周的免费政策临时转变为发放公交补贴，但这次全民参与的免费公交措施，确实让人看到政府想要施惠于民的苦心。

随着交通设施的日益完善和公交优先原则的确立，广州正在探索一条特大城市避免机动车拥堵困局的新路。

人居之战：整治不仅要面子，更要得民心

2009年7月2日，一个天高云淡的日子。广州老城区南北向主干道人民路依旧是熙熙攘攘，车水马龙。就在这一天，人民路沿线综合整治工程悄然启动。这条“百年商街”将在亚运前重现“万国骑楼街”的历史风采。人民路大部分路段原是广州的西部城墙，北连广州火车站，南接珠江、十三行，商铺林立，商贾云集，两侧多为饱经风霜的各式骑楼，既有上世纪二三十年代的英美风格建筑，也有五六十年代的苏式建筑以及七八十年代的水刷

石和马赛克立面建筑，可谓马路上的“建筑博物馆”。

“骑楼风貌突出，但年代久远，外立面破旧，部分建筑已成危房，整体环境比较杂乱。”整治工程负责人这样评价人民路的现状。“几乎每栋楼都根据其自身的建筑风格设计了不同的整饰方案，可以说是一楼一款，各有特色。”设计师告诉记者，整治将以“修旧如旧，建新如故”为原则，从建筑色彩、外墙饰面材质、立面构架、空调机位设置、广告牌设置等方面，进行立面整饰设计，重穿“万国衣”，但不戴“时髦帽”，力求重拾这条“百年商街”中西合璧的古风古韵。重要的是，整饰工程无需房屋业主掏钱，全部由政府“埋单”。

为了实现省委、省政府提出的“迎接亚运会，创造新生活”，建设宜居城乡，提升城市形象的目标，广州编制了《2010年亚运会城市基础设施与环境面貌大变工程建设实施计划》，开展对市内81条主干道、74个亚运场馆周边的人居环境综合整治，人民路工程只是

沙面别具特色的欧陆风情。

其中一项。按照计划，在亚运会开幕前，广州要对中心城区东风路、解放路、中山路、内环路、滨江路、中山大道、广园快速路、机场高速路等51条主干道，广东奥体中心、天河体育中心、广州体育馆等12个场馆周边环境进行重点整治，打造200公里的高水平景观路网。社区内人居环境综合整治面积约237.95平方公里、160个的社区雨污分流项目同步实施。将白云湖、荔湾湖、东山湖、流花湖以全新面貌开放，把陈家祠广场、荔枝湾、沙面等12个区域升级为岭南文化体验片区。开展老城区迎亚运环境整治，对380个社区实施绿化升级改造、建筑立面翻新、道路升级改造、三线下地等全方位的综合整治。对市内138条城中村进行逐步改造，拆除1.2万栋、400万平方米房屋，同步推进老六区零散危破房改造。以外环以内200平方公里20层以上及商业楼宇等640多栋建构筑物，和两轴（珠江轴、新中轴）、12座跨江桥、花园酒店周边地区、城市主干道为重点实施夜景照明工程，建设覆盖全市的新广州夜景，打造“一河三岸”旅游观光城市名片。

“整治工程不能只要面子，更要得民心！以前广州搞‘穿衣戴帽’，美化的往往是外立面。现在，我们同时注重了社区内部居住环境的提高，这样老百姓才能更受落。”在检查迎亚运人居环境综合整治项目时，广州市委常委、常务副市长苏泽群曾这样说。以人为本、彰显自然历史区域文化特色，正是本次广州实施此次人居环境战役的战略思想。

这一思想，具体表现为五个结合。

将人居环境综合整治与落实迎亚运总体部署结合起来，在满足亚运需要的同时着眼赛后使用和管理。通俗地讲，就是既重亚运，又重赛后。比如本轮整治中，亚运比赛场馆周边环境整治和道路交通优化，都充分考虑到了赛后的再利用。

将人居环境综合整治与打造历史文化名城结合起来，在塑造城市景观的同时突出地域历史文化特色。也就是既重景观，又重文化。在人居环境整治中，注重挖掘和整理历史文化资源，如沙面岛和滨江路综合整治突出了欧陆风情，南越王宫博物馆、陈家祠前广场改造，荔枝湾文化休闲区改造，大元帅府、“一劳大”旧址、黄埔古港等环境整饰或整治，提高和保护了独具特色的岭南历史文化、西关文化和革命历史文化，体现了国家中心城市景观与丰富历史文化的有机结合。

将人居环境综合整治与老城区改造结合起来，在注重景观效应的同时实现城市基础设施的改造升级。环境整治内外兼顾，既重面子，又重里子。例如昌岗社区通过同步实施主干道两侧立面整治、社区综合整治、雨污分流改造、道路升级改造等专项，完善了包括沙泰路在内的市政交通和排水设施，显著提升了社区居住环境和交通出行质量。

将人居环境综合整治与创建全国文明城市工作结合起来，在推进工程进度的同时强化文明施工管理。也就是既重进度，又重管理，尽量做到施工过程少扰民，努力提高建筑企业、建设人员的文明素质。做到工程开工一封信，完工一张表，把工程实施情况向市民交底。

将代表最广大市民根本利益，与注意维护少数人的合法权益相结合。为充分吸纳民意、集中民智、实现民利，广州市采取多种渠道多种形式，包括在人民公园南广场召开大型社会咨询会，广泛收集各方面意见和建议，以改进机关作风与办事效率。人居环境整治工程由此得到了最广大市民的理解、支持和拥护。

第四节

GE GU DING XIN

革故鼎新

因亚运之名，广州的变化不仅仅在于环境更好、交通更畅、城市更美，更有体制机制上的全方位革新。

自古以来，岭南文化就具有敢为人先、务实肯干的特质。经过30多年改革开放的洗礼，这种创新文化初步凝结为广州的城市精神。敢想创新，是广州亚运的灵魂，也是广州“迎接亚运会、创造新生活”的成功之道。在亚运筹办过程中，广州敢于解放思想，善于打破思维定势、跳出旧有体制的桎梏，从政府与市场、政府与社会的结合点中找到创新点，不断探索城市建设投融资体制改革、行政管理体制改革和社会管理体制改革的新路径；不断探索廉洁亚运、平安亚运的创新模式。

投融资体制改革减轻政府财政压力

为迎接亚运会，广州不仅要兴建比赛场馆和相应设施，还要进行庞大的城市改造，各项工程建设量大而集中，相应地需要投入大量资金，但广州市一年的财政收入也只有七百亿元左右。如果城市建设、城市环境整治的钱都靠政府财政投入，显然是远远不够的。早在2004年刚刚获得亚运会主办权时，市长张广宁就明确表示：“亚运城市建设如此大的投资量，除了政府投入，还要利用社会、民间力量来做。”

2008年，随着亚运城市行动计划的逐渐铺开，广州城市建设的巨大资金缺口和投融资渠道单一、投资效益不高、运作机制不灵活之间的矛盾日益突出。河涌整治、地铁建设、城市新中轴线建设以及亚运城工程，都需要巨额资金支持。为此，广州市的主要领导曾多次提出成立投融资集团解决城建资金的想法。2008年6月，由书记、市长带队的广州党政代表团到华东考察学习，还专门了解了南京、杭州等兄弟城市的先进经验。

面对挑战，广州牢牢抓住国际金融危机中蕴藏的机遇，化危为机，危中寻机，危中求进，利用当时国家金融政策比较宽松，积极鼓励地方加大基础设施投入的机会，果断进行城市建设投融资体制改革。2008年8月，广州市政府常务会议讨论并原则通过了《城市建设投融资体制改革方案》。张广宁表示，《改革方案》是对城市建设投融资难题的大胆破题和改革，是借鉴兄弟城市先进经验的有效尝试，希望从根本上改变投融资渠道单一的现状，避免城市建设走入“排队等财政拨款”的死胡同。

改革方案提出，广州在交通、水务、地铁、燃气、垃圾处理、城建、亚运城等重要领域培育七大专业投融资集团，使其成为承担城市建设任务的主体，切实培养壮大投资主体、盘活存量资产、转变政府职能、提高城市建设效率，改变目前政府部门承担建设任务较重的现状，使其更好地履行政府在规划制定、行业管理等方面的职能。这一方案的出台，标志着广州从根本上改变了以往城建由政府财政支撑的现状，企业成为了建设主体。

城建投融资体制的改革，在被誉为广州政府一号工程的“治水”上取得了立竿见影的效果。2008年年底，广州市水务投资集团有限公司（简称“水投集团”）正式挂牌成立，下属市自来水公司、市市政污水处理总厂（市污水治理公司）、市自来水工程公司。作为广州市的水务龙头企业，市水投集团负责实现市政府下达的城市供水、污水处理、河涌整治等涉水项目。以往，城市污水处理、河涌整治是政府一家治水，而水投集团的成立，让广州打开了市场化治水的大门。

2009年2月，成立不到3个月的广州市水投集团与中国银行等14家银行组成的银团签订了总金额为350亿元的银团贷款合同，资金全部用于改善广州水环境。这也是广州有史以来参与银行最多、融资额最大的银团贷款项目。

350亿贷款就像一场“及时雨”解了广州治水的“燃眉之急”，使治水有了底气。张广宁风趣地说："以前资金不够，影响了治水进度，现在通过投融资体制改革，资金已经到位，如果又出现'手头有钱花不出去'的情况，那就是责任心的问题了。"

同样是在2008年年底成立的广州市城市建设投资集团，则被赋予了建设广州新中轴线的重任。广州城投集团是在广州市建设投资发展有限公司基础上转制组建的。上世纪90年代，为解决城市基础建设资金的来源问题，市委、市政府于1996年10月成立广州市建设投资发展公司，为广州市建设进行投融资。截至2008年，广州市建设投资发展有限公司投入城市建设资金达150多亿元，先后建成内环路交通项目、猎德污水处理厂、广园快速路等430多个项目。

虽然成立之初恰逢金融危机，然而在短短两年多的时间内，城投集团在攻坚中破题，在成长中磨砺，交出漂亮"答卷"：不仅完成了广州塔、海心沙、花城广场、猎德大桥及北延线系统工程建设和珠江新城32条道路的升级改造，还成功完成广州有史以来参与银行最多、融资额最大的银团贷款项目，中国工商银行、国家开发银行、中国农业银行、中国银行等16家金融机构向城投集团提供了813亿的银团贷款，为广州道路交通、中心区雨污

美丽的花城广场。

分流和旧社区的改造等城市基础设施项目建设“输血”。

被广州人亲切称为“小蛮腰”的广州新电视塔，早已成为闻名遐迩的羊城新地标，亚运会前后，更是诸多中外游客游览广州的必到之地。而这一工程的成功建设，也正是广州城市建设投融资体制改革的得意之作。据测算，广州新电视塔项目总投资超过27亿元，但广州市政府只借资4000万元给新电视塔公司作为启动资金，其余资金均由城投集团等企业融资解决。现在，一个世界上最先进，集电视发射、旅游观光、科技展示、文化娱乐、气象研究、指挥控制等功能于一体，形象秀美的“广州塔”已经建成并投入良好运作。

行政管理体制改革直指多头管理

如果说，投融资体制改革的成功施行，为广州的城市“大变”和迎亚运工程奠定了经济基础。那么广州在亚运会筹办期间实施的以“大部制”为主要特征的政府机构改革，则理顺了广州城市建设管理领域长期存在的政府部门职责交叉、多头管理的问题，“大城管”、“大规划”、“大交通”、“大建设”、“大林业”、“大水务”、“大文化”等大部门的成立，使城市建设管理向专业管理、领域综合管理迈进，也确保了广州亚运城市行动计划各项工作的有序推进。

2008年1月15日，广州市水务局正式挂牌成立，打响了广州市新一轮机构改革的“头炮”。作为涉水综合职能部门，广州所有的涉水事务，包括城乡防洪、水系治理、水源保护，以及取水、供水、排水、污水处理及回用等工作领域都统一由水务局管理。可以说，水务局是广州市新一轮机构改革中诞生的第一个“大部门”。

广州市水务局的成立，结束了广州“多龙治水”的历史，向“一龙治水”转变。在水务局成功实践的基础上，广州市委市政府开始考虑更大规模、涉及面更广泛的政府机构改革。2009年5月，广州市委书记朱小丹在广州市三年城市管理工作总结暨亚运城市行动动员大会上首次透露，广州将实施机构改革，部分与城市管理与服务有关的部门将撤并重组，其中一项内容就是酝酿成立“大城管”部门，其职能预计将涵盖城管综合执法、市容保洁、市政设施建设与维护等多个领域。

广州市领导苏泽群、陈国为广州市水务局揭牌。

2009年9月24日，万众瞩目的《广州市人民政府机构改革方案》对外公布。此次政府机构改革，突出了以转变政府职能为核心，一方面强化政府社会管理和公共服务职能，进一步推进政企分开、政资分开、政事分开、政府与市场中介组织分开，把不该政府管理的事项转移出去，做到越位的要退位、错位的要正位、缺位的要补位；另一方面，将相同、相近的职责整合为一个部门管理，理顺了一些部门长期存在的职责交叉、多头管理的问题。

根据方案，广州市重点在九个领域整合原有行政资源，优化组织结构，建立了职能有机统一的九个大部门。

一是大建设。广州市城乡建设委员会的主要职责，涵盖了全市城乡建设、公路建设（由市政府委托）和市政、市容环境卫生、燃气行业设施建设等方面。

二是大交通。广州市交通委员会的主要职责，涵盖了全市道路运输、公共交通、城市道路、城市快速路、公路的管理等方面。

三是大文化。广州市文化广电新闻出版局（挂市版权局牌子）的主要职责，涵盖了全市文化艺术、广播电视、新闻出版事业、著作权的管理等方面。

四是大城管。市城市管理委员会的主要职责，涵盖了全市市容市貌、环境卫生管理和整治、城市管理、燃气行业管理、爱国卫生、参与市容环境卫生等设施建设项目的选定、竣工验收以及建成后的日常管理等方面。

五是大林业。市林业和园林局的主要职责，涵盖了承担全市林业、城乡园林绿化、公园管理等方面。

六是大水务。将市发展和改革委员会、市爱国卫生运动委员会办公室、原市建设委员会的有关涉水职责整合划入市水务局，实现全市涉水职责由一个部门承担。

七是统一科学和信息化。广州市科技和信息化局的主要职责，涵盖了全市科技、信息化、无线电管理等方面。

八是统一人力资源和社会保障。广州市人力资源和社会保障局的主要职责，涵盖了全市劳动管理、人事管理和社会保障管理等方面。

九是统一城乡规划。为理顺市区规划体制存在的矛盾，加强城乡规划的统一性，更好地组织实施广佛同城化规划，将市城市规划局更名为市规划局。

经过整合的九大部门，在“迎接亚运会、创造新生活”的过程中均独当一面，成就斐然，实现了机构改革的预期目标，有效提高了广州市政府的行政效能。以最受大众关注的城管委为例，其挂牌治理之后就掀起了多场声势浩大的战役：整治环境卫生、查控违法建设、整治户外广告、整治建设工地、整治乱摆卖、规范“三线”拉挂和监管井盖设施缺损，均取得不小的成绩。据统计，在亚运会开幕前，广州全市共清拆违法建筑110.8万平方米；全面清拆了98条主要道路和65个重点地区以及8大城市进出口的违法、过期、粗制滥造、品质低劣的户外广告和招牌；广州“走鬼”的暴力抗法事件下降了70%左右。

社区管理体制改革走向综合服务

随着城市社会转型和企事业单位改革的不断深化，“单位人”变成了“社会人”，以前由单位帮助解决的问题都转到了社区。广州市目前有1491个社区，市民能否切身感受到亚运会和城市大变带来好处，生活得和谐不和谐、幸福不幸福，与社区管理与服务的水平息息相关。亚运会筹办期间，广州在推出各项利民惠民措施的同时，社区管理体制改革的步子也越迈越大。

2009年以来，市长张广宁、副市长陈国先后带队，与市有关职能部门、区（县级市）政府、街道办事处的负责人一起，专题考察了香港、新加坡的社会服务工作。

“香港社会服务内容多到你估唔到”，“取经”归来的民政部门负责人深有感叹地说。目前，香港八成的社会服务工作由非政府机构提供，政府主要负责制定服务政策、拟定发展方向、向立法会申请拨款、监察非政府机构的服务以及提供法定及核心社会服务等工作，在社会服务方面发挥着主导作用。以荃湾及葵青区为例，397个各类福利服务机构，可为荃湾及葵青区的81万居民提供10大类、119项全方位福利服务，从幼儿服务、综合社会保障援助、紧急救济、儿童及青少年服务、感化服务、长者服务等日常性服务到交通意外伤亡援助、儿童紧急寄养、家庭危机支援、长者住宿暂托服务、严重残疾人日间照顾服务、视障人士康复及训练等各类贴心服务项目，为香港社会的稳定、发展提供了有力的支撑和保障。其中一大亮点，便是2000年以来设立的提供“一站式”社会服务的综合服务中心。

2009年9月，广州市委、市政府出台《关于学习借鉴香港先进经验推进社会管理改革先行先试的意见》，明确提出要发展多元化的社区服务，积极推进在街道组建社区服务中心，不断满足居民对社区服务的需求。其中，学习借鉴香港社会管理服务的先进经验，建设社区综合服务中心，成为广州市推进社会管理服务改革先行先试的突破口。

2010年7月，广州市民政局和广州市财政局共同制定印发《关于印发〈推进我市社会管理服务改革开展社区综合服务中心建设试点工作方案〉的通知》，要求从2010年起，广州的街道分步开展社区综合服务中心建设工作。2010年至2012年为试点阶段，每个区（县级市）至少选择1条街道作为开展社区综合服务中心建设的试点，基础较好的区可以选择2至3条街道作为试点。

2010年7月16日，作为社区综合服务中心试点之一，广州市首个“托老所”——荔湾区逢源邻舍长者日间护理中心正式开业。逢源街辖区内面积0.78平方公里，常住人口6.2万多人，其中60岁以上的老人1.3万人，约占总人口的20.97%，低保、低收入、残疾等困难群体约2000多人，约占总人口的3.2%，是一个典型的人口密集的老城区街道。逢源街成立长者护理中心后，为社区长者提供全方位、多层次的服务，为孤儿、单亲家庭及缺乏

日间托老让老人走出孤独。

家庭照顾的青少年提供成长辅导服务，为智障人士提供拓展潜能服务，以及为社区群众提供婚姻辅导、社区矫正、法律援助、居家养老服务、“连心线”呼援服务、图书、电子阅览、义工服务等综合服务。这是一种养老新形式：忙于工作而无暇照顾父母的中青年人，早晨将老人送到这里“日托”，傍晚下班后再把老人接回，每月只需交基本护理费200元，孤老、特困户免费，伙食费为早餐3元，中、晚餐6元。该中心为老人们专门定做了不少康复器材，甚至一把普通的椅子也是根据老人的需要特别定制的。82岁老人冯明谦的儿子来接父亲回家时告诉记者，来这里虽然才四五天，但老人家的精神面貌已大大改善，每天都是乐呵呵的。“我们做儿女的白天上班，让老人一个人在家不放心，也不忍心。看到她们把我们的长辈照顾得这么好，这么多老人又可以一起聊天，我们很放心。”

“把管理职能剥离，把更多的服务职能引进来。”逢源街有关负责人说，整个社区服务组织的转型是社会发展的必然，无论是传统的“居委大妈”，还是此前更着重于办理各项证件证明的社区中心，都不可能满足居民日益增加的社区服务需求，“由政府购买服务，把这些工作交给更专业的社会非营利组织，才是可行之路”。

2010年10月，国内首家由专业社工服务机构参与研发、设计、监理的社区综合服务中心落户萝岗区的联和街。这间名为“联和一家”的社区服务中心由萝岗区政府斥资150万元修建，委托中大社工服务中心全权承办。该中心具有社区居民康乐服务、老人服务、低保及低收入困难家庭服务、妇女儿童及青少年服务、残障人士及残障家属服务、外来流动人员服务、志愿者服务等12大服务功能共110个服务项目，包含老人爱心饭堂、妇女健身舞蹈、亲子互动营、青少年课后辅导、家庭能力建设、残疾人康复、民间社团组织孵化、民间生活馆等内容。不论是婴儿接生、成长期的青少年帮教、婚姻家庭矛盾调理，还是对智障、残疾人士和空巢老人的关爱，以及对长者的临终关怀，“联和一家”都可以提供周全体贴的“一条龙”服务。萝岗区社区局有关人士表示，此次联和街社区中心的运作借鉴了新加坡家庭综合服务中心的相关理念。

截至2011年初，广州全市已有20个街道开展了社区综合服务中心的试点建设。在试点阶段，市、区（县级市）两级财政将共同投入8000万元，从居民最需要的服务项目入手，逐步将星光老年之家、居家养老服务站、青少年活动中心、残疾人康复中心、志愿者（义工）工作站、文化站、退管服务等社区服务项目和资源整合进社区综合服务中心。

刚性监督筑起腐败防火墙

广州亚运会规模之大前所未有；而规模大就意味着短时间内钱、财、物的大进大出，就意味着投资力度大、投资范围宽、建设项目多，不言而喻随之带来的廉洁风险之高，亦可谓前所未有。

早在筹办之初，省市领导就斩钉截铁地表示：整个迎办亚运的过程都要做到节俭廉洁，确保不留污点，决不允许出现不干不净的事，决不允许出现不干不净的人。

制度防腐，源头防腐，广州亚运从一开始就着力构建“权力运行风险”预警和防范体系。广州亚组委从组建伊始，先后制定了《组委会合同管理办法》《亚运会市场开发指南》《组委会物资采购暂行办法》《组委会大额专项支出项目监督检查办法》等50多项制度规章，监督制度覆盖筹办工作的每个环节。

道德模范赵广军引领宣誓“宣廉守廉”迎亚运

为把“重在预防”的方针切实贯彻到亚运筹办工作中，落实廉洁办会责任制，防范权力运行风险，组委会领导分别与18个工作部门的负责人签订《廉洁办亚运责任书》，分解目标任务，落实廉政责任。通过制定《组委会工作人员失职责任追究办法》，强化问责追究。

同时，对18个工作部门、77个领域、270多个子领域筹办工作中存在的权力运行风险，组织了廉洁风险点分析和排查工作，有针对性地制定了预防和控制措施，强化了权力运行的重点领域、重要岗位和关键环节的监控，探索建立了综合性国际体育赛事筹办工作中权力运行风险的预警和防范机制。相应地，负责进行重大项目基建、投资的市重点办也制定了规章制度及其实施细则133项，特别制定了工作人员“十三个不准”等廉洁自律规定。

成立于2006年4月的监察审计部是亚组委最早成立的9个工作部门之一，作为内设监督机构，在对组委会资金、物资的管理使用、工作人员执行法律法规、履行职责和廉洁自律情况实施监督检查方面发挥着积极作用。

2007年9月，参照北京奥运会的做法，第16届亚运会监督委员会成立，25名委员分别由省、市人大代表、政协委员，各民主党派代表，省、市有关监督部门负责人以及体育界知名人士担任，监委委员可以列席有关会议、查阅资料、提出质询，直接对相关重大事项进行监督。形成了全方位监督体系，筑起了预防和抵御“腐败病毒”侵害的“防火墙”。

广州亚运会是全国推广应用“廉洁奥运”经验的第一个国际性综合性体育赛事，而广州在“廉洁亚运”上也因地制宜有所创新。

2010年2月9日下午，广州各区、县级市及公安、民政、教育等相关部门共有56个纪委书记，均与市委常委、市纪委书记、市治理工程建设领域突出问题工作领导小组组长苏志佳签订了《广州市纪检监察机关廉洁办亚运监督责任书》。而广州亚组委每个部的负责人到位伊始就已和组委会领导签下《第16届亚运会组委会廉洁办亚运责任书》。

广州市纪委，广州亚组委及各部门，以及全市54个相关部门一起形成“层级管理、各负其责、上下联动”的监督网络；同时注重建章立制，建立健全工程项目监管、亚运资金监管、重大活动和门票销售、信息公开、赛事运转及赛后资产处置等制度；在亚运和亚残运筹办期间，纪检部门还把经常检查和专项检查、同步审计和跟踪审计相结合，切实加强重大活动、关键领域和重要岗位廉政风险防控工作，突出抓好亚运重点项目、建设运营关键环节的监督检查。

有了机制和制度的刚性保障，“廉洁亚运”、“阳光亚运”还必须靠大量艰苦而细致的日常监督工作，才得真正落到实处。

亚运会筹办工作系统庞大、领域广泛，日常监督中不能“眉毛胡子一把抓”。为确保亚组委运行资金和物资的规范、安全、有效使用，监督审计领域突出工作重点，突出抓好“三重一审”工作。所谓“三重”指的是及时跟进重大项目、密切监控重点领域、重要五一节，“一审”指的是从加强资金监管入手，以资金使用控制为主线，全面开展内部审计工作。

对亚运会市场开发等筹办工作重大项目，坚持采取“提前介入，全程跟踪”的方式。在项目筹备阶段，参加相关项目的前期工作组，及时掌握项目进展情况；在项目实施阶段，加强与项目承办部门的沟通协调，发现问题及时提醒纠正；在项目完成后，认真抓好项目资金的审计监督。2009年，市纪委监察部门重点监督了亚运餐饮服务、亚运交通服务、亚运城住宿服务、主播机构监理、新闻服务、公共关系等共约20个大额支出项目的采购工作。

在重点领域方面，广州市侧重对亚运会市场开发、赛事转播、运动会服务、宣传推广等资金流量较大的重点领域的监督。尤其对市场开发，从赞助和特许经营企业征集方案的审核到评审标准与程序的确定，全过程参与，确保了市场开发的公平公正。同时，注重延伸监督触角，组织走访亚运会的赞助商、服务商，了解组委会工作人员在对外交往中遵守廉政规定和廉洁操守方面的情况，全方位、多角度地监控重点领域的廉洁办会状况。

亚运工程的每一笔经费支出，都坚持执行预算管理、政府采购和国库集中支付制度。重大项目的资金拨付，直接由广州市财政局代理银行拨付到服务商的账户。这种“点对点”模式，防止了资金拨付环节中“硕鼠偷梁”现象的发生。

以亚运城为例，亚运城建设资金拨付是按照施工合同，实行按进度计量支付。先由施工单位提出拨付申请，再由监理方审核施工进度和工程量，经过业主代表严格把关后送工程部门负责人验收，财务部门审核认为合格，主要负责人才签批拨款申请。经过这“六步审核法”的初步审核后，再由广州市财政局和市土地开发中心分别进行复核，核对无误后由代理银行直接向收款单位付款。

即使是在亚运会和亚残运会闭幕后，“廉洁亚运”也并未停下脚步。广州市成立赛后资产处置监督检查机构，联合市纪委监察局、亚组委监察审计部、市审计局等有关部门组成亚运资产处置监督小组，具体负责赛后资产处置监督工作，督促有关部门制定亚运资产处置管理办法，以切实加强资产处置的监督检查，防止国有资产流失。

警民携手编织安保防控网

2010年10月26日，夜幕降临，广州虽然遇到了一股寒流，但在璀璨的灯光映照下和习习秋风的吹拂中，流光溢彩的珠江美仑美奂。十几天后，亚运会将在这里举行，并史无前例地在水上举行开幕式。

踏着夜色，中共中央政治局常委、中央政法委书记周永康登上“羊城号”水警指挥船，沿珠江察看开幕式巡游路线。

距离亚运会开幕还有17天，广州市内各区主要比赛场馆亚运安保工作进一步升级。

周永康当天下午飞抵羊城，他此行的最大目的，就是专程到广州实地检查亚运安保工作准备情况。

晚上9时许，周永康来到亚运会开闭幕式主会场海心沙，看望奋战在安保一线的公安各警种干警、武警和解放军官兵代表，嘱咐他们要在亚运会开幕前有针对性地加强演练，确保开闭幕式安保工作万无一失。

随着亚运圣火在广州海心沙岛缓缓熄灭，运动员们胜利的喜悦、观众们热情的欢呼，已经在镜头里定格。亚运期间，广东全省社会治安秩序良好，没有发生重大刑事、治安案件及交通、火灾事故，“大事没出，小事也没”。“平安亚运”总目标的圆满实现，得益于广东警方的一系列创新措施。

创新，体现在高科技手段的广泛运用。在广州亚运会安保工作中，三维安保系统为平安亚运布下天罗地网。

广州亚运实景三维地理空间数据保障系统采用移动测量技术、实景三维技术、空间网格搜索技术等具有自主知识产权的先进技术，建立起基于精准定位的亚运电子导游导览系统，在亚运开幕地海心沙广场周边建立起高精度、覆盖地上、地下、水下区域的立体化三维模型，构建可视化、智能化的三维空间仿真系统，实现全市各类信息资源共享，提高安全保障和应急处理能力。

三维安保系统运行后，安保部门实现了对广州全城实施分层监控。假如有恐怖分子企图驾车从大广州外进城，安保系统立刻对其照片及车牌号进行筛查，并实施全程监控。

此外，随着市中心的深入，安保措施愈加严格。系统会自动为人像拍摄，然后三维计算，分析包括角度、距离、武器类型等数据，计算出人物是否存在威胁。高科技手段的应用为亚运节省了不少警力。

创新，还体现于国家、省、市警方合力构建的四道“护城河”网络。

在亚运前夕，根据公安部部署，从雷州半岛到南澳岛，通过五省一区公安机关的无缝对接，一道道“护城河”护卫着广东陆地；从琼州海峡到台湾海峡，多部门的通力合作，筑建起坚实的亚运安保圈。

“环粤护城河”：在环粤五省一区进入广东的高速公路、国道、省道、县道等31条主要省际道路的边界，以路桥收费站为依托设立治安卡口，通过进粤通道的卡口把关，全面构筑严密的亚运安保外围“防控网”、“过滤网”。

边防口岸“护城河”：经公安部牵头组织，在广东省公安厅协调指挥下，联合铁路、海事、航空、海关等多部门加强对口岸的出入境检查，防范可疑人员入境。

“环穗护城河”：2010年 8 月起，广州警方开始在进入广州的高速公路、国道建立治安关卡，清查可疑车辆，并在广深、广惠、北二环等高速收费站广场建立安检棚，对所有进入广州的人、车实行安检。

环比赛场馆“护城河”：在比赛场馆周围布设电子监控设备，派民警对进出场馆人员进行仔细安检，确保亚运场馆及周边建筑物安全。

借鉴北京奥运会的经验做法，四道“护城河”共建立环粤公安检查站56个、环穗公安检查站76个、水路监控点26个、铁路治安检查站24个。

2010年9月7日，环粤五省一区的综治委领导共同签订了《广州亚运会环粤"护城河"工作协议》。据此，广东在入粤交通要道设立了30个公安检查站，其中有24个与周边四省一区共建。广州市共建设了48个公安检查站，共配有1070台（套）先进设备，有3044名民警参与安检工作。

创新，还体现在将传统的群防群治与志愿服务相结合，广州全市80多万治安志愿者被

广州越秀区华乐街的一支外国友人亚运志愿者服务队在亚运期间，走上羊城街头热情为亚运提供志愿服务。

组织起来，共同守望广州亚运。

“你好，我是亚运志愿者。有什么可以帮您的吗？”

2010年11月13日，在广州市华乐街道环市东路世贸中心的交通路口，24岁的美国青年Jeffery佩戴着红袖章，正热情地为两位外籍友人提供服务。

Jeffery来自越秀区华乐街外国友人治安志愿者服务队。除了这支队伍，他们辖下还组建了青年民兵治安志愿者、老大妈治安志愿者、外国友人治安志愿者、白领治安志愿者、“红帽子”治安志愿者等11支队伍，参与到亚运安保社会面防控、引导文明出行等志愿服务当中。

华乐街党工委书记潘二华说，华乐街所在的越秀区虽然不是主赛场所在地，但辖区内有多家亚运官方酒店以及血站、电视台等重点防控单位。自广州市全面启动亚运安保社会面整体防控响应工作以来，华乐街的民警就忙着深入发动各种力量，科学整合社区资源，建立起了以社区居委会以及社区警务室为社区防控指挥部，社区群众、机团单位、住户积极参与，“天网”与“地网”并重，人防、技防与物防并行的防控网络体系。目前，街道已组成3813人的亚运安保志愿者队伍和357人的专职志愿者队伍。

“警力有限、民力无穷。”这是华乐街派出所副所长李振球一直挂在嘴边的一句话。为了动员社区住户以及机团单位参与亚运安保工作，华侨新村社区贺毅警务室的社务民警除了采取传统的宣传方式，还利用社区安全短信群发平台、“贺毅警务室博客”以及“网上警务室”进行宣传动员。

为了实现“平安亚运”，广州进行了建国以来最大规模的安保动员，有专业力量、辅助力量、社会义务力量83.3万人投入社会面防控，并建成近27万个视频监控摄像头，形成四位一体的“社区防控网”、“路面巡逻防控网”、“重点部位防控网”、“视频监控防控网”，从亚运会开幕倒计时100天起就全面进入实战状态。

那些刚到广州的游客，首先引起他们注意的肯定是随处可见的统一佩戴红袖章的亚运安保志愿者，他们散布在广州市的大街小巷、十字路口，包括环卫工人、报刊亭摊主。每隔300到500米便有一名社会安保人员值岗，他们每天早晨5点就开始上岗。另外，在全市街道上穿行的2.7万余辆公交车、出租车及5万多名司机，也是守护亚运安全的“流动岗哨”。

尽管不是“科班出身”，但各街道还是尽可能通过培训，帮助志愿者们掌握一定的实用技巧。在海珠区，所有志愿者都要接受街道、派出所、社区的三级培训，“比如，阿sir会教我们，如果看到陌生人，一有不对劲，就要马上报给派出所。”越秀大沙头社区“老干”巡逻队队长、76岁的何伯“口诀”不少。

很多街道还把“三看”、“五知”、“六报告”等防控知识，以及街道综治办、派出所、居委会的电话等信息制作成名片大小的小卡片，供志愿者们随身携带上街巡逻。

影响广州亚运会成功举办因素的错综复杂，决定了安保工作必须慎之又慎。“做好自己的事，守好自家的门，管住自己的人”，才能为亚运创造一个和谐安全的良好环境。

在广州，每个核心城区都根据自身特点开展安保工作。荔湾区岭南街毗邻亚运花船的巡游起点沙面，辖区内有多个专业市场，每天辖区里的流动人口达20万人。

为此，街道就采取商场之间联防守望的模式，以每10间商铺为一个单位，每天每间商铺派出一人轮流值班，负责所在片区单位的安保巡逻。考虑到辖区街道巷道狭窄的特点，岭南街还组建了电瓶车和自行车巡防队。

越秀区黄花岗街道则结合辖区驻军部队多的特点，采取军警民联合上街执勤巡逻的模式，对车辆乱停放、小摊贩乱摆卖和治安问题较乱等进行重点整治。

第五节

GE GU DING XIN

中流砥柱

“5+2”，“白加黑”、“夜总会”、“开舞（午）会”……这些名词乍听起来与亚运会风马牛不相及，却是广州广大干部党员在亚运会筹办期间忘我工作的真实写照——一周七天五加二在岗；白天上班晚上加班；夜晚总有会；中午也开会。

举办一届高水平的亚运会，这是党和人民对广州的重托，也是广州对国际社会的庄严承诺，更是全亚洲人民对这座英雄城市的期待。广州亚运会规模超过了以往历届亚运会，组织工作、协调工作的难度在某些方面甚至大于北京奥运会。面对技术、资金、人力、协调的巨大挑战，广州各级领导干部和党员本着“只为成功添光彩、不为失误找理由”的担当精神和负责态度，发挥模范带头作用，以身作则，率先垂范，精益求精、奋力拼搏，激发和带动了广大干部和工作人员忘我地投入工作，以一流的组织管理、一流的场馆设施、一流的城市环境、一流的服务水平、一流的社会风尚，把广州亚运会办成了一届高水平、有特色的国际体育盛会。

各级领导：挂帅出征　倾情用力

2010年5月，距离广州亚运会开幕还有半年，中共中央政治局常委李长春来到他工作过多年的广东考察指导工作。

对于曾经担任广东省委书记的李长春，广州人别有一番亲近感。1998年，正是李长春在广州考察城市建设管理工作时，明确要求广州努力实现“一年一小变、三年一中变、2010年一大变”。

在广东考察期间，李长春非常关心广州亚运的准备工作，实地察看了亚运会开闭幕式场地建设和城市环境治理情况。

在珠江新城广场，听取了广州新城市中轴线规划建设情况汇报后，李长春连连询问：“这里的交通是否便利?能否满足大量市民集中参观、消费的需求?”

当得知珠江新城广场规划合理、交通便利、市民非常期待后，李长春高兴地说：“广州的城市发展真正实现了十年大变样！”

在猎德涌截污工程现场，李长春详细询问珠江水质改善和广州河涌整治情况。他要求广州一定要保证群众饮水安全，进一步加大河涌整治力度，为亚运创造美丽的城市环境。

“广州一定要为举办一届和谐、绿色、文明的高水平亚运会创造良好条件。”李长春说，要广泛动员群众参与城市精神文明创建活动，着力解决文明礼仪、公共秩序、社会治安、城乡环境等方面存在的问题，努力形成群众参与、群众监督、群众评价、群众共享的生动局面。

李长春的谆谆嘱咐，体现了党和国家领导人长期以来对广州亚运会筹办工作的高度重视和亲切关怀。亚运会开幕前，广州市市长万庆良在接受南方日报专访时曾说，亚运筹办工作千头万绪、千丝万缕、千变万化，容不得半点失误。筹备工作之所以能够顺利推进，首先得益于领导的指挥有力。“中央成立了以中央政治局委员、国务委员刘延东为组长的亚运会、亚残运会筹办工作领导小组，切实加强对广州亚运会筹备工作的领导。中共中央政治局常委、中央政法委书记周永康同志关键时刻亲赴广州督查亚运安保工作，要求实现平安亚运和精彩亚运的和谐统一。省委书记汪洋高屋建瓴地提出了‘迎接亚运会、创造新生活’的目标，并亲自作出重大战略部署，多次听取广州亚运筹备情况汇报，对亚运筹办工作放在心上、抓在手上，把脉开方，出招指路。”万庆良深情地回忆说，“黄华华省长亲自担任亚组委执行主席和省‘三会’筹办工作领导小组组长，靠前指挥，加强督办，狠抓落实，全力推进。朱小丹常务副省长、张广宁书记从亚运申办到亚运筹办，从办赛事到

李长春到广东调研。

办城事，为筹办工作倾注了很多心血。”

翻开厚厚一本《广州亚运会亚残运会运行指挥系统组建方案》，自市委书记张广宁、市长万庆良以下，广州市委、市政府、市人大、市政协等四套班子成员全部参与总指挥部和6个中心、24个专项小组、15个赛区的领导工作，划下“责任田”，立下“军令状”，做到定时间、定要求、定标准、定进度，挂图作战，全力推进。其中张广宁身兼总指挥部总指挥、开闭幕式指挥中心指挥长、安保维稳指挥中心指挥长等多项职务。万庆良则既是总指挥部的执行总指挥，又是赛事指挥中心的指挥长。指挥部下设的内宾接待指挥中心、外宾和港澳台贵宾接待中心、宣传文化和媒体及志愿者服务指挥中心，分别由市人大常委会主任张桂芳、市政协主席林元和以及市委副书记、市纪委书记苏志佳担纲领导。方旋、邬毅敏、孔少琼、苏泽群、吴沙、王晓玲、许瑞生、陈明德、甘新、陈国、曹鉴燎、贡儿珍、王东等市领导分任24个专项指挥联络组的组长，凌伟宪、李力、陶子基、周庆强、徐志彪、平欣光等市领导以及广州各区区委主要负责人则担任了亚运会15各赛区领导小组组长。高效务实的领导团队，实现了广州亚运会赛事运行和城市服务保障的一体化。

关注亚运会的广州人都还清晰地记得，2004年7月1日那个无眠之夜，广州成功取得2010年第16届亚运会申办权，市长张广宁代表广州在多哈接过亚运会会旗时，表情严肃。“很多人都问我，为什么张市长不笑啊？其实我想过要笑，但不知道为什么我当时就没有笑出来。广州2010年亚运会要如何办得更好，想起这个问题，我心里也是沉甸甸的。”张广宁后来回忆。

6年多来，张广宁先后担任广州市市长和市委书记，这位羊城当家人事无巨细地承担着广州亚运会第一责任人的重任，既挂帅又出征，既用情又用力。时隔六年，他向全世界交出了亚运大考的答卷：气势恢弘的亚运城在番禺莲花山畔崛起，亚运场馆内外焕然一新，老城区旧貌换新颜……而这份漂亮的答卷背后，是张广宁为亚运付出的滴滴汗水。

2010年8月7日，顶着广州盛夏毒辣辣的烈日，张广宁来到海心沙、珠江新城新城市中轴线广场和广州电视塔南广场等亚运项目工地现场，督促检查亚运工程进度。他说：“海心沙亚运工程是广州亚运会的重点工程，当世界因海心沙而为广州喝彩时，辛苦付出是值得的。”一句话道出了一份沉甸甸的责任感。

以举办亚运会为契机，实现城市面貌大变，是张广宁一贯的执政理念。“亚运会拿多少金牌是国家体育总局最关心的事情，我更关心的是广州的水环境和空气环境改善了多少。”在接受南方日报记者采访时，张广宁如是说。

2008年底，张广宁召开污水治理动员大会，公开宣称要打一场治水的“人民战争”。并且立下“军令状”，在未来的一年多时间里，广州要举全市之力治水，确保在2010年6月底前全市水环境质量根本好转。“现在已经到了背水一战的时候，我绝不会后退，我只会带着你们往前冲。”言语铿锵，振聋发聩。

广州的河涌问题非一日之寒。“广州整治珠江及河涌已经10多年，我任市长6年来，从未停过整治珠江，但随着经济发展、人口增加，每年整治后还是这样，任务艰巨。”亲自“挂帅”治水，张广宁足迹遍及广州各条河涌。在亚运会前，张广宁再次实现承诺，黄埔涌等13条昔日黑臭的河涌已经“不黑不臭”。

2010年4月，在张广宁升任广州市委书记之后，接替他担任市长的，是年仅46岁的万

"迎亚运讲文明树新风"城市文明志愿服务全民行动启动仪式在广州天河体育中心举行，张广宁、万庆良等市领导及各行各界的志愿者前往天河体育中心清洁座椅。

庆良。这位年富力强、精力旺盛的市长早年就有"工作狂"的盛名，在担任广东省副省长期间，他经常工作到深夜两三点钟，第二天一早又准时出席八点多钟的会，丝毫不显疲态。担任广州市市长之后，万庆良继续保持着这种雷厉风行的工作作风。

在亚运会、亚残运会举行期间，位于广州市天河区体育西路的亚体中心大楼灯火彻夜长明，按照规定，设在楼内的亚运会指挥中心必须24小时值班。然而值班人员却发现，每天深夜，市长万庆良的身影总会出现在大楼里。在当时的媒体报道上，"连夜开会"四个字与万庆良的名字如影随形，几乎每晚他都会把有关领导召集在一起，总结当日的赛会运行与保障情况，部署第二天的工作。

2010年11月27日，广州亚运会圆满落幕，12月12日亚残运会开幕式又将在广东奥林匹克体育中心举行。与亚运会开幕式相比，亚残运会开幕式的筹备遇到了前所未有的困难，奥体中心是亚运会的比赛场地，开幕式要在亚运会田径比赛结束后才能入场。加在一起满打满算，只有不到12天的入场排练时间，这也创造了大型开幕式排练时间最短的历史。

在亚残运会开幕式前夕，万庆良率领许瑞生、陈国、平欣光等现场指挥部领导和开闭幕式运行团队各子团队负责人，每天在亚运体育文化中心和广东奥林匹克体育中心两点一线，超时间、超强度、超负荷连轴转，组织了多场会议，检查了多项工作，大到讨论点燃火炬的方案，小到洗手间的无障

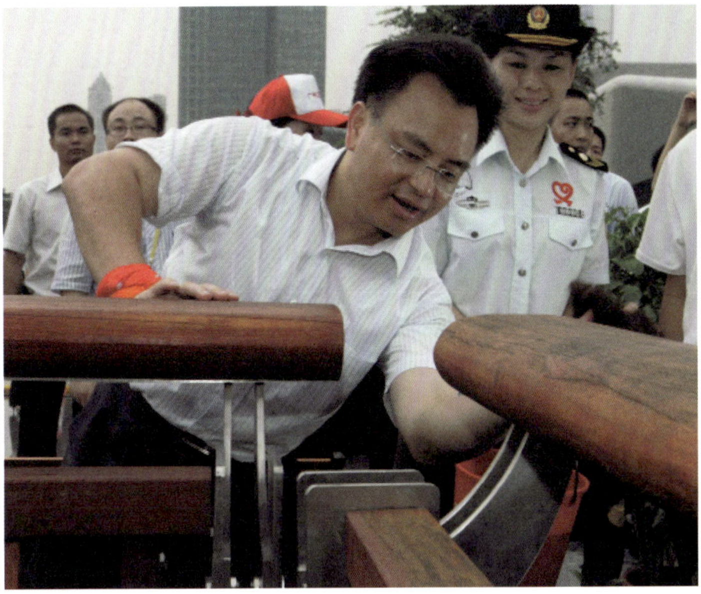

广州市长万庆良在很认真地擦洗广场上的护栏。

碍设施，每一个环节都经过集体讨论、集体推敲、集体修改、集体确定的过程。回顾亚残运会开幕式筹备历程的艰辛，万庆良感慨万千：“为了共同的心愿，我们走到一起，为开幕式奉献了智慧、心血、汗水甚至泪水，留下了无数的记忆和感动，大家一天要工作20个小时，每个人都有对家庭成员难以偿还的‘感情债’。这些记忆和开幕式成果融合在一起，成为大家弥足珍贵的精神财富。”

论干劲，万庆良无疑是个铁汉，然而这个铁汉也不乏柔情。在一次对亚残运会开幕式场地的凌晨视察中，万庆良发现2000多名参与表演的大学生们，由于没有地方休息，只好全都躺在地上睡觉。“他们跟我的女儿一般大，”见此情景，万庆良十分疼惜地说，“他们天天这样排练，实在是太辛苦了。现在已经起风了，明天更要降温，他们这样会着凉的。”

万庆良当即决定现场办公，临时拍板，给每个参加晚会排练的大学生发放一件棉大衣，并叮嘱随行的广州市副市长陈国落实办理。第二天中午不到12时，2500件棉大衣就送到了奥体中心。

在亚运会的筹办过程中，为亚运的顺利成功而日夜忙碌的广州市领导还有很多。

2010年4月，原本在佛山任职的林元和接任广州市政协主席。当时亚运筹备工作已经进入最紧张的冲刺阶段，林元和一上任便投入到“确保亚运会亚残运会圆满成功”这一中心工作中。根据他的建议，广州市政协组织了“爱我广州　办好亚运——为广州亚运会

2010年8月31日，广州亚运城整体移交亚组委，亚运城赛区领导小组组长、运动员村村长孔少琼高举广州亚运城的“钥匙”。

软环境建设献计献策”活动，广泛发动委员组成17个专题调研组，历时近两个月，对亚运软环境建设开展视察、考察与调研，最终形成了《关于进一步加强亚运会软环境建设的建议》。后来这33条建议被广州市委、市政府逐条研究办理，明确采纳意见和改进措施的责任单位。

亚运会举办期间，林元和担任广州亚运会、亚残运会外宾和港澳台侨贵宾接待指挥中心指挥长，他与国家体育总局、外交部、统战部、国台办等有关部门密切配合，确保了各项工作无缝对接，全方位展示了广州市的对外接待水平和能力。市政协其他领导也参与到亚运会服务工作中，其中市政协副主席郭锡龄担任亚运会和亚残运会天河体育中心赛区领导小组组长，圆满完成了9个场馆共计8个比赛项目及16个训练项目任务。市政协副主席平欣光担任亚运会和亚残运会广东奥体中心赛区领导小组组长，顺利完成了各项工作任务。

时任市委常委、统战部部长孔少琼在亚运会期间身兼数职：亚运城赛区领导小组组长、运动员村村长、亚运宗教服务组组长、外宾和港澳台侨贵宾接待指挥中心副指挥长……自2010年8月底接过亚运城的金钥匙，孔少琼每天都穿梭在市区和亚运城之间，超时间、超强度、超负荷连轴转。哪里有需要，就往哪里走，哪里有困难，就往哪里冲。开会、见外宾、现场办公……大到接待外国元首，小到运动员菜单，孔少琼从早到晚都在为这些事情忙碌着。亚运期间伊拉克代表团一位副团长患上肾结石，孔少琼还专门到医院和医生研究手术治疗方案。每天忙完亚运城的事务回到家，还有一堆公务文件等着，处理完后，往往已是第二天凌晨两点多。同事都风趣地形容孔少琼：“亚运事情多，忙得像陀

广州亚组委给亚运视觉形象专家学者颁发聘书。

螺。觉没睡一个，就为新生活！”

大学读建筑出身的广州市副市长许瑞生，2006年5月从长江三峡工程开发总公司挂职锻炼后回到广州，被上级安排分管亚运工作，并兼任广州亚组委常务副秘书长，从此成为见证广州亚运会从筹备到运行全过程的亚组委“大主管”。从亚运城的规划选址到下决心建设中国内地首个马属类动物无疫区；从争取亚运会市场开发权到谋划海心沙开幕式，亚运筹备每一阶段的重要事件，许瑞生几乎都曾参与其间。在亚运会筹办期间，许瑞生还担当了对外宣传亚运会的重任。2010年春节，许瑞生没有和家人团聚，而是专程飞到万里之外的加拿大温哥华，借助当地正在举办冬奥会的良机，向外国朋友派发春节利是，代表广州市政府邀请他们在亚运时造访广州。在2010年广州媒体举办的一次“亚运感动人物”评选中，广州亚运会开闭幕式创意成员、亚运火炬接力标志设计主创人张小平将许瑞生评为最让自己感动的亚运人物。“许瑞生是个大忙人，广州亚运筹备这几年，朋友们基本见不着他。”张小平说，“老许身边的很多朋友经常开他玩笑：广州亚运会，不会是他一个人开的吧？”

全市党员：服务亚运　创先争优

每一声钟响，牵动着每一根高度紧张的神经；每一缕阳光，辉映着每一个忙碌的身影。为了举世瞩目的广州亚运会、亚残运会的成功和精彩，广州不仅是领导干部殚精竭虑、率先垂范，全市53万党员也都发挥着中流砥柱的作用，为盛会废寝忘食、呕心沥血。

2010年，广州亚运会全面进入筹备冲刺期，恰逢中央在全国基层党组织和党员中部署开展创先争优活动。广州市全面落实省委汪洋书记关于“迎接亚运会，创造新生活”的指示要求，精心组织全市党员召开以“保障亚运、服务亚运”为主题的专题组织生活会，扎实开展“服务亚运当先锋”主题实践活动，写下了一首首“迎接亚运会，创造新生活”的壮丽凯歌。

在亚运筹备过程中，广州全市各级基层党组织和广大党员以决战姿态和大干精神，着力在促大变、惠民生中创先争优，促进城市环境面貌到2010年“一大变”，努力实现“天更蓝、水更清、路更畅、房更靓、城更美”目标。亚运会开幕式场地海心沙600多工人大年初一冒雨赶工的故事，就是这种精神的最好注解。

2009年，亚运会开闭幕式场馆选址尘埃落定，确定在海心沙，接着，广州建筑集团机施公司的65名骨干带着数百施工工人进驻海心沙，准备在这里铸造一艘梦想般的“亚运之舟”。

动工时已经是2009年9月，按照计划，“亚运之舟”项目必须在2010年9月底全部完工，只有一年时间！而当时，海心沙还是一块空地，没有供水、供电设施，就连征地工作也没有完成。在这样艰苦的条件下，会战海心沙的党员挑起大梁，团结拼搏，

在珠江新城新中轴线的市民广场，工人们正抓紧时间进行广场场地的铺设工作。

负重奋进，敢于争先，许多老党员为亚运，激情不输少年。

为了保证工期，海心沙工地的广大工程建设者春节只放半天假，年三十下午放假，大年初一一早，尽管天空飘着冷雨，参与施工的600多人却准时出现在工地上。不少年轻人搁下儿女情长，一再推迟甚至放弃婚假……

今天，当我们登临高耸入云的婀娜广州塔，鸟瞰一城风光：云山叠翠、大道通衢，生机勃勃的羊城在脚下铺展。城市蝶变背后，凝聚了艰苦卓绝的破茧努力。一个“变”字，凝聚着全市53万党员的决心和气魄、心血和汗水。

在整个亚运筹办过程中，广州全市各级党组织坚持把“服务人民群众”作为创先争优活动的重要目标，深入开展“扶贫济困党旗红、共建和谐当先锋”活动，党员认真践行“五带头”。各级党组织着力围绕服务人民群众推进创先争优活动，以党员示范岗、党员责任区、党员志愿服务、党员服务中心等工作平台为载体，扎实为群众办好事、做实事、解难事，切实兑现向群众做出的承诺，真正使广大人民群众得到更多的实惠。

比如花都区加快城乡医疗卫生事业发展，在2009年农民免费治病已覆盖全区139条行政村的基础上，再投入2600多万元，确保全区农村卫生站全面铺开为农民免费看病；分两年投入3000多万元解决全区农村564户低收入住房困难户重建住房问题；投入700万元以实物配租方式建设和提供廉租房。增城市把市本级财政75%资金重点投向公共事业和民生福利，实行12年免费义务教育，市财政新增1.16亿，用于2010年底前实现教师待遇“两相

南航空姐戴志愿彩、行志愿礼加入亚运志愿服务行列。

当”。广医三院以提高医疗服务质量为核心，深入开展“医疗质量万里行”、“医疗质量与患者安全百日行”活动，大力实施“优质护理示范工程”，扎实开展“无红包、无回扣、无缺陷服务”。

“当好亚运东道主，创建文明广州城”，是广州亚运筹备期间街头巷尾随处可见的一个口号。在加快推进城市软环境建设、提升城市文明程度的过程中，广州广大党员干部也发挥了模范带头作用。

70岁的老党员何姨在亚运会前成为启智服务队的“天使级”志愿者，这意味着她的累计服务时间已经超过2000个小时。2009年2月份，何姨在孙子的影响下加入广州青年志愿者协会启智服务总队。一年多以来，何姨在冲口养老院、康泰养老院、启智学校、致爱学校和芳村客运站等地参与了各类志愿服务活动。为了与年轻志愿者交流，何姨还学会了用QQ。何姨说：“虽然我年纪大了，但是我参与志愿服务的心永远年轻！”

广大党员争当“迎亚运、讲文明、树新风、促和谐”的先锋，全市各基层党组织也都把举办亚运会作为提升城市文明形象的重要契机，把开展创先争优活动与加强城市软环境建设、营造文明环境紧密结合起来，广泛开展精神文明创建活动，深入开展群众性文化活动，大力发展志愿服务，积极倡导健康的生活方式，着力提升城市文明程度和市民素质。

首先是带头提高文明素质。广泛开展“争做好市民、当好东道主——亚运广州行”和“爱国、守法、诚信、知礼”等市民素质提升教育系列活动。广州各基层党组织通过组织生活会、专题学习会等多种形式，加强社交礼仪知识培训，提高文明素质和内涵。

其次是带头开展文明志愿活动。从2010年7月开始，广州市市直机关组织了1万多名党（团）员到各志愿服务站点、交通路口和公园参与亚运志愿服务。各区（县级市）组织党员干部每天轮流值守在交通路口，引导广大市民文明出行，保障畅通。在亚运会期间，广州有超过151万人报名申请成为亚运会、亚残运会志愿者。

同时，广州各基层党组织还带头开展亚运文化活动。紧紧围绕建设国家中心城市、全面提升科学发展实力的中心任务，切实抓好《广东省建设文化强省规划纲要》的落实，进一步加大文化体制改革创新力度，加强公共文化事业建设。广大党员按照“入户到人，扩大覆盖面”的要求，深入企事业单位、社区、农村、学校积极开展亚运文化活动，最大限度地激发市民参与亚运、服务亚运、奉献亚运、共享亚运的积极性和主动性。

随着广州亚运会的临近，广州基层党组织“服务亚运当先锋”的活动也进入到高潮。千万党员奋战在服务亚运的第一线，为亚运会的顺利圆满举行无私奉献，无怨无悔。

蹲下、站起、蹲下、站起，自亚运会开赛以来，负责天河体育中心安检的广州市公安局女民警李芳媛，每天都无数次地重复着这个动作。11月15日晚，中韩男子足球1/8决赛和中韩羽毛球男团决赛同时在天河体育中心的两个场馆进行，观众高达7万多人。每一位观众走过安检门后，安检人员都要用检查仪对观众进行安检，并需弯腰蹲下去检查。反复地蹲下、站起、蹲下、站起，李芳媛终于倒地晕了过去……

广州市公安局治安支队张泽明副大队长是第一批进驻海心沙主会场的民警之一，从最开始住板房、吃盒饭，到看着场馆逐步建设起来，白天守场地、查人员、看水域、做各种基础调查、监督各种安全设施建设，晚上在灯下梳理进展、写报告，一年多基本住在岛上，被同事戏称为“岛主”。说到家里的情况时，张队的声音就低沉了下去：“小孩患了骨癌，只能家里人照顾了。”

2010年10月份，一贯孝顺的天河南派出所所长杨世冰，惊悉父亲诊断出晚期癌症后，把父亲接到广州来治疗。因忙于亚运安保，没有多少时间陪在父亲身边，后来父亲坚决要求回老家化州。11月9日凌晨，他完成任务刚回到家中，噩耗传来，父亲病逝。白天组织安保演练，10日参加开幕式彩排，他不得不连续坚守在岗位上。11日是父亲出殡的日子，他还是不能离开。当晚12时才能回到家的这个山一般的男人，终于抱着妻子像个孩子般大哭起来。

在亚运会的70个比赛场馆、57家驻地酒店，数万名安保人员在安检、消防、现场保卫、周边整治等各条战线上超负荷运作，几乎天天都在发生着这样那样的感人故事……在亚运筹办过程中，全市各基层党组织扎实开展亚运专题全员培训、“亚运先锋行动”专题讨论、“亚运先锋”党日活动，并签定“亚运先锋承诺书”，发动和引导广大党员以东道主的姿态，立足本职工作，争创一流业绩，在参与志愿服务、遵守交通秩序、讲文明讲礼貌、保障公共安全等方面发挥带头作用，为亚运会、亚残运会的成功举办提供了坚强保障。

第四章

盛会之彩

SHENGHUI
ZHICAI

当精彩纷呈的赛场竞技、更高更快更强的亚运激情在遍布广州全市以及佛山、东莞、汕尾的52个比赛场馆完美绽放，广州全城沸腾，亚洲齐声欢呼。

这是一场缔造传奇、超越梦想的亚运会。游泳、田径、射箭、射击、举重、场地自行车多个项目的亚洲纪录乃至世界纪录被刷新，多个国家和地区在各种项目上实现了历史性突破。一项项纪录的诞生、一个个梦想的实现、一幕幕自我的突破，已经定格在亚运的史册上。

这是一届文化交融、倡导快乐的亚运会。本次亚运会亚奥理事会45个成员全部参赛，再次实现了亚洲“大团圆”。广州亚运会的规模不敢说“绝后”但一定是“空前”。通过非奥项目的设置，每个国家和地区都可以找到展现自身文化和兴趣的体育项目。广州亚运会真正成为了一场文化的盛会，一个亚洲的共同节日。

59万志愿者奠定了广州亚运会的成功基石，水陆空的“天罗地网”保障了赛事的安全运行。这是一届文明风行、安全有序的亚运会。

若干年后，人们也许无法记清金牌的归属，但亚运赛场上的精彩竞技、羊城市民的热情微笑、岭南文化的海纳百川、南粤大地的激情燃烧，都已被世界珍藏。

“以一流的组织管理、一流的场馆设施、一流的城市环境、一流的社会风尚迎办亚运会。”15 天的激情勃发、15 天的精彩演绎，背后是广州 2000 多个日日夜夜艰苦卓绝的奋斗。

广州成功兑现甚至超越了当初的庄严承诺。而事实也已证明，亚运选择广州是一个成功的选择。

第一节

"CHAO LIU " SHENG HUO CHUAN DI YA YUN JI QING

"潮流"圣火传递亚运激情

2010年10月12上午10时18分，北京天坛祈年殿前广场，随着游泳世界冠军、北京籍运动员张琳从中共中央总书记、国家主席胡锦涛手中接过点燃的亚运火炬"潮流"，广州亚运圣火传递也随之拉开了帷幕。

取自居庸关古长城的亚运圣火，从北京天坛古殿出发，历经30个日日夜夜的风雨兼程，照亮了北国，传遍了南粤，最终在广州亚运会的主会场海心沙岛点燃。

在亚运圣火的照耀下，在广州云山珠水的环抱中，文明相汇、梦想交织，心灵相通……

作为亚运精神和仪式的重要组成部分，圣火传递一直被视为传播主办城市办赛理念、文化特色及奥林匹克精神的重要途径。在1951年举行的首届新德里亚运会上，就曾举行过隆重的亚运圣火点火式。当年3月4日，亚运会圣火在历史上莫卧儿帝国第五代国王沙迦罕的王宫红堡被通过聚光镜聚焦的太阳光点燃，随后由组委会从部队、警察和大学中选拔出的44名接力跑者，依次传递，高举火炬奔向国家体育场，最后在体育场点燃圣火盆。

亚运圣火传递第一次正式出现是在1958年的第三届东京亚运会上，之后火炬传递作为一种传播东道主文化和奥林匹克精神的途径，成为亚运精神和仪式的重要组成部分，并一直得以延续。2006年的多哈亚运会，财大气粗的卡塔尔人设计了亚运会历史上规模最大、传递距离最长的一次火炬接力，历时55天，途经15个国家和地区，共有3500名火炬手参加，行走总里程约5万多公里。

2010年3月，广州亚组委宣布，本着节俭办会的原则，第16届亚运会火炬传递只在广东省内进行。后来进一步完善了亚运火炬传递方案。10月12日上午，广州亚运火炬传递点火仪式在北京天坛公园隆重举行。在北京进行传递后，亚运圣火火种一分为二，一路前往哈尔滨、长春、海阳，另一路直接前往广东，从中山开始在广东全境传递，历时30天。

广州亚运圣火传递的路线大大缩短，对此，亚组委副秘书长古石阳在公布之初就表示，做出这样的决定是经过策划团队的反复调研、论证的。他认为，广州亚组委与亚奥理事会此前联合组织了为期一年的“亚洲之路”大型宣传推广活动，已经覆盖了亚洲37个国家和地区；2009年以来开展的“亚运中国行”宣传推广活动也在全国范围内展开，因此宣传亚运的效果已经达到，而本着“节俭办亚运”的原则，经亚奥理事会同意，第16届亚运会火炬传递最终确定只在广东省内21个地级以上城市传递（后增加省外北京、哈尔滨、长春、海阳四个城市）。

在象征中华民族精神的长城烽火台采集圣火，在历史古都北京的标志建筑天坛公园进行火炬传递点火仪式，在开辟中国历史从封建走向民主的孙中山故里中山市启动广东全省第一站传递，在陆地和海上沿古代海上和陆地丝绸之路进行广州亚运理念宣传，广州亚运火炬传递虽然没有在全国和境外传递，但所选取的每个点都极具文化概念，通过火炬传递让世界感受到广州、广东乃至整个中国的形象。

居庸关：长城上燃起亚运圣火

2010年10月9日，第16届亚洲运动会火种在北京居庸关长城北烽火台成功采集。

上午10时15分左右，在悠扬的古乐声中，17位白衣少女从长城坡道上缓缓走向烽火台，采火使者康辰晨走在正中，她身后两名少女手持采火棒和火种盒。7位白衣少女来到烽火台上，用美丽的舞蹈动作，欢迎四方宾客。乐曲声终了，22岁的云南姑娘康辰晨接过采火棒，缓缓半蹲在采火盆前，将采火棒放置在凹面镜聚焦处。两分多钟后，在大家屏息静气的期待中，一缕火苗蹿起，引燃了采火棒。与奥林匹克精神一脉相承，象征着人类和

第16届亚洲运动会火种采集仪式在北京居庸关长城北烽火台举行。

平、友谊、进步的亚运火种，在象征着中华民族脊梁的北京古长城上闪耀。

广东省省长黄华华接过采火使者手中的采火棒，点燃了圣火盒。三名圣火护卫随后用圣火盒中的火种引燃火种灯，并护送火种灯离去，亚运圣火最终采集完成。整个仪式大约持续了二十分钟。

当天，中共中央政治局委员、广东省委书记汪洋出席火种采集仪式并宣布第16届亚洲运动会火种采集开始。国家体育总局局长刘鹏、北京市市长郭金龙、广州市委书记张广宁在采集仪式上分别致辞。

北京站：胡锦涛亲手点燃亚运火炬

2010年10月12上午，北京晴空万里，秋高气爽。亚运火炬点燃暨传递启动仪式在天坛祈年殿前举行。

广东省省长黄华华主持仪式。在国歌和亚奥理事会会歌奏响后，国家体育总局局长刘鹏和亚奥理事会主席艾哈迈德分别致辞。

随后，中共中央政治局委员、广东省委书记汪洋从火种卫士手中接过引火棒，点燃祈年殿前的火种盆。中共中央总书记、国家主席胡锦涛在火种盆中点燃了火炬，亚运北京首棒火炬手张琳从胡锦涛手中接过了火炬“潮流”。

上午10：18分许，随着胡锦涛宣布第16届亚洲运动会火炬传递活动开始，张琳开始跑出了广州亚运会圣火传递的第一棒。

参加亚运会火炬北京传递的火炬手有十六人，其中有四位是来自体育界的世界冠军。除了张琳和冼东妹之外，还有新中国首枚奥运金牌得主许海峰和射击奥运冠军杨凌。

10：33分许，亚运圣火传递最后一棒火炬手冼东妹高擎着“潮流”火炬，抵达了设在圜丘天心石处的传递终点，并点燃护卫手中的火种灯，至此，广州亚运会火炬在北京的传递圆满完成。

长春站：唱响第十二届全国冬运会的“前奏”

2010年10月15日，广州亚运会圣火在吉林省长春市进行传递。

这是一座曾经举办过第六届亚冬会、创造亚奥理事会45个成员在冬季首度团圆的城市，这也是一座将于2012年举办第十二届全国冬运会的城市，长春在这一天依托亚运火炬唱响了亚冬会的“余音”和十二冬会的“前奏”。

上午10时许，在长春世界雕塑公园正门，长春站首棒火炬手辛庆山从吉林省委常委李申学手中接过点燃的火炬开始奔跑，这名在中国短道速滑队执教了24年的冰雪运动“教父”用振臂高呼的方式感染着在场每一个人。

当天的长春站火炬传递全程1.2公里，传递路线沿雕塑公园内北侧环路，历时约20分钟。除了辛庆山之外，另外15名火炬手还包括刚满18周岁的全国青少年射箭冠军张帅、公安战线一线干警于勇、“感动长春”市民代表孟繁金、全国劳模代表谢元立、社区体育指导员张彦波等一系列来自长春市各行各业的精英代表。

尽管当日长春遭遇了入秋以来最冷的一天，但市民们仍高举着旗帜、打着条幅来到传递现场，夹道为火炬传递助威。

6号火炬手、长春市体育局副局长赵晓路在完成传递后对记者感慨说：“长春市作为世界新兴的冰雪文化之都，曾在亚奥理事会创造过团圆的历史，三年之后，亚运会的圣火再次来到长春进行传递，既是长春人民对亚运精神、人文奥林匹克的一种重温，又代表我们对兄弟城市广州成功举办亚运会的祝福。”

“2012年初，第十二届全国冬季运动会将在长春举行，届时在我们这座城市还将有一次盛大的火炬传递，所以今天的传递也是十二冬会的前奏，”赵晓路称。

海阳站：“海滩首秀”完美演绎

碧海金滩、秧歌起舞。广州亚运会火炬“潮流”15日下午来到了2012年第三届亚洲沙滩运动会举办地——位于黄海之滨的山东省海阳市，一场亚运圣火传递的“海滩首秀”在这里完美演绎。

15日15时，海阳旅游度假区“万米海滩”前的凤凰广场上，功夫扇轻舞飞扬、太极拳韵味悠长，三名亚运会火种护卫引燃火炬，现场顿时一片欢腾。

山东的奥运会体操冠军邢傲伟跑第一棒。28 岁的邢傲伟举起火炬，面带微笑和自信向现场观众展示后轻松起跑，亚运圣火在第三届亚洲沙滩运动会的主比赛场地开始了传递。

为充分体现海阳的亚沙会举办城市特色，此次传递活动传递路线选择在2012年亚沙会沙滩运动主场地沿线的沿海公路，起点设在旅游度假区凤凰广场，终点设在国际沙雕艺术公园，全长2012米，寓意着将于2012年在海阳举行的第三届亚洲沙滩运动会。

参与本次传递活动的共有16名火炬手，除了邢傲伟是第一棒火炬手之外，其他15名火炬手分别来自各级领导、海阳籍知名人士和为海阳发展做出突出贡献的人士。

海阳站的传递结束之后，亚运圣火于第二天抵达广东省内传递的第二站珠海市，两支火炬聚在一起，共同点燃草坪中央舞台上的一支火炬，亚运圣火在此 “合二为一”。

广东省内传递：1000多万市民夹道欢迎

10 月 13 日，在现场数千名观礼群众热烈的掌声和欢呼声中，雅典奥运会羽毛球女子双打冠军杨维跑出了亚运火炬广东省内首站传递的第一棒。此后,“潮流”足迹遍及南粤大地。

在孙中山先生故乡，“潮流”一路踏着伟人足迹前行。中山先生的曾侄孙孙必胜在这里用亚运圣火告慰先生“振兴中华”的爱国壮志。

在协办城市东莞，圣火从民族英雄林则徐虎门销烟的旧址出发，历史与现代在这里庄严交接，百年前的屈辱和今天的自豪再一次转换；在武术之乡佛山，“潮流”提前照亮了本届亚运会花样游泳和拳击赛事承办场馆——世纪莲体育中心；在汕尾护海神妈祖像前，“潮流”熊熊燃起，映照着碧海蓝天，为亚运帆船赛事提前吹响了集结号。

在惠州，“潮流”循苏东坡足迹逐水前行；在阳江，圣火从宋代古船“南海Ⅰ号”启程踏上海上丝绸之路；在深圳，莲花山顶、小平像前，“潮流”火焰与莲花山下高楼林立车水马龙交相辉映，30年改革开放的硕果尽收眼底。

在韶关，振华中学的几个小男孩，手里挥舞着小国旗和广州亚运会会旗，追着圣火从起点一直跑到了终点。在湛江，一位市民高举一面五星红旗，踏着滑轮与“潮流”同行。在阳江，40多万人将圣火从海陵岛的十里银滩迎到了南国风筝场。

台风“鲇鱼”来袭，粤西面临强风暴雨的威胁。10月22日，“潮流”首次在雨中传递，强台风挡不住侨乡人的圣火激情。超过10万人冒着风雨，一路高喊“火炬手加油”。风雨无阻，“潮流”火炬23日在七级大风中受到揭阳逾10万市民的欢呼喝彩。

在广东省内的火炬传递中，有1000多万市民带着对广州亚运会的热切期盼，或夹道欢迎，或引吭高歌，或加油呐喊。

圣火传递之处，广东人民无不处在兴奋、激动、荣耀、梦想、博爱的相交相织中。

在中山市兴中路上欢呼的人群和五彩的旗帜中，一位百岁老人携年过花甲的儿子高举的“振兴中华”横幅，再一次让南粤大地荡起孙中山先生第一个喊出的“振兴中华”的时代强音：使我堂堂华夏，发奋为雄，无敌于天下，并为之筚路蓝缕，奔走呼号，终至建立民国，缔造共和。

不管亚运圣火在哪里出现或经过，人群中“中国加油”、“亚运加油”的呼喊声就像潮水般涌来，汇聚成一种奔涌不息的强大力量。

张广宁点燃火炬。

广州站：3天传递点燃全城激情

2010年11月9日上午9时，广州站火炬传递活动在中山纪念堂正式拉开帷幕。

广州是第16届亚运会火炬传递的最后一站。在此前日日夜夜的风雨兼程中，“潮流”从千年古都传到了南国羊城，在全国传递着“激情盛会，和谐亚洲”的理念，照亮了北国，传遍了南粤。

当天上午9时，省委常委、广州市委书记、广州亚组委副主席兼秘书长张广宁点燃亚运火炬，并交到第一棒火炬手、北京奥运会冠军中国体操队运动员杨伊琳手上，杨伊琳向在场群众展示亚运圣火，亚运火炬传递活动正式拉开帷幕。

在208名火炬手中，第二到第五棒分别是国家体育总局副局长、亚奥理事会副主席于再清，广东省副省长林木声，省体育局局长杨迺军，著名游泳运动员周嘉威。

最后五棒则依次是广州棋院院长容坚行，全国劳模、广东十杰青年、艺术家唐彪，广州市体育局局长刘江南，1990年为北京亚运会采集圣火的西藏大学团委副书记达娃央宗，亚奥理事会副主席霍震霆。

除了前后五棒火炬手外，208人的大名单可谓星光灿烂，其中包括奥运冠军王义夫，残奥冠军周杨静，著名艺术家宋祖英、许钦松、倪惠英、张丹丹，主持人吴小莉，知名企业家霍震寰，经济学家吴敬琏，知名志愿者赵广军，广州市的老领导黎子流、陈开枝等。

208名火炬手高擎“潮流”火炬，穿越镇海楼、五羊雕塑、南越王博物馆、海珠广场、海珠桥、大元帅府、广州塔、琶洲公园等主要景观。

经过三个多小时的传递，当208棒火炬手亚奥理事会副主席霍震霆手捧火炬进入广州国际会展中心会场时，主会场气氛也随着涨至最高，霍震霆与广州亚运会火炬传递运行中心主任杨武共同点燃火种盆，广州市区火炬传递圆满结束。

亚运火炬经过的每一个路段，马路两旁都围满广州市民，许多市民脸贴国旗手舞彩旗，为亚运助威，给广州加油！

11月10日上午，亚运火炬在风景秀丽的广州大夫山森林公园继续传递。来自亚奥理事会45个成员国和地区的83名官员和运动员代表在广州番禺大夫山森林公园进行了一场“绿色亚运”的展示之旅。

11月11日，随着中国工程院院士钟南山在广东科学中心广场点燃火种盆，“潮流”为期3天的广州站传递完美收官。

这一天，“星光”璀璨。在现场观看的市民除了能看到国际奥委会委员、短道速滑名将杨扬，羽毛球冠军关渭贞，网球冠军孙甜甜和新普乒坛一姐刘诗雯等奥运冠军和世界冠军外，还能一睹演艺明星的风采。来自香港的谭咏麟、曾志伟、章子怡、蔡卓妍、张敬轩，韩国歌手安七炫，以及“钢琴王子”郎朗和张铁林等著名影视演员、歌手和演奏家齐聚羊城，手擎“潮流”为亚运放歌、为广州加油。

“潮流”从广东科学中心出发，绕着广州大学城所在的小谷围岛一圈，经过了进驻广州大学城的中山大学等全部10所大学，全程15.2公里，130名火炬手参与了传递。“潮流”所到之处，大学生们或放声呐喊，或尽情奔跑，用自己的方式为广州亚运会注入朝气和活力。

12时，最后一棒火炬手，中国工程院院士钟南山健步跑入收火仪式现场。广州亚运会亚残运会总指挥部成员、广州市副市长曹鉴燎在台上迎接火炬，并与钟南山院士共同点燃火种盆。受第16届亚洲运动会组织委员会执行主席、广东省委副书记、省长黄华华委托，广东省副省长宋海代表第16届亚洲运动会组织委员会在收火仪式上致辞，并向广州市赠送

亚残运会火种采集仪式在北京中华世纪坛举行。

纪念品和证书。

伴随着本届亚运会火炬传递主题曲《传递爱》的高亢歌声，火种护卫从火种盆中收回火种，并封存于火种灯中，第16届亚洲运动会火炬传递（广州站）活动圆满结束。

11月12日晚，在举世瞩目的亚运会开幕式上，第16届亚洲运动会火炬传递活动的最后5棒火炬手（吴国冲、陈一冰、容志行、邓亚萍、何冲）把亚运火炬传递到开幕式的现场，取自居庸关古长城的亚运圣火终于点燃了本届亚运会的主火炬。

亚残运会火炬传递：残健同行　爱满羊城

当中国和世界还沉浸在广州亚运会的回味中时，亚残运会圣火传递又向世人展现了一个特殊群体的缤纷世界。

12月3日上午，中华世纪坛上，南狮舞动，金龙飞天，一片喜庆气氛。

10时18分，中共中央政治局委员、广东省委书记汪洋宣布广州2010年亚洲残疾人运动会火种采集开始。仪式音乐响起，16名采火少女身着白衣，沿台阶走下。采火使者带领采火少女完成带有祈福寓意的仪式舞蹈动作。采火用的凹面镜朝向东南方。来自中国新疆的维吾尔族少女阿迪兰从一位少女手中接过引火棒，款款行至世纪坛正中央放置的采火盆前，将火种棒置于收集太阳光的凹面镜聚焦处，霎时火苗升起，采火棒被引燃，火种采集成功。阿迪兰将采火棒交给广州亚残会组委会执行主席、广东省省长黄华华，后者点燃采火少女手中的火种盒。随后，3名火种护卫将上场，从火种盒中引火点燃火种灯，广州亚残运会火种采集成功。

12月4日10时整，广州2010年亚洲残疾人运动会火炬点燃暨火炬传递活动在北京人民大会堂北大厅启动。中共中央政治局常委、国家副主席习近平亲手点燃火炬，并宣布火炬传递活动开始。

参加广州亚残运会火炬传递活动北京站的火炬手共有20人，过半以上有肢体残疾或视力残疾，其中多数是曾为中国多次在国际大型赛事上赢得荣誉的残疾人运动员，也有在平凡的岗位上业绩突出但默默无闻的残疾人劳动者。

10点40分，2008年北京残奥会乒乓球金牌获得者覃小俊高擎火炬，抵达设在天安门前国旗杆南侧的传递终点，火种护卫队员封存火种。至此，广州亚残运会火炬在北京的传递结束。

当天下午，亚残运会圣火火种搭乘“亚运号”专机抵达广州，广州白云国际机场举行了迎接火种仪式，来自广州市的小学生代表等200多市民在机场用欢呼迎接亚残运会圣火的到来。

“踏破千山万水，来到云山珠水！”12月5日上午，在被誉为广州“城市会客厅”的花城广场，广州亚残运会组委会执行副主席兼秘书长、广东省委常委、广州市委书记张广宁点燃火炬“潮流”交给首棒火炬手并宣布，广州2010年亚洲残疾人运动会广州火炬传递起跑仪式开始。随后，98名火炬手在约8.8公里的路上手手相传，一路上围观市民喝彩声不断，最终在员村五横路广场，最后一棒火炬手点燃了收火仪式的火种盆。

圣火广州开跑首日适逢国际志愿者日，广州亚残运会志愿者形象大使白岩松成为第5棒火炬手，白岩松说：“你看今天多好啊，健全人、残疾人可以一起在阳光下奔跑。我们举办一届亚残运会，不仅仅是收获感动，更多的收获是，未来在城市里，中国八千多万残疾人都可以无障碍地和健全人一样行走。”

从12月5日至12月11日，亚残运会圣火在广州进行了为期7天的传递活动，沿途经过广州人民熟悉的城市地标如花城广场、广州艺术博物院、广州花卉博览园、广州白鹅潭广场、英雄广场、星海音乐厅等地。传递总里程为55公里。

广州亚残运会火炬传递共有660名火炬手，其中20名火炬手在北京传递，其余640名在广州传递，火炬手中有不少于20%是残疾人，凸现了对残疾人的尊重和关爱。

考虑到火炬手中有残疾人，因此有别于亚运会每位火炬手传递200米的规定，每位亚残运火炬手的传递仅跑80米。

12月12日晚上，在广州亚残运会开幕式最后阶段，首届亚洲杯轮椅篮球比赛银牌获得者陈琦手持“潮流”火炬坐着轮椅进入主会场。亚残运会火炬在陈琦、黄俭华、吴燕聪、单子龙、倪河东、萧彦红六位残疾运动名将的传递之后，交到了文艺表演的主角珍珍一家人手中。

作为第七棒火炬手，中国全国五四青年奖章获得者张立新与第八棒火炬手残奥会中国代表团优秀运动员张海原相互协助，在万众瞩目中一级一级攀登上主火炬台，将火炬放上吊架，随后吊架缓缓升起，最终成功点燃了广州亚残运会主火炬！

火炬手选拔：面向大众、面向基层、面向普通劳动者

火炬手是亚运会火炬传递活动的核心，是传递圣火、传递亚运精神以及展示亚运会主办城市办会理念的使者。

2010年4月20日，广州亚组委召开新闻发布会，发布了第16届亚运会火炬手选拔方案，正式启动了广州亚运会火炬手选拔工作。

广州亚运会确定火炬手选拔名额为2010名，寓意广州2010年亚运会圆圆满满，吉祥如意。火炬手选拔主体及分配名额为：传递城市自行选拔名额为810名；亚奥理事会、各国（地区）奥委会以及中国奥委会的选拔名额为150名；广州亚组委的选拔名额为60名；亚运会赞助商及火炬传递赞助商的选拔名额为560名；各社会团体和机构的选拔名额为430名。

为确保火炬手来源安全可靠和选拔工作的效率，除火炬传递赞助商可根据回报权益在规定范围内开展公开选拔外，其他选拔主体均采取组织推荐的方式进行火炬手选拔工作。赞助商拥有的560个名额中，公开选拔的数量不得少于20%，即有约100个名额将由公开选拔产生。

火炬手选拔以广泛性和代表性为原则，面向大众、面向基层、面向普通劳动者。涵盖公务员先进代表、体育界知名人士、工人和企业界代表、对亚运会有突出贡献的人士、驻穗部队、武警部队、公安系统、志愿者、相关媒体、优秀青少年代表、杰出妇女代表、社区先进代表、少数民族和农民代表、外来务工人员代表以及对广东历史和当代发展作出突出贡献、对岭南文化作出突出贡献的人士等。

为体现“和谐亚洲”的办会理念，各选拔主体也选拔了一定数额的海外侨胞以及为我国社会主义建设作出过突出贡献的外籍人士参与火炬传递，其选拔条件与中国籍火炬手一致。各选拔主体（亚奥理事会除外）的外籍火炬手总数不超过其所占名额的10%。

2010年10月 6 日，第16届亚运会组委会火炬传递运行中心团队正式对外发布，亚运会火炬手选拔工作已经完成。

原计划广州亚运会将有2010名火炬手参与，但考虑到新增了哈尔滨、长春、海阳三站的传递活动，因此火炬手名额也增加为2068名。

广州亚运会的火炬手年龄分布从 6 岁到 100 岁，其中年龄最小的是来自广州东风东路小学的二年级小学生黄天来，年龄最大的则是佛山热爱运动的百岁老人邝永绍。儿童火炬手成为广州亚运会火炬手选拔的亮点之一，凸显了广州的城市活力，寓意亚运精神永远传承。

广州2010年亚洲残疾人运动会的火炬手选拔工作则于2010年9月正式启动。亚残运会火炬手的选拔共有九大选拔主体，分别是：中国残奥委会、亚洲残奥委会、各国残奥委会、广州市体育局、广州市残联、广州亚残组委会、市场开发部、志愿者部以及火炬传递运行中心。火炬手的选拔不但体现了广州亚残运会办会理念，还充分体现了广泛参与的精神，确保火炬手选拔的广泛性和代表性。

与亚运会不同，亚残运会火炬手选拔更加侧重传递残疾人顽强不屈乐观向上的生活态度和拼搏进取的运动精神。

有形的火炬，彰显的是无形的精神力量。火炬传递活动不但宣传了“平等、参与、共享”的残疾人事业主题，还弘扬了社会各界理解残疾人、关爱残疾人、服务残疾人的风尚，展现了人文关怀、残健共融和文明亚运理念。

江上开幕式"威水"扬帆艳惊世界

2010年11月12日晚，以珠江为舞台、以城市为背景，广州亚运会开幕式从一滴水开始，以舟为意向，开启了一场璀璨的岭南文化扬帆之旅。

大陆文化和海洋文化的交融孕育了岭南人敢为天下先、兼容并蓄的性格，经历30多年改革开放的淬炼，经过30多年持续领跑中国，敢为天下先的创新和魄力也已内化为广东的使命和核心气质。这便是亚运开幕式的整体气质。

亚运会开幕式上的石破天惊之举，是广州亚运会以创新求突破、以突破成就卓越的最为绚丽彰显。

在这场"最好之一、顶尖之列、精彩纷呈、巨大成功"的开幕式树立的标杆背后，一系列创新实则为各地其他盛会的迎办提供了极具价值的广东经验。

圣火点燃火炬塔之际，美联社、法新社、共同社等世界各大通讯社不约而同向全球发出对广州亚运会的开幕式评价——

美联社：在绚丽的烟花和喜庆的氛围中拉开了帷幕，中国向各方呈现一个盛大的开幕式。感觉更像一场盛大派对。

法新社：广州向国内外贡献了一场"突破性"的开幕式，运动会的组织者也希望观众能够长久地记住本届盛会。水元素让人印象深刻。

日本共同社：使用水、光、花火编制的盛大的演出，显示出经济成长中的广州实力。

演员的动作让人感受到这确实是只有中国才能做出的壮丽演出。

…………

新颖独特的创意，精彩纷呈的表演，广州亚运会的水上开幕式获得了社会各界的高度赞赏。

亚奥理事会主席艾哈迈德亲王说：“广州亚运会开幕式非常成功、非常漂亮，是亚运史上最好的开幕式！”

国际奥委会主席罗格认为，广州亚运会开幕式精彩纷呈，属于他所见过的顶尖级开幕式，非常值得祝贺。

国家体育总局局长、中国奥委会主席刘鹏对广州亚运会开幕式打了个“高分”，认为取得了巨大成功，给人印象极为深刻、难忘。第16届亚运会在广州举办将为亚洲的和平和繁荣作出巨大贡献。

国际各大主流媒体极度关注这次广州亚运会的盛况，他们同时认为广州亚运会的开幕式无疑让全世界感受到了中国举办顶级体育盛事的热情，而广州亚运会独特的表演也让大家大饱眼福。

广州亚运会开幕式精彩纷呈的表演得到了全国电视观众的盛赞。对昆明观众吴海昆来说，印象最深的就是演员们排着整齐的队列从空中飘落的“神来之笔”。他说：“广州亚运会很出彩，让人惊讶得不得了。在海心沙岛上举办开幕式，而不局限于体育场内，大概是世界运动史上的一次突破。”

新奇！美妙！震撼！珠江沿岸和海心沙岛上呈现的精彩表演震撼世人。这是一场难以复制、注定要永留史册的经典演出！

精彩的亚运会开幕式让广州一夜成名。

做水文章向珠江借舞台

一个好的开幕式就是一个大型运动会成功的一半。

将广州亚运会开幕式移出体育场，放到海心沙岛举办的决策，为这一奇迹的问世奠定了基础。

在亚组委庆典和文化活动部部长何继青看来，“将开幕式放海心沙岛举行，本身就已经是一个巨大的成功！这将是一次革命性的创新和突破！”

海心沙缘何受到组委会的垂青？

从最初的招投标到方案选定，广州亚运会的选址都是在广东奥林匹克中心，这座由美国NEB与华工建筑设计研究院共同设计的体育场，承办了2001年第九届全运会的开幕式。2008年年底，广东省委、省政府在研究亚运会开幕式时，提出了大胆的设想：突破常规，在珠江上办开幕式！

广东省省长黄华华在2011年1月的一个会议上公开了当时的决策“内幕”：“这个创意是省委书记汪洋提出来的。创意很重要啊，奥运会已经无与伦比了，放在体育馆搞，我们怎么也超不过奥运会，而多哈，他们的亚运会开幕式花了十亿元，我们能够像他们那样把钱堆起来吗？也不行！唯有走特色。广州水多，做水的文章。”

世界顶级大师集结珠江

在珠江江心的小岛上搞开幕式，难度之大可想而知——技术、地质构造、艺术表现、保密、安保……起初质疑和担心的人不少，连广州亚运会开闭幕式总导演陈维亚都觉得心里没底，但经过多方考察和反复论证后，海心沙最终成为这个宏伟艺术构想的落脚点。

陈维亚形容当时的感觉：当初接到广州亚运会开幕式确定在广州的海心沙岛上举办这一消息时，犹如“晴天霹雳”。陈维亚说，在北京奥运会开闭幕式临近尾声时，自己和担任北京奥运会、残奥会四个仪式总制作的路健康、闭幕式中方舞美总监姜浩扬以及世界著名的舞美大师、北京奥运会开幕式外方舞美总监英国人马克•菲舍尔，就对广州亚运会开幕式进行过讨论。大家都对角逐广州亚运会开幕式主创团队充满兴趣和信心。

他们组成的北奥联合团队精心策划的广州亚运会开幕式方案“亚洲的太阳”，在舞美设计上有全新的突破，同时在节目内容的设置上也十分新颖。这一方案，为他们赢得了主创团队的聘书。

但这一方案是以广州的奥林匹克体育场为表演基础场地而进行创作的。接到将开幕式移师海心沙的决定是在2009年春节前，离亚运会开幕式的举办仅仅有一年多时间，创意得完全推倒重来，各种前期的准备工作前功尽弃，失落感和时间如此紧迫所带来的巨大压力，几乎让人崩溃。接还是不接广州亚运会的开幕式，陈维亚和众多主创人员们一下子意见纷纷。

“我们大家集中到一起，大家表决吧。到底在哪儿，因为亚组委尊重我们的意见嘛。最后大家说，现场表决，现场都举手，最后全部举手。”

陈维亚透露，广东方面的思想工作做得十分到家。作为这项工作具体负责人的何继青亲赴北京和主创人员进行沟通，介绍这一决策出台的来龙去脉。他关于在广州这样一座国际大都市中心的一座“岛”上举办开幕式这样前所未过的巨大机遇和挑战的说辞，征服了不少有些动摇的艺术家。最终，这个团队接下了全新的任务。

陈维亚至今仍然很佩服本届亚运会的主办方，他们有敢为人先的特质。当时大家其实

是有疑虑的，包括主创人员，当时觉得好像突然变得不着边际了，甚至还有人提出是不是拿两个方案？拿一个奥林匹克中心的方案，再拟一个珠江的方案，看看再选吧。最后发现，要想突破，要想创新，就不能给自己留后路。要有破釜沉舟的准备。

当时，海心沙尚是一个无名小岛，有部队的营房，还有一家制鞋企业。在岛的四周水域，甚至还有十几家靠在船上“讨生活”的“水上人家”。

时间紧，任务重。要完成亚运开幕式场地的施工建设及调试，就必须采取超常规的手段。

2009年初，在隆隆机器的轰鸣声中，海心沙岛变成了一个大工地。有关部门采取的是边规划、边设计、边施工的方法。同时，展开海心沙周边水环境的治理，以及交通方案的规划。

按照当初的规划方案，开幕式场地设计要满足多方面的需求。首要是满足亚运开闭幕式的需要；未来要成为广州标志性的文化品牌建筑；满足后亚运时代的利用，成为亚运文化遗产和市民文化广场。结果，基本上实现最初的设想。

同北京奥运会开幕式无与伦比的恢弘气势不同，广州亚运会开幕式展现了中华文化巨大魅力的另外一面——浪漫和柔美，展现了岭南文化来自于“水”的迷人风采。这场精彩的文化大餐，从10月下旬进入彩排开始，持续到11月12日大幕的正式拉开，每一场演出不仅现场看台座无虚席，更吸引了数以十万计的市民围绕在珠江两岸共赏焰火美景。

这是一台由北京奥运会开闭幕式主创团队联手众多世界顶级艺术家共同打造的精彩视听盛宴，一台献给世界的中华文化盛典。

总导演陈维亚是北京奥运会开闭幕式副总导演、闭幕式执行总导演，他还是2001年北京世界大学生运动会开幕式总导演；亚运会开闭幕式总制作路健康，是北京奥运会、残奥会开闭幕式四个仪式的总制作；北京奥运会闭幕式中方美术总监姜浩扬任亚运会开闭幕式运营总监；北京奥运会开幕式顾问、世界著名舞美设计大师马克•菲舍尔担任亚运会开闭幕式外方舞美总设计，北京奥运会开闭幕式中方舞美设计总监苗培如担任中方舞美总设计；北京奥运会闭幕式音乐总监卞留念出任亚运会开闭幕式音乐总监；北京奥运会开闭幕式灯火总监沙晓岚担任灯光总监。

广州亚运会开幕式焰火表演非常出色，这是世界顶级焰火大师、来自法国的克里斯托夫和担任过北京奥运会开幕式焰火主管刘琳联手的作品。他们围绕高达600余米的广州塔“小蛮腰”精心设计的倒计时表演的“红棉花开”焰火奇观，丝毫不逊色于北京奥运会开幕式上用焰火在首都上空打造出的29个“大脚印”。为全世界的焰火爱好者提供了一次非常难得的视觉奇观，无数广州市民和中外游客在广州塔周围欣赏到世界大师的作品。

开幕式上参加水上芭蕾表演的主体是由俄罗斯花样游泳奥运会和世界冠军组成的明星表演团，其中包括团长玛丽娅•娸谢留娃、叶里玛科娃•安娜丝塔谢亚、库叶拉•奥列佳、索娅•叶林娜、哈乡诺娃•爱里维尔5位奥运会冠军和娜谢金娜•安娜等多位世界冠军。

广州亚运会开闭幕式制作总监路健康曾公开表示，广州亚运会开放筹办开幕式，参与筹办和演出的国外顶级的艺术家规模远远超过了北京奥运会开幕式。

这批才华横溢的艺术家，独具匠心地将广州亚运会开幕式的表演设计成以“珠江为舞台、城市为背景”的艺术大戏。

亚运会开幕式移出体育场属前所未有。在广州珠江上的海心沙岛举办的开幕式，将这个珠江出海口上的小岛设计成一艘巨轮，用独特的水元素展示了岭南文化的巨大魅力。45个参赛代表团的运动健儿和亚奥理事会官员，分乘46艘充满浓郁亚洲风情的彩船巡游珠江，与数十万珠江两岸的广州市民遥相呼应，共享快乐。

整台开幕式，艺术家用焰火、灯光、音乐、喷泉等手段，把“起航”的主题展现得淋漓尽致，时而激情澎湃时而浪漫柔情，艺术手法时尚感人，编导和演员历经两年精心排练的节目使这台开幕式令人难以忘怀。

大胆创意驶来海洋之舟

开幕式辉煌背后，其实浸透着主创人员身陷创作“困境”的苦涩。

2009年年初，广州亚运会开幕式从原定的第九届全运会开幕式的主会场，改到了海心沙岛举办，奠定了这台节目非同凡响的基础。但这一亚运会历史上从未有过的创新，要从天马行空的“遐想”变成活生生的节目，实非易事。

陈维亚作为执导过北京奥运会开闭幕式等重大活动的中国艺术家，对艺术的追求既执著，同时又善于听取别人合理的意见。在接受会场移址这一重大调整后，他带领创意团队开始了新征程，在创意的“苦海”中耐受“煎熬”。

巨大的挑战激发了艺术家们的创造力。创作的方案想了一个又一个，其中包括在有世界最高电视塔广州塔“小蛮腰”和珠江对岸的西塔高空搭起钢索舞台，以及将广州塔塑造为史上最巨型的火炬塔等奇思怪想，四五十次易稿，多次出现即将崩溃的局面。同北京奥运会开幕式创意一样，最终有九成挖空心思想出来的招都一一被废弃。最终，经历了反反复复灵与肉间的“烧灼”，海心沙岛是一艘蓄势待发的“巨轮”的创意，令所有的创意都豁然开朗。

2009年1月底，海心沙岛开幕式方案的第一稿问世。“岛”为舞台、“水”为核心元素两大主轴基本确定后，艺术家们再度陷入冥思苦想之中。放弃在海心沙岛上办开幕式的意见一度占据了上风，陈维亚、路健康、姜浩阳“三驾马车”也出现了意见分歧，一度需要用投票的方式来决定路向何方。

如何激发主创团队的热情，寻找到新的灵感？团队中的长者、64岁的路健康2009年春节刚过就带领所有主创人员，赴大型演出活动非常活跃的美国拉斯维加斯观摩和考察，观看“水秀”（以水为元素的娱乐表演）。拉斯维加斯之行让艺术家们的身心得到放松和调整，令创作团队耳目一新，各种世界水准“秀”，不仅让他们开阔了眼界，更让他们找到了灵感。最后亚运会开幕式水的舞台、帆屏上令人震撼的空中“威亚”表演等节目，创意来源都来自这次考察。

从空中俯瞰，位于珠江江心的海心沙岛的造型酷似一艘帆船。为亚运开幕式立起的四个近百米高的帆屏，犹如为它插上了巨大的风帆。

如何充分利用海心沙的自然地形，来巧妙设计开幕式场地的舞台位置、观众席，令开幕式团队绞尽脑汁。一个偶然的机会，广州亚运会开闭幕式制作总监路建康在附近的一栋大楼俯视海心沙岛时，惊喜地发现整个岛的轮廓就像一艘面朝东方、即将起航的巨轮。于是，开幕式场地和观众席的位置问题迎刃而解。

海心沙岛上办开幕式的思路有了，而在开幕式核心创意方面也有了突破。

广州亚运会开幕式的场地明确了，主题也清晰了，还必须通过艺术家们具体的节目创意和演员们的排练和演出来加以充分体现。

在北京奥运会开幕式上设计了莎拉•布莱曼和刘欢演唱主题歌的马克•菲舍尔，这回又献出了奇思妙想。他在海心沙岛上，打造了四面由八块巨幅LED显示屏“铸造”的巨帆，不仅一下子为海心沙岛注入了扬帆起航的“灵魂”，更为表演舞台提供了无尽的想象空间和超大容量的音视频载体。

“巨轮”和“帆”一下子使得其他创意找到了源泉，一个个奇思妙想从空中“落”了下来。“海洋之舟”、“白云之帆”和现场组装巨型火炬塔点燃主火炬、高达600米的广州塔“小蛮腰”上逐层打出绚丽焰火、珠江巡游等核心创意相继浮出水面，并最终得到了主创团队的肯定，进入到实际的排练阶段。

从2009年酷热的夏天，到寒冷的冬季，甚至2010年的春节，主创团队的艺术家们分赴河南塔沟武校、浙江杭州和广州郊外的一个封闭式工厂里的排练场，和数以千计的演员们经受了一次次心灵和身体的历练。

2010年9月30日，历经一年多创意、排练的广州亚运会开幕式节目，在海心沙岛这艘永不沉没的“巨轮”上进行了首次联排。虽然只是第一次联排，服装、音效、视频、焰火等手段都还没有到位，但开幕式全新的风格和几台精心创意并投入巨大心血排练的节目，仍然深深地打动了有幸在现场观看的人员。

10月20日，第一次相对完整的联排则得到了方方面面专家的高度评价，并针对联排中出现的13个方面的细节问题逐一提出了解决方案。也正是这一次联排为开幕式团队赢得了口碑。

白云之帆惊艳空中飞人

无论是业内专家还是普通观众，感受广州亚运会开幕式上最精彩的一幕无不首推《白云之帆》。

马克•菲舍尔设计的帆屏最高点为80米，表演的最高点为67米。由180名空中“威亚”

飞人和1300多名地面人工拉钢绳人员、技术保障人员，以及帆屏上视频和音乐完美配合的节目，在空中摆出各种造型，包括笑脸、飞翔的海鸥以及体育比赛中的跨栏等，紧紧地抓住了观众的眼球和心灵，每次变化都让在场的观众感受到精彩和刺激，场内不断发出惊呼声。

这台节目是由章东新、王亮等新生代编导高手和河南塔沟武校的师生共同完成的。2009年9月在河南塔沟武校搭起的排练场上进行第一次排练时，从两万多名学员中选拔出来几十名“精英”。可他们上到60多米的空中仅进行了一次“蹦极”式的“俯冲”，就有一半人尿湿了裤子，可见这种空中表演给演员们带来的恐惧感有多大。

不仅表演者的压力大，在设备使用上的压力也相当大。最初想用机械的方式来拉“威亚”，但在塔沟武校排练时，发现机械一旦在表演过程中突然坏掉，将会造成人员失重失位，甚至可能会造成重大的伤亡事故。经过试验，最后还是认为人是最可靠的“机器”，用人在下面拉“威亚”，不仅对安全有保障，同时空中表演者和地面拉钢绳者密切配合本身就形成了原生态的魅力。

“这段9分钟的节目，排练就用了整整一年零三个月，这是世界上从未有过的一个节目，第一次用人体、钢铁结构和音视频完美结合展示的艺术极品，是一件前所未有的创举。”总导演陈维亚也毫不讳言对这台节目的偏爱，认为这才是广州亚运会

白云之帆惊艳上演“空中飞人”。

产生的“第一块金牌”。

在开幕式中，《海洋之舟》这一段节目同样令人叫绝。这里面的一大亮点同样来自马克•菲舍尔，他所设计的一艘能够进行360度旋转的船，以明代郑和下西洋的船为原型，融入了现代表演的元素，充满着时尚的色彩，在这上面的表演惊心动魄。

这艘船在浙江杭州的一家工厂里实验和生产，从小样逐步放大，最终也确定了由人力在下面拉动和摇晃，而帆屏上则是惊涛骇浪，45位杂技演员担任水手在船上进行各种高难度动作的表演，如同与大海风暴展开搏斗。

在翻腾摇滚的船这样一个特殊的舞台上进行表演，难度之高超乎想象。最终确定在船桅杆等部分表演的是来自河南的杂技演员。2009年12月底“船”运抵广州安装后第一次进行排练时，演员们上到船上仅仅有些许的摇晃，就找不到重心，无法进行动作表演。排练的最初一周，一些身怀绝技的杂技高手也打起了退堂鼓。

开幕式执行副总导演邓锐斌带着杂技演员和几个导演，躲在白云机场附近一个大仓库里排练，面对这个‘庞然大物’，邓锐斌只能爬上三楼才能看清船上情况进行指挥。只练了一次，杂技团演员几天都不能再排练。船摇晃起来，和真的在大海中翻滚没有区别。年轻的节目编导从船上一下来，就大吐，晕船。排练期间前后有12名杂技演员直接提出不干了。62岁的邓锐斌亲自上船去参加他们的排练后，才让他们安下心来。

最终克服各种困难排练成型的“海洋之舟”，气势磅礴，成为广州亚运会开幕式上精彩的亮点。

开幕式的火炬塔也独具匠心。设计上采用现场组装的方式，增强观众的视觉感。4根火炬塔支柱每条高26米，重为8吨，火炬盆被4根支柱推向空中。4根支柱由工作人员推进场，然后现场进行组装，负责这项工作的是一些年轻战士，尽管年轻力壮，但首次实验时将支柱推进舞台中央的火炬盆前进行组装就用了整整10个小时。经过多次演练后，现在已能在短短的十余分钟内完成推进场和现场组装。

“水”是广州亚运会开幕式的核心元素，整个舞台设计成能够进行水秀表演的场所，5000余平方米的表演面积能注入十厘米深的水，在变幻的灯光下，时而充满梦幻、时而充满激情，而在运动员入场前仅需50秒钟就能将台上的水全部排掉，其中的秘密就在于表演台底下有一层钢板的隔断层。

“海洋之舟”成为亚运开幕的精彩亮点。

精彩开幕更显创新务实

短短两年时间，向亚洲人民和世界人民奉献出如此高品质的亚运会开幕式，亚运会开闭幕式主创团队靠的是创新务实的精神。

亚组委庆典和文化活动部部长何继青总结说，主创团队一是敢于放弃曾经被长期认为是成功的经验，这是创新的前提；二是敢于打破自己以往形成的思维定式和行为习惯等；三是务实，既要着眼于宏观大局，又要着手于微观上能否实现，亚运会开幕式的成功举办充分体现了创新务实的时

代精神。

广州亚运会开幕式的一大特色，是突破了百年来重大国际体育赛事开幕式都在体育场内举办的传统，与北京奥运会开幕式完全区别开来。事实证明，把原来放到奥林匹克体育中心举办的开幕式改到了海心沙岛举办，是一个充满智慧的选择。

开幕式这样做一是走出了体育场，来到了城市中间；另外也形成了将广州城完全融入其中，形成了以海心沙为舞台、珠江为背景的特殊表演空间，形成了珠江两岸的广州塔和西塔围绕，广州大桥和猎德大桥为远近景，多层次、全方位的城市立体景观，这是在体育场内不可能做到的。

创新是广州亚运会开幕式成功的核心。广州亚运会开幕式是先组成由运作公司、主创人才、制作队伍组成的一流团队参加竞标，然后进行创意、排练的全新模式。以陈维亚、路健康为核心组成的大型活动创意、制作团队经过近20年的合作，相继推出多台大型赛事开闭幕式文艺演出。但是仅仅靠这支队伍要想在广州亚运会开幕式上继北京奥运会开闭幕式后再创辉煌，难度极大。因此，在竞标亚运会开幕式成功后，他们改变了以往的模式，提出由中外一流专家组成全新团队的思路，相继物色了一批世界顶尖的艺术家加盟，并且充分尊重他们的创意方案，使得这支队伍更具国际视野，创作空间得到很大的拓展，也收到了非常好的效果。

海心沙岛的开幕式中心场地设计创造了亚运会开幕式的历史。中心舞台由四面巨型的帆、八面屏组成，水域达5000多平方米。从2010年11月3日起，连续举办6场开幕式彩排和正式演出，让更多的市民们能够欣赏到开幕式的精彩，有超过10万观众进入现场观看开幕式彩排和正式演出，更有超过百万计的广州市民能够在珠江两岸欣赏到开幕式焰火、灯光等编织的灿烂的城市景观。

同时，将开幕式放到海心沙岛上举办的决策还完美解决了大型体育场馆赛后利用的难题。开幕式筹办两年间，海心沙岛上修通了地铁。底下两层空间，开幕式期间临时辟为演员化妆室等，亚运会后这里地下是地铁站，而上面则成为广州的城市文化体育休闲广场，成为广州新的城市景观和新地标，充分体现了广州举办亚运会取之于民用之于民的办赛理念。

在吸收借鉴北京奥运会开幕式成功经验的基础上创新务实，是广州亚运会开幕式的特色。在组织形式上，借鉴了北京奥运会一个团队承办四台仪式的成功经验，同时又进行了创新。亚运会开闭幕式由陈维亚担任总导演，而亚残会开幕式由朱建伟担任总导演、闭幕式则由孟雁担任总导演，但四个仪式的运营完全由一个团队承担。这样既保障了创作人员充足的时间和空间，也大大节约了经费。

参加开幕式演出的专业团队的1000多名演职人员，同时参加四个仪式的排练和演出。在仪式人员上也是共享，培养了一次可使用四次。在视频、播音等方面从装备到人才也都是如此，使得运营成本大幅降低。而在创意方面则能够做到思路统一、相互呼应，形成完整的创意思路。例如北奥大型活动公司的200余名灯光、音响、舞美等方面的专业技术人员参与了四个仪式，平均每个仪式不到40人，甚至比一些省、市运动会开闭幕式所使用的工作人员都要少，经费都要节省。正因为如此，亚运会开闭幕式和亚残运会开闭幕式的经费大大低于北京奥运会，但规模和效果仍然保持了相当高的艺术和制作水准。

20年前的北京亚运会开幕式，主要是以中国传统的团体操人员组成主创队伍，而广州亚运会则是以经历了北京奥运会开闭幕式洗礼的专业团队为主。

北京奥运会开幕式筹备期间，总导演张艺谋曾对以往的人海战术进行了批评，但在最后的实践中，他却将“人”这一元素用到了极致，整个开幕式上参演人员超过2000人的节目达到7场，使用演员就超过万人，加上预演的演员总数2万余人。20年前的北京亚运会开幕式也是“团体操加人海战术”，当时仅作为背景板的演员就有上万人，场地表演的也有1万余人。

而此次广州亚运会则完全不同，以往骄人的团体操表演形式让位于艺术、舞蹈化的广场艺术表演。这主要有两方面的原因，一是海心沙岛表演场地狭小，观众集结和疏散也受到了制约，这种独特的地理条件决定了只能采取广场艺术；二是广州这座市场化程度很高的城市，要想组织大量的演职人员参与这样几乎没有报酬、排练时间长、要求又相当苛刻的演出活动，难度相当大。因此，广州亚运会开幕式仅用6000余名演职人员参加，是近年来中国举办的重大赛事仪式活动人员最少的一次。

闭幕式化身歌剧音乐会

2010年11月27日晚是广州亚运会的最后一夜，已燃烧16天的圣火要告别26米高的圣火台。21点45分，碧水上空载来“芭蕉男孩”，在惜别的音乐中，男孩举起手中的“木棉花”，深情地遥望圣火塔，圣火徐徐熄灭，孩子手中的木棉花却亮了起来。天空中，红色的“木棉花”礼花腾空而起，非常壮观。“木棉花”温馨的暖流，向四周蔓延，运动员、观众席上的木棉花灯亮了起来。闭幕式的主题歌《温情》响起。广州亚运会圣火熄灭，让人联想，让人回味。

圣火变成朵朵温暖的木棉花，广州亚运会最后一晚，美妙、温情。

如果说广州亚运会开幕式给人们展示了一个集中国柔美、浪漫和震撼、刺激于一体的画面的话，那么广州亚运会闭幕式则是给人们呈现了一个多元文化交融的浪漫亚洲。

闭幕式安排了一个1500余人的合唱队，在巨大的帆屏下面搭建的合唱台上，全程参与闭幕式的表演。在全亚洲范围内精选适合广州亚运会闭幕式的歌曲，进行交响化的重新编配，进行交响化的演唱。这不仅是国内十分罕见的大规模的广场合唱艺术表演，在全世界也不多见。开幕式的特点是以“动”和“看”为主，闭幕式则是以“看”和“听”为主。

主创团队精选八首歌曲作为主线，贯穿整个亚运会闭幕式，这些歌都是人们十分熟悉的亚洲各地的经典民歌，在中亚、东亚、南亚、西亚和东南亚等地广为传唱。

这些歌曲中有两首是中国的作品：《月光光》和为闭幕式量身打造、集《日出东方》《时光》《落雨大》等开幕式歌曲元素的《凯旋》。《月光光》同开幕式上演唱的《落雨大》一样，都是深受人们喜爱的广东童谣。演唱时，300多名孩子手提渔灯在场内表演，这是一段童话式的美妙世界。而选择的其他亚洲地区的歌曲，有的载歌载舞，动感十足；有的则旋律优美，广为中国人熟悉和喜爱；有的则展示了亚洲草原上万马奔腾的恢弘场景和美丽的中亚风光；有的则是在海心沙岛舞台前沿的水域表演区的船上演唱的，非常浪漫；有的选择小朋友来演唱，活泼可爱。

在闭幕式文艺表演最后阶段，随着嘹亮振奋的号角声，歌曲《凯旋》响彻闭幕式现场。这首歌曲融和了《日出东方》《落雨大》《时光》等亚运会开幕式歌曲的核心元素并

重新编配，采用粤语和美声等方式表现，与巨大的帆屏上呈现的一个个广州亚运会赛场精彩瞬间、领奖画面及感人镜头交织在一起，掀起了亚洲大团圆的热浪。

这台闭幕式，光有唱还不能体现大型广场歌剧音乐会的特点。主创团队安排了1500余人承担合唱任务，同时还要承担整个闭幕式背景表演的任务，他们每人都有一个道具袋，里面有包括日本伞等七八件道具。除此之外，每一首歌曲演唱时，均精心编排了与之风格相一致的亚洲各地优美的舞蹈烘托气氛，艺术地表现了每一首歌的意境和特色。

在闭幕式舞台设计和视觉效果设计，甚至在空中焰火的设计上，都围绕大型广场歌剧音乐会这一核心，进行了精心的构思。观众入场时，海心沙岛上的喷泉打开，迷离的水雾中，四面巨大的帆屏上将呈现歌剧院金色刺绣的帷幕，使人们如同进入金色大厅的感觉。1500余名合唱队员时而欢快、时而柔美的和声，成为闭幕式文艺演出的声音“主色调”。

来自广州军区政治部战士文工团、吉林市歌舞团、广东培正学院、广州第二师范学院、广西南宁市现代舞蹈中等职业学校、河南登封市嵩山少林寺武僧团培训基地、广州市越秀区少年宫小云雀艺术团的近5000人参加了闭幕式的演出。

他们配合着来自亚洲各地艺术家展现对风格各异的亚洲经典民歌进行精彩的演绎，使得闭幕式成为一台气氛热烈、充分展现亚洲浪漫气质的大型广场歌剧式音乐会，让参加亚运会的亚洲各地的运动健儿们带着对广州亚运会的记忆，乘着海心沙岛这艘“和谐号”巨轮重返故乡。

三大亮点再创亚运奇迹

海心沙岛举办的广州亚运会闭幕式用大型广场歌剧音乐会的独特形式，展现了亚洲文化交融的灿烂和辉煌。同“绝对精彩”“独一无二”的开幕式一样，闭幕式上的亮点也相当多。

亮点一：“小蛮腰”上演顶级焰火盛宴“花好月圆”

世界顶级焰火大师克里斯托夫和中国焰火艺术家刘琳联手打造的亚运会开幕式焰火，以广州塔“小蛮腰”为核心进行的创意和燃放，赢得了众多好评。而在广州亚运会闭幕式上，他们再次合作奉献焰火盛宴。

亚运会闭幕式焰火最大的亮点仍然在广州塔上，整个闭幕式期间燃放约4万发烟花，时间约为10分钟。焰火艺术家精心打造的是两个环节，其一是闭幕式倒计时时，广州塔“小蛮腰”自上而下层层绽开的焰火“花好月圆”。同开幕式倒计时“红棉花开”的红色不同，绽放的木棉花是银色。之所以选择银色，主要是体现海洋文化的特色。

除了倒计时阶段的焰火，闭幕式最后阶段，珠江上彩船华灯闪烁、礼花升空，广州塔“小蛮腰”将盛开瑰丽的焰火“虹满珠江”。

亮点二：“帆屏”上演巨幕动漫大餐

广州亚运会闭幕式是一台主题为《请把你的歌留下》的大型广场歌剧音乐会，参加演出的艺术家和明星可谓星光闪耀，同时四面“帆屏”会上演巨幕动漫大餐。

亚运开幕式上绚烂的烟花。

广州亚运会开幕式集中了中外一批重量级的艺术家和明星：宋祖英和郎朗，以及毛阿敏、孙楠、谭晶、章子怡、韦唯、容祖儿、陶喆和韩国的金贤重等明星，在海心沙岛上奉献了精彩的演出。而闭幕式参加演出的艺术家和明星实力同样不凡。汤灿用她动人的嗓音演绎岭南民歌《月光光》，这首歌曲还邀请来自广东的歌星进行粤语版和儿童版的现场演绎。歌曲《凯旋》集《日出东方》《时光》《落雨大》等音乐元素为一体，进行了重新编配。谭咏麟、李克勤等深受歌迷喜爱的艺术家和歌星将以普通话、粤语以及美声唱法等形式演绎。另外，由于韩国仁川是下届亚运会举办城市，因此和开幕式时邀请韩国著名歌星金贤重前来演唱一样，闭幕式上也安排了韩国巨星RAIN现场演唱，盛邀亚洲各地运动员2014年前往仁川。

闭幕式上，在海心沙岛上耸立着的四面由八块LED组成的高达80米的巨大“帆屏”，配合演唱的歌曲，播放精心制作的视频内容，使现场观众犹如置身于一个巨幕电影的空间，欣赏到视听效果一流的文化大餐。巨屏上除了播放广州亚运会16天来亚洲健儿们在赛场上的精彩瞬间的集锦之外，最大的特点是围绕歌曲量身定做、总体风格相协调的“动漫大餐”。如《月光光》一段，“帆屏”上播放的童话式的动漫演绎这首歌曲意境的视频。

亮点三：创闭幕式运动员入场、撤场高效纪录

历届奥运会、亚运会开闭幕式运动员入场和撤场的工作效率，不仅是对服务能力的一大考验，更是对组织者能力的一大考验。当年亚特兰大奥运会开幕式撤场用了4个小时，结果饱受批评。而北京奥运会开幕式只用了53分钟就将计划2小时的运动员撤场全部完成，被国际奥委会官员称为“奥运奇迹”。

广州亚运会闭幕式，运动员入场的时间仅用不到15分钟，撤场时间30分钟，创造了又一个高效的新纪录，创造了一个新的“亚运奇迹”，赢得了包括国际奥委会主席罗格等嘉宾的好评。

闭幕式和开幕式一样，也有严格规范的程序、规格和标准。各代表团旗帜和运动员入

场是闭幕式的重要环节，但主创团队遇到和开幕式完全不一样的困难。在闭幕式上，为了突出国际大家庭、强调人类的合作与和平，在入场时会打破代表团顺序，互相混杂不分国籍进场。这样给场地的安排提出了新的难题，就是运动员容易集中到仪式台、火炬塔等附近的重要区域，出现人员分布不均和运动员进场停滞不前等情况。为了解决这些问题，主创团队设计了一个“三环套月”的入场方案，在运动员进场区域设立三个圆环，最里面的圆环确保火炬塔不会被影响，而运动员进场则是首先分散到最外面的大圆环，等到这一圈大圆环站满了运动员，再开放中间的圆环，让运动员向中间集中，作为缓冲。这样设计，既解决了运动员场内均匀站位的问题，又让仪式运行充满了美感，也为运动员顺利入场和撤场奠定了流线基础。

伴随着别出心裁的熄火仪式，东道主把一个个经典瞬间留在了观众心中，给亚运会画上完美句号。

第三节

JI QING BI SAI KAI CHUANG YA ZHOU TI YU XIN GE JU

激情比赛开创亚洲体育新格局

金牌大丰收，是广州亚运会上最没有悬念的一件事情。

199金119银98铜共416枚奖牌——20年后再度本土作战，中国代表团继续傲视亚洲群雄、独占鳌头，这已是中国第八度蝉联亚运会金牌榜和奖牌榜的榜首。金牌数也创亚运参赛史上之最。

然而，无论是国家体育总局，还是众媒体，总喜欢把广州亚运比作一次“中考”，真正的“大考”指的是2012年伦敦奥运会。人们在仔细打量亚运金牌的成色的同时，更喜欢追问：“中考”成绩虽好，能否真正为“大考”增加胜算？毕竟作为东道主金牌“井喷”继而低迷，在奥运历史中并不罕见。

人们很清醒地认识到：广州亚运的199金虽然“很给力”，但本届亚运会的整体竞技水平并不高，中国代表团许多金牌的含金量打了折扣，特别是三大球继续滑坡，游泳、田径等大项没有大的突破，射击、举重、柔道、击剑等传统优势项目亦表现欠佳。

再辉煌的战绩都已成为过去，八度蝉联是浮云，“神马”都要从头开始。在广州亚运会上收获了高昂的士气后，中国健儿们心中、眼中都只有2012年的伦敦奥运会。

尽管亚运赛场上的金牌引发了一场场“口水仗”，但广州亚运会在设项繁多、场馆分散的情况下以出色的竞赛组织赢得了许多媒体和专业人士心目中“金牌”，却堪称实至名归、众望所归。

东道主再成金牌大户着眼伦敦奥运

这是一届追求卓越的盛会。广州亚运会共有2人3次打破3项世界纪录、1人1次平世界纪录、1队9人14次打破12项亚洲纪录；亚残运会共有17人和1队21次打破17项残疾人世界纪录，来自13个代表团的74人98次打破82项亚洲纪录。不断超越成为两个亚运舞台上最震撼人心的画面。当然，作为东道主的中国代表队的表现，无疑是最扣人心弦的焦点所在。

广州亚运一开幕，人们的眼光已经从比赛的筹备转向惊心动魄的竞赛场上；而作为体育强国，中国代表团争夺广州亚运金牌榜冠军已经没有太大的悬念。

199，一个中国传统意义上“吉祥如意”的数字，也是本届亚运会中国代表团最终获得的金牌数，超过了北京亚运上所获得的183金，缔造了中国代表团征战亚运的金牌历史新纪录。由于亚奥理事会决定从下届亚运开始实行“瘦身”计划，在缩减了比赛项目和金牌数后，199金极有可能成为亚运史上一个空前绝后的数字。

作为中国亚运军团乃至奥运军团的“梦之队”，羽毛球、体操、乒乓球、跳水等照例成为金牌大户。羽毛球队在代表世界级水平的羽毛球比赛中夺得7枚金牌中的5枚，接近极致；体操狂掠13金，整体成绩超过上届；跳水队虽然没有遇到多大挑战，但是队伍是以老带新，取得了好成绩；乒乓球又一次包揽了全部金牌；另外蹦床、皮划艇激流回旋、沙滩排球、国际象棋以及本届新设立的象棋和体育舞蹈项目中，中国选手都实现了金牌的包揽。集体球类项目，除男、女篮之外，女排、女曲艰难卫冕，女子手球实现亚运金牌零的突破。

在中国代表团的199枚金牌中，到底哪些具有“奥运意义”？经过分析之后，人们惊喜地发现，含金量最高的两枚金牌，当数孙杨的男子1500米自由泳金牌和刘翔的男子110米栏冠军。而这两个项目，恰恰又是中国体育长期以来的“瘸腿”项目。这令全中国都开始对伦敦奥运上中国男子游泳和田径的突破充满了期待。此外，乒乓球和羽毛球由于都是亚洲的传统强项，各国也都派出顶尖级选手出赛，因此人们普遍认为，这两个项目的金牌含金量也足以媲美奥运。

回顾赛场上的精彩瞬间，亦令无数体育迷陶醉不已。

刘翔以13秒09夺得110米冠军。

在男子1500米自由泳决赛中，孙杨一直力压主要对手韩国的朴泰桓。在取得较大优势后，在没有对手可以追赶的情况下，孙杨在最后50米才发力冲刺，最终以14分35秒43的成绩，打破亚洲纪录并获得该项目的金牌。但赛后，孙杨略感遗憾，因为他的这个成绩，距离由澳大利亚游泳名将哈克特保持的世界纪录14分34秒56只有不到1秒的差距，如果知道自己和世界纪录如此接近，孙杨完全是可以提前发力并打破该项目纪录的。

男子1500米自由泳的世界纪录，是由哈克特在2001年创造的，在每年刷新好几项世界纪录的游泳世界中，一个纪录能保持接近10年，难怪有“不可打破”之称。但首次参加亚运会的孙杨，在决赛中游出了如此成绩，实在让人惊喜。此外，孙杨的这个成绩，放在北京奥运上，比冠军的成绩14分40秒84足足领先5秒之多，堪称本届亚运游泳比赛中含金量最足的一枚金牌了。

而亚运赛场上最激动人心的时刻，当数“翔飞人”跑出13秒09的那一刻，媒体即刻用“王者归来”毫不吝啬地表达这期待已久的惊喜。虽然在田径水平普遍不高的亚洲，刘翔实现了男子110米栏三连冠并不算意料之外。但关键是，刘翔经历了奥运退赛的沉痛打击，经过了手术、康复、低迷等种种难关后，在男子110米栏决赛中跑出了13秒09的好成

11月21日，在第16届亚运会羽毛球男子单打比赛中，林丹以2比1战胜马来西亚选手李宗伟，首次夺得亚运会男单冠军。

绩，这也是“翔飞人”伤愈复出后所跑出的最好成绩，而且即使放在北京奥运会上，都足以获得一枚银牌。

刘翔作为中国男子田径的一面旗帜，其代表意义毋庸置疑，他在北京奥运上的因伤退出，以及复出后低迷的状态，都令无数国人担心：假如刘翔就此淡出体坛，中国田径又将重新回到“一金难求”的尴尬境况。但刘翔在广州亚运会上，以一骑绝尘的气势，向全世界宣告他的回归。人们开始期待：伦敦奥运上，“翔飞人”能再给我们一次惊喜。

乒乓球和羽毛球都是亚洲的传统优势项目。在亚运会比赛中，这两个项目的竞争强度并不亚于奥运会。尤其是2010年乒乓球和羽毛球在团体世界锦标赛中，中国女团都失去了冠军，而且全都是败在亚洲队伍手中。时隔半年后，中国又获得了女乒和女羽的亚运会团体冠军，体现了这两支传统强队不屈不挠的精神。就在这样激烈的竞争中，中国乒乓球队包揽了全部7枚金牌，而且还是靠以老带新的阵容出征，刘诗雯等新人迅速成长，夺取伦敦奥运的金牌指日可待。

“超级丹”林丹在本届亚运会男单决赛中，再度上演北京奥运男单决赛的一幕，以大比分击败了世界排名第一的李宗伟，也成就了自己的“全满贯”：获得了包括世锦赛、汤姆斯杯、奥运会和亚运会的全部冠军头衔，同时被评为本届亚运会的最有价值运动员。

除了这些特别耀眼的体育明显发挥出色外，体坛新秀在亚运会上的表现也可圈可点。事实上，在中国代表团宣布成立的当天，“新人”就成为了本届亚运的一大看点。在北京奥运会，很多项目都进行了新老交替，而广州亚运会是中国历史上，首度以新人为核心组成的参赛阵容，在参赛运动员中，67%的选手都是第一次参加亚运会。

“新人”们首次征战亚运即交出了让人满意的答卷。如射击运动员易思玲、举重运动员吴景彪、自行车运动员姜帆、体操运动员眭禄、游泳运动员孙杨、叶诗文等等，不仅经受住考验、获得了金牌，而且创造了好成绩。在代表团所获得的199枚金牌中，有127枚是由第一次参加亚运会比赛的年轻运动员获得的，超过六成。中国代表团认为，通过本届亚运会的检验，体现出中国队不少项目都已经成功地完成了新老交接，也为伦敦奥运锻炼了新人。

毋庸置疑，广州亚运开了一个好头，中国代表团将在高昂的士气中开始伦敦奥运的征途。

理性看成绩不妄自菲薄不盲目自大

2006年多哈亚运会，贵州籍运动员邹市明第一次出现在亚运拳击赛场上，此时距中国拳击上一次夺得亚运金牌已经过去16年，人们都期待瘦小的他能为中国拳击打破“金牌荒”。邹市明没有令国人失望，他在决赛中仅用两局、大比分击败泰国名将帕农，夺得个人亚运首金。

邹市明夺得46-49公斤级冠军。

2008年的北京奥运会，又是邹市明为中国实现了奥运拳击金牌零的突破，那也是北京奥运上中国代表团获得的第50枚金牌。2010年11月26日，在佛山岭南明珠体育馆，邹市明以9：5击败哈萨克斯坦选手比然·扎基波夫，再次勇夺亚运会拳击金牌。

广州亚运会前夕，正当邹市明积极备战准备向自己职业生涯中第二枚亚运金牌发起冲击时，有记者问："从2005年起，你就一直是各大赛事中48公斤级的冠军，该拿的奖牌都拿了，亚运会金牌你也拿过，那对这次亚运会还有那么强烈的夺金欲望吗？"邹市明无比干脆地回答道："肯定会，首先这是在我们自己的家门口举办的亚运会，肯定要有一个好成绩。其次，一个运动员只要没退役，目的就是要赢得所有比赛，夺金欲望不是获得了什么荣誉就可以改变的。"

站在最高领奖台，这是所有运动员的终极追求和理想。邹市明道出了许多中国参赛运动员的心声。作为亚洲第一体育强国，中国军团在广州亚运会开赛首日即飙出"开门红"——狂扫19金！赛程刚过半，中国金牌总数已达到145枚，接近排名其后的韩国、日本、伊朗等国的金牌总和。随着国歌、国旗越来越密集地在亚运赛场上奏响、升起，有媒体人士将此形容为"一骑绝尘"，并由此引发了一场大讨论：对于亚运金牌榜上的"一家独大"，我们是该大力赞颂，还是冷静思考呢？

经过几番争论，一种意见渐渐成为主流的声音：对于199金的亚运成绩的取得，我们应理智对待，既不妄自菲薄也不盲目自大；竞技体育争金夺银天经地义，但举国体制的中国应淡化金牌意识，拒绝"唯金牌论"，反对因单纯追求夺金而耗费过多的国家资源，最后反而忽视了群众体育的发展和投入。人们普遍认为：竞技体育和群众体育不但不矛盾，反而相辅相成。我国近年来竞技体育上取得的辉煌成就，正在大大促进全民健身和群众体育的发展；而只有群众体育的大繁荣、大发展，才能从根本上、长远上保障"未来二三十年的金牌"。

"不妄自菲薄，也不盲目自大"成为人们看待亚运金牌的主旋律。赛后，中国代表团在总结亚运成绩的时候，也坦言，大部分亚运金牌在奥运比赛上，是没有竞争力的。在中国代表团成绩辉煌灿烂的背后，其实潜伏着较严重的危机。

广州亚运会闭幕当天上午，中国代表团就在亚运城主媒体中心召开了新闻发布会，中国代表团团长段世杰在会上肯定了中国队的“中考”成绩在优良线以上的同时，也毫不客气地指出：“没有达到最高的预期理想”。赛前，中国代表团预测的金牌数是在190枚至210枚之间，力争突破200金大关。最终，中国队金牌数定格在199。

尽管一金之憾无法突破200大关令人无限叹惋，但更多的忧心忡忡针对的是三大球项目整体水平的滑坡。众所周知，三大球是最受群众喜爱、影响最为广泛、标志意义最强的体育项目，然而在亚运赛场上，中国男足未进八强，女足名列第4，男排名列第5、女排虽然在决赛中3比2惊险战胜韩国夺冠，但本次日本队并未派出一线队伍，而在不久前于日本举行的世锦赛中，中国女排只获得第10名，为20年来最差。中国男篮进入八强之后，场场都是险胜，八强赛凭借王治郅最后的一个3分球和一个盖帽，3分险胜卡塔尔，半决赛靠王仕鹏的一记绝杀3分才逆转伊朗获胜。决赛中，中国男篮也是一番苦战后才最终夺魁。如何迅速提高三大球，仍是中国体育当前必须面对的重大课题。

除了三大球外，在作为竞技体育基石的游泳、田径等大项上，中国队的整体水平与世界强国还存在相当大的差距，而射击、举重、柔道、击剑等中国传统优势项目，成绩也出现滑坡，围棋、摔跤则是一金未得。

国家体育总局竞技体育司司长蔡家东也中肯地指出：“中国队本次的亚运金牌，含金量不是很高，从备战奥运来看，也还有问题。”中国队获得的199枚金牌中，有129枚是奥运项目的金牌。而在这129枚金牌中，有相当部分在奥运会上都是缺乏竞争力的。此外，由于比赛规则、对手、比赛氛围、比赛压力等方面亚运和奥运均无法相比，因此即使有些成绩平或超奥运成绩，也不足自满。

有分析认为，中国队本届金牌数“井喷”，也和亚运设项多有关。本届亚运共设476枚金牌，是历届亚运之最，相比之下，北京亚运只设置了308个小项。

亚洲三强鼎立大局不变　多家获突破

“一骑绝尘”并没有妨碍广州亚运会成为一届创造和谐的盛会：在亚运会获得奖牌的国家和地区达到了创纪录的36个，获得金牌的国家和地区多达29个，中国澳门和孟加拉国历史性地获得首枚亚运金牌；亚残运会20个代表团获得金牌，31个代表团获得奖牌，获奖面相当广泛。

就整体格局而言，广州亚运会与4年前的多哈亚运会基本相同，中韩日金牌数和奖牌数仍然遥遥领先，三强之间的排名没有变化。除了东道主中国之外，韩国的成绩最好，值得关注的是，他们在38个大项上都获得了奖牌，一改此前只在少数传统强项摘金夺银的局面。其中在射击比赛上，韩国获得13枚金牌，比上一届整整多了10枚。而在非奥项目韩国也屡有斩获，保龄球队夺得8枚金牌。但在三大球的比拼中，中国与日本各揽三金，而韩国颗粒无收。

日本代表团在赛前的目标是获得60枚金牌，并且不输给韩国，但他们最终以48金的成绩收官，成绩创造亚运历史最差。游泳是日本倚重的强项，最终他们只在男子项目获得9枚金牌，女选手更是颗粒无收。但这并不意味着日本整体实力的下降，从奖牌数看，日本代表团共获得216枚奖牌，与韩国代表团（232枚）相差并不大，金牌运不佳可视为一大因素。其次，日本此番并未尽遣全部主力参赛，比如体操项目都是二线队员出战，女排和棒球的主力选手也都没来广州。

韩日之后，伊朗排在第4，他们以20枚金牌成为西亚老大。格斗类项目是伊朗人的传统强项，这次他们在摔跤上获得7金，武术和跆拳道各拿3金，不过女选手仅收获一枚金牌。排在第5的哈萨克斯坦则坐稳了中亚地区的头把交椅，田径（4金）和举重（3金）是他们的夺金重点。

此外，中华台北以13金排在金牌榜第7，其中在轮滑项目获得4金4银1铜的佳绩，软式网球2金2银3铜，台球也有1金2银5铜进账。中国香港获得8枚金牌40枚奖牌，这两项指标均创历史最佳。特别是自行车比赛，18名选手赢得16枚奖牌，获奖率令人惊叹。而傅家俊和黄金宝两位老将也展现出了上佳的竞技状态。

携历史最大阵容出征的中国澳门代表团，则收获了1金1银4铜的成绩，武术项目帮助他们实现了亚运金牌零的突破。与澳门同样创造历史的还有孟加拉国，他们在男子板球决赛中战胜阿富汗获得金牌，而落败的阿富汗则无缘其亚运历史首金。

附：亚运竞赛成绩点评

好

中国代表团以199金119银98铜共416枚奖牌，第八度蝉联亚运会金牌榜和奖牌榜的榜首，取得了参加亚运会以来的历史最好成绩。

亮

中国代表团特别肯定了一些项目和个人的发挥：游泳项目38个小项中国代表团获得24枚金牌，包括5个小项排名世界第一，4个小项排名世界第二，男子游泳取得了巨大突破。田径也有不少亮点：刘翔走出了伤病的困扰，获得了三连冠；另外在田径男子100米和男子4×100米接力也取得金牌，取得了历史性突破。

强

而作为中国亚运军团乃至奥运军团的“梦之队”，羽毛球队一共获得5枚金牌，表现出色；体操队获得13枚金牌，整体成绩超过上届；跳水队以老带新，取得了好成绩；乒乓球队又一次包揽全部金牌。另外蹦床、皮划艇、沙滩排球、赛艇等项目都取得了好成绩。

新

此次亚运会是中国首度以新人为核心组成的参赛阵容，67%的选手都是第一次参加亚运会。199枚金牌中，有127枚是由第一次参加亚运会比赛的年轻运动员获得的。199枚金牌中，有129枚是奥运项目。

差

本届亚运三大球的发挥普遍不大理想，尤其是足球，表现一如既往地令人失望，男足女足和男排成绩都比上届亚运会有所下滑。另外，在射击、击剑、举重、柔道这些项目上，上一届多哈亚运会成绩相比也有所下降。

难

中国金牌数无法突破200大关，而从下届亚运开始实行“瘦身”计划，中国队想冲击200大关难上加难。

低

本届亚运共设476枚金牌，是历届亚运之最。北京亚运308枚金牌中，中国队获得了183枚，占金牌总数的59.4%，本届亚运会的476枚金牌中，中国队获得了199枚，占总数的41.8%。

少

本届亚运共打破3项世界纪录、平1项世界纪录、打破12项亚洲纪录。而在上届多哈亚运共打破了7个世界纪录、平2项世界纪录、打破了24项亚洲纪录。

赛程编排科学有序确保天天有精彩

广州亚运会是一届规模空前的盛会：设42个竞赛项目，476个竞赛小项，634个比赛单元，共使用53个比赛场馆、17个独立训练场馆；来自亚洲45个国家和地区的9704名运动员同台竞技，技术官员4343人、随队官员4202人，均为历届亚运会之最。广州亚残运会共设19个大项，341个奖牌小项，150个比赛单元，共使用19个比赛场馆，6个独立训练场馆；来自41个国家和地区的2512名运动员参加了比赛，注册随队官员1451人，技术官员1115人，赛会规模超历届远南运动会。

15个比赛日里，476枚金牌将陆续产生。如何使比赛高潮迭起、精彩纷呈；如何让焦点赛事错峰亮相，此起彼伏；如何保持观众热情始终如一；如何保证电视转播合理高效；如何避免出现夺金“高潮日”和“低潮日”；如何体现东道主优势，竞赛日程编排是一个幕后总导演，也是一个相当考验竞赛组织人员智慧的事情。

竞赛日程编排必须考虑亚奥理事会、亚洲/国际单项体育组织、亚洲各参赛国家/地区奥委会、电视转播商、票务和赞助商等各方利益。为平衡各方利益，广州亚组委早在2008年10月，研究提出了日程编制的原则，即在保证运动员出好成绩的前提下，尊重亚奥理事会章程、主办城市合同及亚洲单项体育组织相关规定，合理控制金牌产生节奏，综合考虑电视转播部门、各地区、各利益相关方的权益，包括考虑现场观众、媒体人员、安保、票务安排、交通组织和后勤保障的需要。

竞赛日程的编排是大型综合性运动会的核心工作。亚运会是全球项目设置最多的综合性运动会，且惯例采用不设资格赛或预选赛的开放性报名，广州亚运会的赛程编排工作异常复杂，尤其是集体项目赛程受到报名人数、队伍不稳定的极大限制。广州亚组委克服各种困难，组织各项目竞赛主任及竞赛主任助理在报名结束前对参赛队伍作出预测，作出各种赛程编制的预案，仅篮球项目就编制了49种赛程预案。由于赛程编排涉及到亚洲单项组织、各参赛队伍、转播商、票务等各方利益，针对部分利益相关方提出不太符合国际惯例及广州实际情况的要求，广州亚组委坚持有理有利有据的谈判原则，多方协商、互相尊重，使竞赛日程既尊重亚奥理事会和亚洲/国际单项体育组织的规定，保证运动员和转播商等多方利益，又兼顾展示广州城市风貌、中国和亚洲观众收视等各相关方的权益，促成各方利益平衡的多赢局面。

而早在场馆布局过程中，广州亚组委已将赛时观众观赛需求列为考虑重点，旨在为亚运赛场营造激情澎湃的氛围。亚运会18个项目的比赛，包括足球、排球等热门项目，均安排在广州大学城场馆进行。因为有这些年轻声音的呐喊助威，亚运赛场愈发激情四溢。

赛会运行期间，除因天气、运动员伤病等原因，竞赛日程变更委员会就帆船、卡巴迪等项目作出了6次微调外，整个亚运会634个比赛单元的总数保持不变，各单元开始时间不变，从而将赛程调整对于观众观赛、电视转播的影响降至最低，为大型国际综合性运动会所罕见。亚奥理事会、亚洲各单项体育组织、相关转播商也纷纷赞誉亚运会赛程编排完美，是一件非常了不起的成就。

《印度教徒报》曾称赞广州亚运会竞赛组织工作“犹如时针一样精确”。亚排联在给组委会的感谢信中这样写道：“在亚运会和亚排联的赛事历史上，这次广州亚运会的沙滩排球赛事是无与伦比的。在这次比赛中，你们杰出的能力、无私的奉献、对于细节的关注度，以及你们友善的性格，优秀的沟通能力和热情，再加上史无前例的投入，使得这次比赛成为20年以来所经历的，自从沙滩排球运动在亚洲地区开展以来的组织得最好的一次赛事。”

根据《广州亚运会亚残运会运行指挥系统工作方案》，竞赛指挥组制定了广州亚运会

亚奥理事会主席艾哈迈德亲王对广州亚运会高度评价。

亚残运会总指挥部竞赛指挥组赛时运行计划，建立了请示报告制度、信息沟通反馈制度、值班制度和竞赛成绩核对与分发、突发事件处理、竞赛日程变更等竞赛指挥运行工作机制。

竞赛指挥组在两个亚运赛时期间，对各个项目、各个场馆运行情况及时掌控。对各场馆反映的困难和问题，及时给予协调解决。对赛事运行中出现的异常情况迅速进行干预和指导。如出现台湾跆拳道运动员取消比赛资格、藤球延迟开赛等情况时，指挥部都迅速作出决策，指导团队妥善应对，有效化解了危机。

竞赛指挥组指挥得力，场馆竞赛团队高效运行，使得两个亚运会的赛事运行都能够严格按照每日竞赛运行时刻表（DCAS）的要求，从比赛场区管理、训练场地管理，到体育器材管理、成绩处理和发布，从体育展示、颁奖仪式到兴奋剂检查、突发事件处理等总体上都达到了“有特色、高水平”的办赛目标，兑现了“两个亚运同样精彩”的国际承诺，赢得了各方高度评价。

从特色中谋突围　竞赛组织锐意创新

亚运会的本质是运动会。组委会的指导思想、工作流程、工作标准，都来源于竞赛，引申自规则和规程；组委会的安保、交通餐饮、体育展示、颁奖、信息技术、场馆建设、电视转播等各领域的工作，都要服务和保障竞赛。因此，竞赛工作既是组委会的核心工作，也是运动会的驱动力量。

广州亚运会堪称是一届竞赛组织完美的盛会。整个亚运会、亚残运会期间，没有出现裁判员重大的错判漏判而引发的严重纠纷；亚运会634个、亚残运会150个比赛单元，严格按照计划实施，没有因为竞赛组织问题出现重大的调整；上万名运动员、数千名技术官员，没有一例对于赛事服务不满意的投诉；亚运会45个、亚残运会19个单项体育组织对亚运会亚残运会竞赛组织工作给予了高度赞扬，赛会结束后绝大部分单项体育组织发来感谢信和表扬信。

亚奥理事会主席艾哈迈德·法赫德·萨巴赫亲王在接受媒体采访时动情地说："广州亚运会无论是赛事组织，还是场馆设施、细致服务，都是一届高标准、高水平的运动会，完全可与北京奥运会相媲美。"亚残奥委会主席拿督扎纳尔·阿布扎林高度评价说："亚洲残疾人体育事业的发展迫切需要标准和规则的完善，广州亚残运会成功树立了一个体育赛事的标杆和典范。"

广州亚组委在竞赛组织上锐意创新，从特色中谋突围。

历届亚运会包括奥运会都是采用二次报名，即"按人数报名"及"按姓名报名"。考虑到亚运会是开放性报名，不设资格赛和预选赛，为及早掌握亚运会整体报名规模，满足组委会交通、接待、信息技术等工作的前期设计需要，发挥竞赛的先导功能，广州亚组委创造性地增加了"按项目报名"环节，提前启动亚运会报名工作。该项工作在2008年7月启动，当年10月便统计出亚运会报名规模，随即报组委会，使组委会提前1年半掌握亚运会总体赛事规模。

广州首创了亚运会在线报名。为确保报名工作能够在规定时间内完成，并为各NOC提供报名便利，广州亚组委开通了在线报名系统，紧密依靠国家体育总局、国家各单项协会，提前与OCA、各NOC联系，点对点确定联系人，提前通过各种渠道甚至外交途径帮助各国家、地区报名，从而圆满完成三次竞赛报名工作，亚洲45个国家/地区顺利提交了报名表，实现了亚洲奥林匹克大家庭的大团圆。

广州亚组委开创性地实现了和亚洲单项体育组织的规范合作。亚洲一些单项体育组织中的大多数人都是一些兼职的爱好者，这给亚运竞赛组织工作带来了很大的挑战；此外，单项体育组织不对某一个国家负责，而广州亚组委必须对国家负责，并且必须得到单项体育组织的支持，才能开展工作。为此，广州亚组委开创性地通过与亚洲各个单项体育组织签署谅解备忘录为主的工作文件，把双方的工作以一种正式文件的形式确定下来，使竞赛组织工作更加具有规范性、更加标准化。每一次签订谅解备忘录的过程，也是一次推进竞赛筹备进程的过程。

广州创造性地解决了马术项目无法在广州举办的难题。在2008年时，由于中国还没有建成马属类动物无疫区，亚运会马术项目面临取消的危险。为了使得28个北京奥运会项目都能在广州亚运会的舞台上亮相，广州亚组委积极和香港赛马会进行多轮商谈，通过大量艰苦细致的工作，实现了与香港赛马会的合作，并成功在广州从化建设马属类动物无疫区，使得中国内地首次得以举办国际性马术比赛，这对于该项运动在中国的发展，以及中国农业的发展，都将产生深远影响。

广州还在亚洲残疾人运动会历史上首次引入了测试赛。通过邀请技术代表赛前来访指导工作，以及签署工作备忘录等，使办赛机制更趋完善；通过开创性地采用两次报名，巧妙化解了残疾人运动会报名数据难以及时收集的问题，为整个亚残运会组织工作奠定了良好的基础。

筹办综合性运动会的重点和难点在于协调和磨合。前期的测试赛，囿于场地设施特别是信息技术系统还没有完全到位，无法对全部比赛场馆进行同步测试。而在赛前一个月，随着竞赛指挥中心的投入使用，以及设施设备的完善，广州亚运进行了大规模的竞赛演练和联调测试。在联调演练中，亚运会全部53个比赛场馆实现了在同一时间，按照统一标准进行了赛事模拟运行，超过了亚运会赛时每日同时进行赛事的总场馆数。这四次联调测试，形如大型文化活动的四次彩排，以其极高的模拟度，大大提升了成功举办亚运会的信心，同时极大锻炼了竞赛指挥的指挥协调能力。

值得注意的是，广州亚运会除了广州主赛场外，还设有东莞、佛山、汕尾3个分赛区，因此，这三个协办城市也都成为了亚运会的东道主。赛区如此分散、协办城市多达3个，这在亚运历史上也属首次，自然令竞赛组织、安全保卫、交通保障等面临更大的考

亚运会马术比赛是中国内地首次举办的国际性马术比赛。

验。

佛山、东莞、汕尾均出色地完成了协办任务，实现核心赛区零事故、零失误、零差错，赛区的环境、组织、服务、交通、安保等各项工作受到各参赛运动队、媒体记者的好评。

佛山市承办了亚运会花样游泳和拳击两个项目赛事。佛山赛区的最大特点在于交通与广州市的“无缝”衔接。赛前，广佛两地的交通部门就积极推进广佛两地公交互通，共开通37条广佛客运同城化线路，广佛轨道交通首段也于亚运会前成功开通。亚运会期间，佛山赛区的综合上座率达到95%以上；共有35个国家和地区的176名选手参加了男子拳击比赛，来自16个国家和地区的34名选手参加了女子拳击比赛，拳击比赛的平均综合上座率达到60%。

素有“举重之乡”之称的东莞市，承办本届亚运会举重项目的赛事，共有来自31个国家/地区奥委会的187名运动员参赛。经过7天26场的激烈比赛，共产生了15位亚运会冠军，有1人2次打破2项世界纪录，2人3次打破3项亚洲纪录。同时，举重还成为第16届亚运会第一个打破世界纪录的项目。

在广州亚运会所有竞赛场馆中，汕尾赛区帆船赛场面积最大、开放性最强，竞赛组织、安保的难度最大，仅海上部分的比赛海域面积就有18.75平方公里，牵涉海、陆、空的高难度安保。为此，汕尾出动了公安、军队、武警、边防、海事、渔政、民兵等战斗力量，配备了各类安检、安防、视频监控、核生化、反恐等先进装备，实现了核心赛区“零安全事故、零刑事发案、零投诉、零非正常上访”。在亚运会汕尾赛区帆船赛共设9个级别、14个项目，有17个亚洲国家（地区）的176名运动员参赛。比赛中，14个项目全部顺利、圆满地比完12轮比赛，这在国际国内帆船帆板比赛史上比较少有，受到竞赛工作团队的一致好评。

第四节

CHUANMEI DINGLI JUJIAO GONGXIANG YAYUN SHENGYAN

传媒鼎力聚焦共享亚运盛宴

已故国际奥委会终身名誉主席萨马兰奇曾说过，媒体是一届奥运会成功与否的最终裁判，这句话放在广州亚运会上，同样适用。

当精心筹备长达6年的广州亚运会呈现在世界眼前时，无论是开闭幕式的核心元素、呈现手法、惊喜程度，还是组织筹备中的场馆设施、空气质量、服务保障等诸多环节，均受到境内外主要媒体的广泛关注。

信息时代，传媒早已成为体育盛会不可分割的重要组成部分，体育盛会推动人类进步的社会功能，越来越依赖于媒体进行传递和放大。作为仅次于奥运会的大型综合性运动会，广州亚运会同样不仅仅是亚洲体育大家庭的聚会，同时也是一次传媒界的盛大演出。

从平面媒体到广电媒体，从门户网站到手机网络、移动视频；从新媒体的异军突起到全媒体的互动整合——由报道第16届亚运会的各方传媒所发出的种种讯息，让亚洲和世界注目着广州、倾听着广州。

境外媒体多方解读广州亚运

在日本《读卖新闻》记者增田刚士的眼中，广州是一座“花团锦簇的城市”，“这是一座非常漂亮的城市，很整洁，也很舒适”。亚运会期间，和增田刚士同期抵达的外国媒体记者达数千名。他们在感受这座城市的同时，也对亚运赛会有着各自的解读和期待。

中国外文局对外传播研究中心曾于2010年12月公布了一组统计数据：11月1日—30日，境外52家主要媒体共刊发亚运会相关报道3404篇，其中亚洲媒体报道量为2451篇，占报道总量的72%。在境外媒体眼中，广州亚运会不只是一场地区性的综合体育赛事，更是中国3年来继北京奥运会、上海世博会后举办的第三个国际盛会。国际舆论关注的不只是广州，更是整个中国。

角度一：从亚运成功肯定中国办国际盛会能力

从北京奥运会到上海世博会再到广州亚运会，尽管盛会主题变了、规格变了、主办城市变了，但国际舆论对于东道主中国及其举办大型活动能力的关注和期待却没有改变。境外媒体在认同北京奥运会和上海世博会的基础上，认为此次亚运会再次凸显中国举办大型国际活动的能力。

美联社引用国际奥委会主席罗格的话称，“中国是举办大型活动的专家”。泰国国家电视台称，“这是亚洲各国人民的一件盛事，作为东道主，中国圆满完成了对各代表团的接待工作和整个赛事的组织工作，再次证明了中国举办国际性盛会的能力”。日本《朝日新闻》报道，“亚运会成为继北京奥运会和上海世博会之后的又一大型活动，树立了中国在国际上的威信”。巴基斯坦《每日邮报》载文称，“广州借鉴北京奥运会经验，精心举办了一届成功的亚运会”。

角度二：从盛大开闭幕式评价中国综合实力

境外媒体广泛报道温总理参加开幕式并宣布亚运会开幕。除大量文字报道外，境外媒体还刊发了大量图片新闻，反映开闭幕式的盛况，认为规模可以媲美北京奥运会；中国周边国家多个电视台全程直播开闭幕式实况，指出精彩纷呈的广州亚运会让人永远铭记。

负责转播亚运开幕式的日本NHK电视台的解说员，就不时地感慨“前所未见”，“壮观”，“印象深刻”，解说员甚至表示：在北京奥运会的开幕式高规格基础上，能够破格出新再度献上一场精彩的盛宴，中国人民的想象力让人敬佩。

“能够在水面上举行开幕式，从想法上就让人赞叹，现在展现在面前的海心沙漂亮得让人惊叹。”通过电视转播的画面和解说员之口，日本人知道了夜幕中的广州城美轮美奂。而当烟花绽放，让整个海心沙美得不可方物时，“火树银花”这一成语也从解说员的口中喊出，“配合着水面的倒影，烟花的效果甚至比北京奥运会还让人赞叹。”除此之外，“白云之帆”的演出部分，也给日本解说员们留下了深刻印象。而一年三个月的排练时间，更是让他们感慨中国模式在其他国家难以复制。

法新社引用亚奥理事会主席谢赫艾哈迈德•法赫德•萨巴赫的评价表示：“广州亚运会是有史以来最好的一届亚运会，在很多方面甚至可以与北京奥运会相媲美。”美国有线新闻网（CNN）报道，“中国广州以一场盛大的亚运会开幕式让人们回忆起2008年的北京奥运会”。路透社称，“继两年前的北京奥运会后，广州亚运会的开幕使中国获得了再次向世界展示其经济实力和体育力量的机会”。印度《印度斯坦时报》和《德干先驱报》认为，“在众多赋予创造性的开幕式中，本次盛会甚至超过奥运会曾有的壮丽”，“中国人打破了想象的界限，奉献了一场美轮美奂的开幕式表演，令观众如痴如醉”。

角度三：从奖牌榜看中国体育强国地位

境外舆论普遍认为，在2008年北京奥运会上，中国代表团金牌总数超越美国，已然跃升为世界一流体育强国，而这次在广州亚运会上金牌总数199枚、奖牌总数416枚的成绩，让外界看到了中国体育实力的进一步加强。

媒体点评指出，中国不仅在乒乓球、射击、体操、羽毛球等传统强项上继续保持优势，而且在游泳等原本是日本一统天下的项目上也成了佼佼者。不少欧美媒体相信，中国会在2012年伦敦奥运会上续写北京奥运会的辉煌。其中，《俄罗斯报》的评价很具代表性，该报指出“中国的亚运获胜者非常年轻、雄心勃勃，他们将构成奥运军团的主力，并将在伦敦证明中国的体育制度，或许还有社会制度优于其他国家。罗格领导的国际奥委会确信，中国在国际体坛已牢牢占据了制高点”。

角度四：从细节入手赞扬筹备和组织水平

境外媒体有关广州亚运会筹备工作的报道高潮主要集中在亚运临近阶段，开幕前半个月更是受到持续性关注，内容主要涉及开幕式筹备、火炬传递、场馆设施、安保措施、空气质量、服务保障、公众参与、城市氛围等。

在亚运会正式开幕前，美联社将更多的目光聚焦在了广州亚运会的筹备过程。“与以往的亚运会相比，广州亚运会有着自己的独特之处，城市的魅力体现在赛事筹备的各个细节”，美联社记者约翰说，北京奥运会后，中国在举办国际体育赛事方面积累了不少经验，这对举办像亚运会这样的大型赛事有很大帮助。

外国媒体不约而同地注意到广州早在申办成功之际就着手筹备，对广州为确保亚运顺利举行所作的努力表示肯定。印度《新喀拉拉》周刊网站报道，“广州亚运会宏伟的建筑和组织者的高效率令亚奥理事会折服。亚奥理事会称广州亚运会各项准备工作提前就绪是亚洲的骄傲”。印尼《雅加达邮报》文章称，“中国广州早在6年前就开始筹办第16届亚运会，而且整个筹办过程中表现得非常谨慎，一直在为提升这个城市的水质量、空气质量、居住和交通条件而努力。某种程度上，广州还专注于赛后体育设施的利用”。新加坡《联合早报》指出，“亚运会前夕的广州，常常见到蓝天白云，是环境整治的突破；在交通系统方面，广州地铁现在几乎遍布全市，又是一项突破”。印度《印度斯坦时报》刊文称赞礼仪志愿工作，“面对诸多困难，礼仪志愿者们从未抱怨，依然用最美丽的笑容提供服务，她们代表的正是本次亚运会对运动员的祝福与尊重”。美联社报道称，“亚运组织者对观众表现没有掉以轻心。为了举办和谐的亚运会，精心准备了6年之久，印刷了100万份小册子，发出4000万条手机短消息，鼓励1000万市民向北京奥运会看齐，好好表现，为来访的运动员鼓掌”。《印度电讯报》还从多个角度对比分析广州亚运会与英联邦运动会的巨大差异，认为广州亚运会在组织协调、开幕式策划设计、票务管理、观众秩序等方面都优于印度。

从舆论反应来看，媒体在赞美的同时也会指出筹办工作中存在的问题，如比赛场馆和运动员村相距遥远、路牌翻译不规范令外国人为难、公交地铁免费及安检措施严格加剧拥挤状况、广州地铁3号线部分路段存在技术缺陷等。

角度五：从基础建设勾画广州跨越式发展

境外舆论还广泛关注亚运会给广州带来的发展机遇，认为在体育场、道路和地铁等基础设施项目上的巨大投资会让广州受益无穷。

日本《朝日新闻》指出，亚运会这场盛事为广州提供了契机，效仿北京和上海实现城市建设的跨越式发展。彭博社引用法国农业信贷投资银行驻香港高级经济师达留什•科瓦尔奇克的话指出，包括北京、上海和广州在内的中国城市竞相举办国际性活动，因为这些赛事对城市形象的影响是巨大的，投资将改善基础设施，进一步促进今后的增长。新加坡《联合早报》认为，亚运结束后，广州将开始修编新的战略规划，抓住国际商贸中心和世界文化名城两点，发挥国家中心城市的作用。

巴基斯坦《每日邮报》总编辑马克东•巴伯接受本报记者采访时表示，广州借鉴北京奥运会经验，精心举办了一届成功的亚运会。此次亚运会的运动员和观众规模都创下了历史之最。《每日邮报》专门派出文字和摄影记者赴广州采访，每天都推出专版介绍最新进展情况。巴基斯坦在板球、壁球和曲棍球等传统项目上获得金牌，这些好成绩与中国给予的主场待遇分不开，本届亚运会为增进亚洲各国人民友好提供了平台。

相形之下，亚洲媒体对广州亚运会更为关注。

越南各大报纸开辟了亚运会专栏，向广大读者介绍赛场内外的精彩资讯。越南国家广播电台“越南之声”报道说，经过两周的激烈角逐，越南体育代表团虽然只收获一枚金牌，但越南在田径等奥运比赛项目上取得了可喜进步。越南电视台第二套节目在直播亚运会闭幕式时指出，精彩纷呈的广州亚运会让人永远铭记。越南数字电视台第三套节目的《体育24小时》栏目评论说，广州亚运会的组织和比赛工作都取得了巨大成功，激情澎湃的广州亚运会给人们留下众多难忘的瞬间。

蒙古国观众对广州亚运赛事也予以高度关注，尤其是他们喜欢的摔跤、柔道、射击、篮球和排球等项目。2010年11月27日晚，蒙古国TV5、UBS两家电视台全程直播了广州亚运会闭幕式。TV5的解说员评论说，此次盛会创造了亚运会历史上一个又一个新的历史奇迹，中国为亚洲人民举办了一次神奇的体育盛会，此次亚运会堪称完美。

泰国国家电视台对广州亚运会开幕式和闭幕式都做了直播，并指出，广州亚运会无论开幕式还是闭幕式都非常盛大和华丽。这是亚洲各国人民的一件盛事，作为东道主，中国圆满完成了对各代表团的接待工作和整个赛事的组织工作，再次证明了中国举办国际性盛会的能力，实现了“激情盛会，和谐亚洲”的目标。

印度尼西亚《雅加达邮报》发表了题为《广州亚运会筹办完美受赞扬》的文章，盛赞广州自成功申办亚运会以来一直为提高城市的水质量、空气质量以及居住和交通条件而积极努力。

日本时事通讯报道说，广州亚运会是历史上项目最多的一届，东道主的金牌数创了新纪录。《朝日新闻》的报道称，亚运会成为继北京奥运会和上海世博会之后的又一大型活动，树立了中国在国际上的威信。

国内主流媒体竞合共享盛会

让我们再把时光拉回到距离亚运会开幕还有400多天的2009年7月14日，一场被称为“双凤之约”的签约仪式在广州花园酒店举行，两家同样以凤凰作为标志的知名媒体——南方报业传媒集团和凤凰卫视同时与亚组委签订全面合作协议，成为2010年广州亚运会的首批合作媒体。省委常委、广州市委书记、广州亚组委副主席兼秘书长，时任广州市市长张广宁在签约仪式上表示，南方报业传媒集团和凤凰卫视一直为传播广州亚运会和广州城市形象而不懈努力，为传播亚运理念、推广亚运品牌作出了卓越的贡献。两家媒体的负责人也在仪式上承诺，将通过精心策划，发布亚运会的各种新闻信息，全方位报道亚运会的筹办与举办盛况。

在广州亚运会的筹备过程中，几乎没有人会怀疑，这将是一届备受传媒关注的亚运会。这不仅是因为广州亚运会是继北京奥运会、上海世博会后中国连续举办的又一次国际盛事；更因为以广州为中心的广东历来被誉为中国的“传媒特区”，《南方日报》《羊城晚报》《广州日报》等三大报业集团龙腾虎跃、各领风骚；广东电视台、南方电视台、广州电视台以及广东电台、广州电台等广电媒体都拥有世界一流的转播设备和丰富的国际、

2010亚运风

南方日報

胡锦涛出席G20峰会就世界经济增长提出四点建议

建币值稳定国际储备货币体系

亚运之舟威水扬帆

国家宣布第十六届亚洲运动会开幕

中国礼花点燃亚运圣火盆

政要媒体观众网友高度评价亚运开幕式

魔幻震撼令人合不拢嘴

南方都市報

广州亚运激情开幕

太棒了！

独特点火方式

台前幕后秘闻

数十万人狂欢

挤爆珠江两岸

国内体育赛事转播经验。自2004年申亚成功的那一天起，各本地媒体和人民日报、新华社、中国青年报等中央驻穗媒体无不把亚运会报道作为今后数年展示风采、检验实力的舞台，追踪亚运筹备的点点滴滴。

顺应着这股媒体关注的热潮，广州亚组委借助专题、专栏等模式，通过与各媒体的紧密合作不断扩大亚运会的影响力：《相约亚运》《亚运之声》《亚运故事》《快乐亚运汇》《亚运早知道》《亚运专访》《亚运速递》《美丽说亚运》《亚运进行时》《亚运新观察》……2007年以来，亚组委与媒体合作开设亚运专栏超过50个，范围涵盖12家中央媒体，12家省市媒体以及3家海外华文媒体。多层次、多类型的媒体专栏既普及了亚运知识，也拉近了各界民众与亚运会的距离。

自2008年11月起，广州亚组委相继启动了“亚运亚洲行”、“亚运中国行”、“亚运广州行”等三大系列宣传推广活动。“亚运三行”不仅在各地传递了亚运精神与理念，也成功地将亚运会的传媒关注范围由广东拓展到中国、亚洲乃至全球。据统计，包括路透社、美联社、法新社、日本共同社在内的1200余家海外媒体对“亚运亚洲行”活动进行了报道，“亚洲之路”也被评为2009年春夏季中国主流报纸体育娱乐类十大流行语首位。而

广州，驶向新"海上丝绸之路"

羊城晚报

花城之约 亚洲之光

国务院总理温家宝宣布广州亚运会开幕

追求最出色的新闻

广州日报

塑造最具公信力媒体

广州亚运会震撼启航

昨夜22时09分 国务院总理温家宝宣布：第16届亚洲运动会开幕

温家宝在广州分别会见外国领导人和国际体育组织官员

刘云山到广州考察亚运新闻宣传工作

为亚运营造良好舆论氛围

广州亚运会举行欢迎宴会

刘延东致辞 汪洋刘鹏王光亚等出席 黄华华主持

亚运会亚残运会为广州发展提速十年

在亚运中国行的过程中，包括新华社、中国新闻社、中国青年报、中国体育报、香港文汇报等境内外通讯社、平面媒体、广电媒体刊发报道9000余条，北京、西安、武汉等8座活动举办城市参与报道的当地媒体达160家，参与记者超过360人。

随着筹备工作的推进，广州亚组委与媒体的合作也向着深层次、全方位和制度化的方向发展。

2007年年底，经过公开竞标和筛选，广州日报报业集团获得亚组委授权，承办亚运会官方杂志。

2009年7月，南方报业传媒集团和凤凰卫视与亚组委签约，成为首批亚运会宣传合作媒体。

2010年5月，中央电视台与亚组委签约，成为广州2010年亚运会中国内地地区持权转播商。

2010年7月，人民日报社、光明日报社、经济日报社、中央人民广播电台、中国国际广播电台、中国日报社、中国青年报社、中国新闻社、羊城晚报报业集团、南方广播影视传媒集团、广州日报报业集团、广州广播电视台与亚组委签署全面合作协议。

省委常委、广州市委书记朱小丹和南方报业传媒管委会主任杨兴锋互赠纪念品。

2010年8月，新华社受邀成为第16届亚运会东道主通讯社。

面对亚运会这样的大型国际性运动会，媒体之间固然竞争激烈，但也必须共享资源、共同策划，唯此才能更全面、更快速地把资讯传递给读者和观众，这种集多家之力获取的传播效果是单个媒体永远无法达到的。通过签约合作等多种方式，亚组委收获了宣传报道的广阔空间，诸多媒体也在某种程度上结成了报道联盟，从而在亚运会报道资源、内容、品牌等方面实现了强强联合，赢得了塑造品牌、提高美誉、走向世界的契机。

新媒体借亚运报道大放异彩

2010年10月19日，中国互联网首个跨领域媒体报道平台“亚运云报道平台”在北京正式启动。广州2010年亚运会合作伙伴及亚运官网承办方网易公司联合了百度、迅雷、PPS、优酷、360、139说客、58同城、大众点评网、图吧、中国电信和中国移动等十余家战略合作伙伴加入平台。网易将向各个合作伙伴输出图片、文字、视频等多种信息，以便网友在互联网上各个应用中都能及时看到亚运资讯。

如果说，2008年北京奥运会首次将互联网、手机等新媒体作为独立传播机构与传统媒体一起被列入奥运会传播体系，是新媒体发展的历史性突破；那么2010年广州亚运会，则可以视为新媒体在大型国际性运动会舞台上的一场精彩的“集体秀”。门户网站、视频网站、城市移动电视、地铁电视、室外大屏幕、手机媒体各显所长、异彩纷呈，描画出广州亚运会新媒体传播的靓丽风景。

2008年9月，北京奥运会刚刚落幕，广东本地培育出的互联网巨头网易公司就与广州亚组委签约，成为亚运会历史上首个互联网赞助商，从而在亚运会新媒体竞争中拔得头筹。除承建官方网站之外，网易还组成了一支600人的、超奥运的庞大报道阵容，网易CEO丁磊透露，“投入至少是千万级别”。

大笔投入为网易换来了互联网“独家文字采访权”、“独家视频采访权”，并使其有底气在亚运会开幕前联合多家伙伴创建“亚运云报道平台”。与此同时，网易的亚运营销也成果颇丰，网易亚运营销总经理丁秀洪表示，网易在亚运赛事的广告销售额已经过亿，远超预期目标。

曾与网易竞争亚运会网络赞助商的搜狐同样为亚运会报道布下重兵，主推以原创情景脱口秀《乔加大腕》领衔的搜狐亚运报道战略，并策划电子杂志《亚运晨报》及动漫策划《狐搞亚运》等。优酷网、土豆网、酷6网等国内主流视频网站也都上线了亚运会频道。

亚运会赛事的网络传播权则被中国网络电视的国家队——CNTV揽入怀中。在亚运会期间，CNTV亚运台不仅将全面覆盖CCTV各频道播出的亚运赛事和栏目。对CCTV未能播出和播出不完整的赛事，CNTV也将利用独家信号进行网络直播。值得注意的是，在播放方式上，除了延续4∶3的普通直播、16∶9的高清直播外，CNTV还特别加入了360°全景亚运和3D直播的试验性播出。CNTV副总经理王秀云表示，CNTV将借助电视、网络、手机、IPTV、车载电视等多平台、多终端，结合汉语、英语、俄语、西语等多语种页面及频道，最大化地发挥新媒体的优势，实现三网融合背景下的大型洲际运动会报道。

与新媒体投入广州亚运会报道的空前热情相得益彰，广州亚组委主动策划、投放新媒体广告的力度也创造了亚运会的历史。自2009年以来，广州亚组委就频频以重要节点和重大事件为契机，通过LED户外显示屏、移动电视、户外广告牌、互联网等新媒体，在全国主要城市投放亚运宣传广告。无论是在北京、上海还是广州，无论是在机场候机、乘火车旅行还是在写字楼工作，火红的亚运会标志、动感的亚运会吉祥物、激昂的亚运会宣传片总能映入人们的眼帘。

据统计，到2010年，广州亚运会的新媒体广告已经覆盖了全国40条重点铁路线路的列车视频、6大区域火车站候车大厅；20个主要机场的数码刷屏，1524块机场电子刷屏，26个国内航线及41个国际航线的飞机视频；24个主流消费城市的公交视频广告；广州、北京各5条地铁线路的地铁电视LCD；北京市3000辆、广州市3500辆出租车框架广告；国内27个主要城市的34块LED屏幕；广州市153个楼盘的楼宇框架广告；珠海、澳门、深圳等10个口岸的视频联播网……无处不在、渗透进公众生活各个层面的新媒体宣传，使得广州亚运会在全国逐步升温，全社会对广州亚运会的认知度、参与度得以节节攀升。

跨媒体让亚运气息无处不在

对于广州人来说，2010年的金秋时季是一个亚运气息无处不在的季节。

翻开报纸、打开电视，精彩纷呈的“亚运专栏”诉说着赛场上的拼搏与友谊；

走进电梯，活泼动感的“乐羊羊”正在液晶显示器上介绍着亚运会知识；

登上公交车和地铁，移动电视的画面醒目地标示着最新奖牌榜，提醒着今日比赛看点；

来到写字楼，大厦顶端的大型LED屏幕上冠军选手正面对媒体畅谈自己的夺冠心路；

出差登上列车或飞机航班，全国500列空调列车上的75000个液晶电视屏上，以及南航所有的航班上，都可以看到亚运宣传片；

中国电信亭、公交车身、出租车和公交车尾、车尾电子屏、户外广告牌、社区宣传栏，甚至小旗子、小扇子、宣传手册、T恤、环保袋等，亚运专题宣传片、标语口号或公益广告可谓无处不在；

亚运城内，摄影记者用长焦镜头捕捉下运动员晨练的画面，短短三四秒钟之后，清晰的图片就通过无线网络传递到网站，呈现到全世界亿万网民眼前……

民众可以通过多种媒体感受热烈的亚运气氛。

“一届成功的亚运会离不开周密的筹备与宣传。在大众传播与分众传播交织的年代，在每一种媒体都面向特定的受众的今天，单独依靠一种传播的形式显然已经很难奏效。跨媒体的传播、多媒体的合奏，才有可能完成亚运传播的交响乐。”暨南大学副校长、知名传播学者林如鹏这样评述广州亚运会的跨媒体传播策略。从北京奥运会到上海世博会再到广州亚运会，新世纪中国承办的三大国际盛事，在传播领域最显著的特点，就是传播方式的大融合，“混合媒体”、“多媒体”和“全媒体”不断拓宽着传统媒体的视野。

作为东道主通讯社和官方通讯社，新华社在广州亚运会报道中充分利用新华网、新华视频资源，以文字、图片和音视频“三位一体”的形态向世界发布亚运会信息；人民日报在亚运会开幕前夕设立人民网华南运营中心，并将直播车开进了亚运城，在赛时为网友提供全方面、全媒体的新闻报道；中央电视台不仅有多套频道直播亚运赛事，其旗下的CNTV和CCTV移动电视也同步对广州亚运会展开大规模报道。

广东本地三家久负盛名的报业集团更是在亚运期间集中火力展开全媒体报道。南方报业传媒集团的100名注册记者全方位覆盖亚运各场馆，集团旗下的《南方日报》、《南方都市报》、奥一网、南方网和记者微博、手机报等新媒体全程互动；广州日报报业集团旗下的《广州日报》、《信息时报》、《足球报》、《篮球先锋报》、大洋网等8报2网对亚运会赛时实施24小时滚动报道，通过现场报网直播室、网络视频播报等手段向读者奉献海量亚运新闻；羊城晚报报业集团则通过与南方广播影视传媒集团等多家同城广电媒体的多项目合作，共推广州亚运品牌。

在传统媒体积极谋求全媒体拓展的同时，以门户网站为代表的新媒体也在利用亚运舞台寻求与传统媒体的战略合作。2009年11月，由网易牵头组建的“亚运战略媒体联盟”正式启动，包括南方日报、羊城晚报、广州日报、新京报、香港文汇报、佛山日报、南方都市报、东方早报、钱江晚报、广东电视台、浙江卫视、广州电视台、外滩画报等上百家传统媒体与网易、南方网、金羊网、大洋网、奥一网结盟，相约共同组建亚运记者团，共同策划亚运会报道。

传统媒体与新媒体互动整合的必然趋势，在广州亚运会官方媒体的发展轨迹上也得到了充分体现。除了传统的官方杂志、官方会刊、官方电影之外，广州亚运会不仅精心建设官方网站，还在亚运会历史上首次开通了无线官网，可谓开创了亚运会官方媒体的“全媒体时代”。

2009年11月，广州亚运会官方网站高级阶段上线，新网站不仅发布即时新闻与权威信息，还设置了票务、三维场馆、住宿、直播等功能，《亚运会客厅》、“魅力广州”等互动栏目颇受网民欢迎，月流量超过1600万。亚运官网与国内多个主要新闻网站和门户网站建立了链接，并与国内10余家网站联合开展“亚运知多少”网络大赛，掀起了网络推广热潮。

同月上线的广州亚运会无线官网，在亚运会历史上首次通过手机网络直接提供官方内容和服务。无线官网内设奖牌榜、官方新闻、体坛聚焦等9大栏目，全天滚动播报，及时给关注亚运会赛况的手机用户提供最新资讯。

此外，亚运会官方杂志、官方会刊等在传统媒体也在官方网站开设了动画、声效、视频音频相结合的电子阅读。官方媒体的全媒体发展态势，构成了广州亚运会跨媒体传播战略的重要一环。

国际化高水平成就亚运传播盛典

2010年11月8日，是第11个中国记者节，广州亚组委选择在这一天召开新闻发布会，向媒体介绍了广州亚运会主新闻中心和国际广播中心的情况。广州亚运会期间，共有888家媒体机构、9939名记者云集广州，其中，境外媒体机构562家，境外记者3386名——一场亚运历史上最大规模的媒体盛典，在广州拉开帷幕。

作为仅次于奥运会的大型综合性运动会，规模空前的广州亚运会备受海内外媒体关注，包括美联社、法新社、路透社在内的欧美知名通讯社以及日本、韩国、印度、马来西亚等亚洲国家的主流媒体都派出了精兵强将来到广州采访。中国中央电视台、日本广播协会、半岛电视台、台湾纬来有线电视台等15家持权转播商的信号可覆盖20亿电视观众。他们的报道使广州亚运会得到全球范围的传播，成为决定亚运会传播成败的关键因素。

为确保参与亚运会的注册媒体人员能够以最佳状态报道亚运会，广州亚组委在亚运城兴建了亚运历史上最大规模的主新闻中心（MPC）与国际广播中心（IBC），并为媒体人员提供国际一流的硬件设施与服务。

据广州亚运会MPC主任任天华介绍，广州亚运会MPC占地面积约2万平方米，从2010年11月6日开始每天24小时运行。主新闻中心功能区划分为大堂服务区、商业服务区、新闻发布区、记者工作间、亚运新闻服务办公室、租用空间等六大区域。其中，新闻发布区共设有大、中、小3个新闻发布厅，可满足各种层次和规模的新闻发布会。大发布厅设有700个座位，可提供英、日、韩、俄和阿拉伯语等5种语言的同声传译和交替传译服务；中、小发布厅分别设有200个和80个座位，可提供上述5种语言的交替传译服务。

新媒体技术的广泛应用，是广州亚运会媒体服务最具时代性的亮点。“广州亚运会比北京奥运会在媒体服务上更加领先，我们将第一次使用手机这个新兴媒体，打造‘媒体服务移动平台’。”任天华说。

所谓“媒体服务移动平台”，简单地说就是让手机成为一个信息机，赛时注册媒体只需在手机上安装该平台的客户端软件，即能通过手机查询最新的媒体公告、媒体班车、赛程安排、场馆运行、天气以及运动员等信息。

此外，借助国家广电总局向广州亚运会赠送的1000台CMMB手持电视，亚运电视信号覆盖了所有亚运场馆。媒体可通过手持电视直接观看亚运赛事直播。摄影记者和摄像记者，只要使用能够接入中国移动WLAN专用无线网络的数码相机或电脑等终端，即可将照片、视频通过无线网络传送到图片服务器。

在电视转播方面，建筑面积约2万平方米的IBC是广州亚运会主转播机构（GAB）和15家持权转播商的运行大本营。其中GAB是在2008年9月经过广公开招标而选定的，其组织结构为广州电视台、广东电视台和北京奥林匹克转播有限公司（BOB）中方人员组成的联合体。GAB总裁马国力曾经担任中央电视台体育节目中心主任，参与过多届奥运会、亚运会的国际广播和电视信号制作，也曾任BOB首席运营官。

据IBC主任植锵介绍，GAB共组建了43支公共电视信号制作团队，其中不乏参与过雅典奥

亚运史上最大规模的MPC与IBC。

运会、北京奥运会、多哈亚运会、英联邦运动会等重要国际比赛传播的专业人士，参与赛事转播的转播车达50辆，直播信号覆盖除棋类及帆船外的所有比赛项目。亚运会赛时，GAB一共提供了71路公共信号，转播时数达3000小时以上。

在当今这个资讯和信息的时代，广州亚运会注定是一场传媒的盛会。与赛场上拼搏进取、超越极限的运动员一样，传媒通过报道让亿万公众欣赏和体验到体育运动所传达的激情和快乐，为亚洲和世界奥林匹克精神的延续与弘扬写下壮美的诗篇。

第五章

幸福之韵

XINGFU
ZHIYUN

2010年11月12日晚11时，广州人何安琪看完亚运会开幕式后，在开心网上更改了状态："看到圣火点燃的那一刻，我哭了，为广州自豪！"几乎同一时刻，市民陈丹琪在广州家中发了一条五字微博——"我是主人家"。这五个字背后，承载着生活在这座城市的幸福感、自豪感和归属感。

暨南大学新闻与传播学院舆情研究中心的调查显示，亚运会开幕后广州居民的归属感上升到最高值，超过八成常住居民"乐意一直在广州居住"，91.75%的居民赞同亚运会提高了广州城市的地位和形象。

海心沙岛上，代表着和平、光明、团结与友谊的圣火熊熊燃起又徐徐熄灭，在2010年的秋天，广州向亚洲、向世界奉献了宣泄体育激情、彰显亚洲和谐、展示发展成果、弘扬文明风尚、抒发人文情怀、传扬岭南文化的亚运盛会。

一座城市铭刻一篇历史，一次盛会成就一段传奇。

早在1000年前的唐宋时期，广州就已经是著名的世界性城市，来自欧洲、波斯、阿拉伯的异域商人都会选择广州这个海路口岸登陆，来到中国这个富饶而又神秘的东方国家。今天的广州，仍然是国家的中心城市和门户城市。随着亚运会的举办，广州正以她务实、开放、创新的精神，以一个国际化、现代化而又充分保存自身文化传统的大都市形象，呈现在世界面前。

城市因盛会而美丽，生活因盛会而改变。广州市委、市政府和全体广州市民群策群力、全力筹办亚运会的过程，也是培养规则意识、契约意识、竞争意识，倡导团队精神，弘扬平等参与、超越自我、挑战极限的奥林匹克精神的过程。经过盛会的洗礼，广州人的生活更加幸福、胸怀更加博大、精神更加顽强、行为更加文明；姿态更加自信——人民与城市一同成长，个体与民族命运相连，通过举办亚运会，一个积极成熟的公民社会正在形成，一座科学发展的国际都会正在崛起，一个走向复兴的泱泱大国屹立在世界的东方。

第一节

GUO JI DU HUI

国际都会

2007年9月，在一场由广州亚运会组委会主办的亚运讲坛上，主讲嘉宾、世界知名生物医学工程专家、曾任香港城市大学校长的张信刚教授向众多听众提出一个有趣的问题：如果在公元1010年，亚洲国家和地区想举办亚运会，该放在哪里呢？

“我的知识告诉我，应该是在广州。即使再往前推几百年，也还是在广州，因为从那时起，广州就已是海上丝绸之路的出口，是世界贸易体系中至关重要的一环，而这一地位也保持到了现在。”

从这个角度出发，这位擅长科技又熟悉人文的著名学者诙谐地说，广州办亚运，迟了一千年。

历史呼唤未来——作为中国对外开放的桥头堡，广州具备了深厚的国际城市底蕴。利用亚运契机扩大国际视野，展示开放胸襟，进一步提高自身在全球城市体系中的地位，将千年羊城打造成在全球文化和社会领域具有影响力的国际都市，是广州的战略选择。

哥德堡号重返活动重拾国际都会荣耀

2005年7月18日正午，位于广州最南端的南沙港客运码头风平浪静，波光粼粼。随着14声低沉庄严的礼炮声，历经9个月风雨兼程，重走海上丝绸之路的瑞典仿古商船哥德堡号抵达终点广州。

在岸边响彻云霄的锣鼓声中，哥德堡号缓缓停靠码头，时隔25年后再度访华的瑞典国王卡尔十六世·古斯塔夫及西尔维亚王后微笑着步下船，受到了好客的广州人最热烈的欢迎。这是自1986年英国女王伊丽莎白二世和丈夫爱丁堡公爵菲利普亲王访穗以来，广州接待的最高规格的国际贵宾。

在出席完盛大的欢迎仪式后，瑞典国王伉俪随即前往位于海珠区东部琶洲街辖内的黄埔村，为树立在这里的迎接"哥德堡"号纪念雕塑揭幕。

今天的黄埔村一派宁静，俨然一个与世隔绝的小渔村。但在两百多年前，它却是扬帆万里来中国进行进出口贸易的外国商船必经之地，也是那时哥德堡号真正的终点。村外码头天天桅樯林立、千帆竞发，外洋商船远远望见黄埔村附近江面上的琶洲塔，就知道到了中国。

延至晚清，由于河道堵塞变窄，无法停泊大型船舶，广州的外贸港口才由黄埔村迁至长洲岛，并沿用黄埔港的港名。岁月如梭、时光荏苒，原来冠盖云集的黄埔古港反倒籍籍

歌德堡号抵达广州

无名了。直到20世纪80年代，残留在黄埔村内古老港口的历史遗迹才又被考古学家发现、确认。

为迎接哥德堡号重返广州，黄埔古港对部分历史遗迹进行了翻修。仿古青砖瓦房上挂着几只白纸灯笼，有的书有“税务馆”字样，有的书有“粤海关”字样，昭示着广州当年“海上丝路”的繁华。

史料记载，早在南宋时黄埔古港已是“海舶所集之地”。明清以后，黄埔古港逐步发展成为广州对外贸易的外港。清乾隆二十二年（1757年），闭关自守的清廷撤消了江、浙、闽三海关，独独留下粤海关，从此广州成为中国唯一对外贸易口岸长达80余年。在此期间黄埔古港迅速发展，在这里有黄埔税馆、夷务所、买办馆等，外国商船必须在这里报关后由中国的领航员带商船入港，办理卸转货物缴税等手续，然后货物才能进入十三行交易。

黄埔古港兴旺发达的时候，也正是广州海外贸易最为鼎盛的时期，其中哥德堡号一次交易收入就相当于瑞典整个国家一年的GDP。除了哥德堡号，美国的“中国皇后号”、俄

黄埔古港。

罗斯的“希望号”和“涅瓦号”、澳大利亚的“哈斯丁号”等外国商船也经常停泊于此。在当时的世界航海地图上，广州毫无疑问是一座国际化城市。

整体而言，中华文明中封闭内敛的大陆文化因子占据主流，而面朝大海的广州却是一个一以贯之的例外。回望这座城市的历史，建城2200多年来，广州一直是中国向世界敞开的一扇或明或暗的窗口。自秦汉至唐宋再到明清，广州始终作为中国对外贸易的重要商埠存在。即便是在20世纪六七十年代“文化大革命”那疯狂的岁月里，在这里一年两届的中国出口商品交易会也没有中止过。

改革开放之后，广州以其开放包容的文化特质勇立潮头，再度成为中华民族伟大复兴的先行地、试验田。进入21世纪，广州不仅经济实力长期保持在仅次于上海北京的全国城市第三位，是南中国最大的中心城市，而且陆海空重大交通基础设施也正朝着成为功能齐备、辐射面广、通达性强的区域性综合交通枢纽的方向发展。2004年，广州又一举获得2010年亚运会的举办权，国际影响力和区域辐射力与日俱增。在这样的背景下，无论是政府还是民间，无不把哥德堡号的归来看作是广州在亚运会前重拾国际都会荣耀的一次盛大预演。

为迎接哥德堡号的到来，广州成立了由时任广州市副市长王晓玲为主任的哥德堡号访问广州系列活动组织委员会。从7月18日到8月19日，先后组织了“畅享百年经贸周”、“瞩目历史文化周”、“精彩民间交流周”和“浓情中瑞友谊周”等4个主题周活动。

哥德堡号访问广州期间，羊城处处洋溢着浓郁的迎宾气氛，传颂着中瑞人民友谊佳话。在“百年情缘聚珠江——欢迎‘哥德堡号’访问广州大型焰火文艺晚会”上，中瑞两国歌手共同演绎两国民歌，一曲《茉莉花》掀起场内一阵阵热浪；哥德堡号船员演唱的《远航》，掀起晚会新高潮；烟花汇演更使在场的瑞典贵宾和广州市民共同沉醉于广州繁花似锦的夜空下。瑞典贵宾称赞晚会办得“非常美妙、井然有序、接待热情、具有国际水准”，不少瑞典贵宾流下了激动的眼泪。

无论是在风景秀丽的白云山顶中瑞水手举办的联欢会上，还是瑞典客人走进天河区居民家中包饺子、搓汤圆体验广州老百姓日常生活，还是在广州购书中心瑞典著名儿童文学大师林格伦新版作品中国首发式现场，都呈现出一幕幕中外友谊情真意切的动人情景。为使哥德堡号不同国籍的水手们在广州逗留期间，能够到中国各地走走，广州有关部门用最短的时间帮助他们办好签证，实现了他们到中国旅游观光的夙愿。

除了重续历史友谊外，广州还借助哥德堡号来访的机遇，开启广州与瑞典乃至欧洲新一轮的经贸、文化、旅游等全方位的交流与合作。访问期间举行的“广州——瑞典经贸交流洽谈会”上，由ABB、索尼、爱立信、沃尔沃、北欧航空公司、瑞典银行、SAAB等著名企业负责人组成的经贸代表团与广州市政府及有关企业进行了项目交流。在哥德堡号博览园，瑞方还举办了爱立信、沃尔沃、北欧航空、SKF、Stena、数码媒体展示、阿特拉斯•科普柯以及瑞典银行等企业展览，进行商业推介。

在哥德堡号来访过程中，有100多家中外媒体，650多名中外记者云集广州争相采访这一盛事。随同国王来访的瑞典高层人士在广州接受国际媒体采访时，纷纷用“发展”、“活力”、“机遇”这些动感十足的词汇盛赞广州。他们说，地处中国经济最活跃、最发达的珠江三角洲、依然像200多年前一样繁华的广州，而今已是著名的世界制造业中心，拥有一流的国际空港、纵横交错的交通网络以及完善的产业配套。

机遇总是垂青于有所准备的人。在取得亚运会主办权之后，广州急需一个平台，向世界展示自己全方位开放的良好形象。哥德堡号重返活动恰恰提供了这一契机。通过精心组织、统筹安排，广州实现了推介综合投资环境，宣传区域性国际化中心城市形象，促进对外经贸、旅游、文化交流与合作的目的，也擦亮了广州“海上丝绸之路发祥地”的品牌。

国际友城大会检验广州组织接待能力

如果说，哥德堡号来访是广州在亚运举办前重拾国际都会荣耀的一次精彩预演；那么在亚运开幕前一年举行的世界城市和地方政府联合组织（UCLG）世界理事会会议暨广州国际友城大会，则不仅是广州对自身国际盛会组织能力、接待能力的一次实战彩排，更代表了国际社会对于广州国际化城市地位的一种承认与尊重。

成立于2004年的UCLG是全球最大的世界城市和地方政府国际组织，会员包括136个国家的1000多个城市会员和112个全国性地方政府协会，有“地方政府联合国”的美称。该组织致力于解决城市问题、促进世界城市的共同繁荣，并代表会员城市开展与有关国际机构和团体的对话与合作。俄罗斯莫斯科、英国伦敦、法国巴黎、土耳其伊斯坦布尔等世界名城以及北京、上海、广州等中国城市都是其会员。UCLG世界理事会由80多个国家的324名代表组成，负责该组织的政策制定和监督实施，每年召开一次会议，是UCLG最重要的例会。

早在2004年，广州就以创始会员的身份加入了UCLG。2007年10月，市长张广宁率市政府代表团出席在韩国济州举行的UCLG第二届世界大会。在这次会议上，经中国人民对外友好协会推荐并报省政府、外交部、国务院批准，张广宁代表UCLG亚太区参选UCLG联合主席，并最终成功当选。这也是中国城市市长首次当选该组织领导人。

成功当选后，UCLG亚太区主席、中国人民对外友好协会会长陈昊苏表示，这极大地提高了广州城市国际知名度，有利于广州市借助这一重要国际舞台，进一步加强与世界城市间的多边交往，拓展对外交往渠道，促进对外交流合作；也有利于加强我国城市与UCLG的联系，在国际城市交往中扮演更积极的角色。

张广宁在全体大会上作了题为“坚持科学发展，建设宜居城市”的主题演讲，阐述广州作为世界城市体系中的一员，将进一步加强与各城市间的交流合作，制定并实施切实有效的城市减排政策，合理利用和保护资源环境，促进经济与人口、资源、环境协调发展，为推动城市可持续发展作出更大的贡献。

会议期间，广州市还在济州国际会议中心举办了广州城市展，独具地域特色的展馆和

国际友城大会联合主席、广州市市长张广宁在国际友城大会上做主题演讲。

充满岭南风情的展品向与会代表展示了充满活力和东方魅力的现代化广州。张广宁在广州展厅热情地向前来参观的法国巴黎市市长、韩国济州省省长和仁川广域市市长等国内外市长和嘉宾介绍广州风光和城市发展建设情况。济州省省长金泰焕在接受记者采访时表示，广州市的展馆设计得很有特色，非常漂亮，看得出花了很多心思，多方位展示了广州的城市风情，相信其他前来参观的市长也有同感。巴黎市长德拉诺埃则说，通过这个展览，了解到广州是一个充满东方魅力的美丽城市，希望巴黎与广州能够加强友好交流。

按照UCLG惯例，每个联合主席的所在城市可以优先承办UCLG世界理事会会议和执行局会议。在2008年年底举行的伊斯坦布尔年会上，UCLG世界理事会秘书长伊丽莎白女士提议，鉴于当前中国和广州在全球的影响力和吸引力日益增强，希望由广州承办2009年UCLG世界理事会会议。广州市政府欣然接受提议，并将主题定为“城市智慧应对金融危机”。

同时，为纪念广州市建立国际友好城市30周年，广州在UCLG世界理事会会议召开的同时举办广州国际友好城市大会，邀请广州的国际友好城市市长率团参会。

2009年11月12日上午，UCLG世界理事会会议暨广州国际友城大会在广州白云国际会议中心隆重开幕，来自60多个国家、210多个城市和地方组织的逾千名代表出席大会。中共中央政治局常委、国家副主席习近平在开幕式上作了题为《加强团结协作 共同应对挑战》的重要演讲。

习近平代表中国政府和人民向大会召开表示热烈祝贺，向各位与会代表特别是远道而来的外国朋友表示诚挚欢迎。他介绍了中国为应对国际金融危机采取的政策措施和成效。习近平说，中国愿同世界各国一道，继续为推动世界经济尽快恢复增长作出积极贡献。中国在努力保持自身经济平稳较快发展的同时，将继续积极参与应对国际金融危机的各项国际合作，为推动世界经济复苏作出应有贡献。

广州将国际两会的会期选择在亚运会倒计时一周年之际，显然是有意为之。在会议开幕次日晚间举行的第16届亚运会倒计时一周年晚会上，亚奥理事会主席艾哈迈德•法赫德•萨巴赫亲王和广州亚组委主席、国家体育总局局长刘鹏向亚奥理事会的45个国家和地区成员代表颁发了第16届亚运会的参赛邀请函，而张广宁则在现场向出席UCLG年会的城市代表颁发了观摩邀请函，向全世界发出亚运之约。

广州同时也把“国际两会”当作为来年举办亚运会积累外事接待实战经验的机会。在会议举行前，广州专门启动了志愿者招募活动，来自广州全市21所高校和社会各界的报名人数超过1.3万人，最终有1300余人通过了专业的考核。他们大多数都掌握一门以上外语并能达到熟练对话的水平，包括英、意、法、德、俄、西、日、泰、印、朝、越等16个语种。

值得一提的是，这支千余人志愿服务队的总队长，是广州形象大使、广州申亚陈述人、广州电视台著名主持人尹婕。在一年之后的亚运会上，她成为广州亚运城的新闻发言人。

作为广州市在亚运会前承办的规模最大、层次最高的国际会议，“国际两会”当然也不仅仅是为亚运会积累服务经验的平台。在会议期间，广州有针对性地安排了多场经贸推介会，推介广州的经济、技术和贸易合作项目，精心设计了“城市建设参观线路”，让参会市长们对广州近年来的经济发展成就有具体深入的认识和了解。

除会议和经贸活动之外，广州还为市长们安排了丰富而具有广州特色的活动，使他们有机会体会广州悠久的岭南文化底蕴，从自然、人文、民俗等各方面，全面展示广州动感、活力、开放的形象。组委会还将组织市长们参观广州博览会，推介广州会展品牌。

所有这些，都让人感受到有关部门希望借此次会议打造一张绚丽的“广州名片”的强烈愿望。

在“国际两会”举行的2009年年初，国务院颁布《珠江三角洲地区改革发展规划纲要》，将广州作为国家中心城市、综合性门户城市、国际大都市的发展定位上升到国家战略层面。

根据专家的定义，所谓国家中心城市，就是在全国具备引领、辐射、集散功能的城市，这种功能表现在政治、经济、文化诸方面。这个新提法对广州而言是一个新的开端，也是一个艰难的转折。

有学者认为，所谓国家中心城市，就意味着广州需要承担更多的国家责任，需要更多地代表国家出现在世界舞台上。例如北京是国家政治中心，代表国家举办过很多重大活动，如2008年奥运会等，而上海则在上海合作组织中扮演了十分重要的角色。因此，广州要成为国家中心城市，不能只举办珠三角的活动，而应该多举办UCLG、亚运会等这些国际性活动。

瞄准先进城市引入国际通行商业规则

2010年10月9日，距离广州亚运会开幕还有一个多月的时候。来自欧盟的32匹亚运会马术比赛赛马乘坐包机抵达广州，这是欧盟赛马首次进入中国内地参赛。

广州亚运会马属比赛从级别上来看并不是国际马术比赛中规格最高的，但对于中国马术运动来说，却是一件划时代的大事，其原因就在于广州亚运会建成了中国内地首个“无规定马属类动物疫病区”，这意味着中国马业从此告别马匹到中国内地只能进不能出的历史，也意味着中国马术从此可以有条件再举办国际性马术比赛。此前，境外马匹进入中国内地，从来都是单程机票。现在中国真正实现了马匹不但能进来，还能在参赛后顺利出去，这是具有里程碑意义的！

此前，中国内地没有设置这样的无疫区，而且由于中国一直未加入世界动物卫生组织，被欧盟等地视为动物疫情不明的国家，这让中国骑手携带马匹出国参赛必须经历复杂而苛刻的检疫程序，因此境外的马匹一旦进入中国内地，就很难出去。此前，中国内地骑手在欧洲购买高水平的马匹进行高水平的训练，但是要想将马匹带回中国内地，就意味着这些马匹很难再参加境外的国际比赛。即使是在北京奥运会，马术比赛也不得不安排在香港举行。

广州亚运会建成中国内地首个“无规定马属类动物疫病区”，看起来只是马术比赛的事情，但却是广州开放办亚运会的一个缩影。

作为“海上丝绸之路”的起点城市、百年商埠和改革开放的先行者，广州人从来不缺乏开放、创新、勇于饮“头啖汤”的精神，岭南文化也有着浓郁的多元性、包容性。开放办亚运，成为亚运会筹办过程中鲜明的特色。这种“开放”，表现在具有国际视野、遵守国际惯例、吸收国际经验、引进外来人才，与国际奥委会、亚奥理事会等国际组织密切合作等方面。

为办好广州亚运会，广州充分学习国外城市举办亚运会、奥运会的先进经验。2005年7月广州亚组委会正式成立之后，立刻印发了主办城市合同、亚奥理事会相关文件及2002年韩国釜山亚运会总结报告等学习资料，并有计划地开展了系列学习、培训和考察活动。2006年4月1日，应韩国奥委会的邀请，广州体育代表团出席了在韩国首尔市举行的亚奥理

中国内地首个“无规定马属动物园疫病区”。

事会非正式集会。出访期间，代表团考察了韩国首尔市1988年奥运会、2002年釜山亚运会主赛场和2002年世界杯足球赛的体育场馆、配套设施建设、赛会运作和赛后利用情况，并全面了解了釜山亚组委的组织架构、总体计划编制、场馆建设、赛会组织运作、场馆赛后利用和维护及市场开发等情况。

2006年12月在卡塔尔首都多哈举行的第十五届亚洲运动会，是距离广州亚运会最近的一次亚运会，也是广州最直接的学习对象。广州亚组委与多哈亚组委保持密切联系，加强沟通与合作。自2006年8月至12月，广州组委会派出多个代表团分批、分主题、分阶段出访，参加多哈亚运会活动，观摩多哈亚运会举办情况，同时通过发布会徽、布置展台等多种方式推介广州、宣传广州亚运会。在多哈亚运会举行期间，广州亚组委有24名工作人员进入多哈亚运组委进行“嵌入式”实习，这些工作人员的平均年龄只有25岁，分布在新闻中心、运动员村等部门，承担翻译、清洁经理助理、酒店管理、运动员村住宿管理等工作，全方位参与和体验亚运会的组织管理。

2008年5月，广州亚组委还与澳大利亚国际体育赛事秘书处签署合作谅解备忘录。澳大利亚国际体育赛事秘书处曾经参与过悉尼奥运会、残奥会和墨尔本英联邦运动会的主办工作，并曾向北京2008年奥运会、残奥会和2006年多哈亚运会主办方就相关准备工作提供过协助和建议。根据备忘录，澳大利亚国际体育赛事秘书处以“一站式”方式向广州方面提供专业知识和专业建议，并向广州亚组委提供其在国际体育赛事规划、保安、交通、住宿、建筑、场馆设计、组织开幕式和闭幕式、通讯、禁药检测、食品安全等方面的经验和教训。除了学习国外城市先进经验外，广州还严格按照国际通行的商业规则，通过国际招标引入一批世界知名的国际公司参与广州亚运会的各项筹办工作。

俗话说“民以食为天”，广州亚运会要接待来自亚洲45个国家和地区的运动员以及官员，其饮食的讲究五花八门，对口味的要求各不相同，再加上运动会食品对安全的严格要求，寻找高水平的饮食服务商是一个至关重要的环节。

在组委会有关招标过程中，承办过北京奥运会饮食服务的国际承包商爱玛客公司前来应标，爱玛客是有14届奥运会和2届亚运会经验的行家里手，组委会看中的也正是他们的丰富经验、专业性与国际化。可即使是面对这样身经百战的服务商，组委会的要求依然十

MPC举行试餐活动。

分严格。

在正式签合同前，双方进行了17轮谈判。广州亚组委组要求服务商提交各种各样的材料与方案，要求之详细前所未有。转眼8个月过去，合同谈判进入签署前的冲刺期，双方如临大战，严阵以待。广州亚组委运动会服务部负责人带领专家组和四名律师上阵，组委会法律、工程、财务、卫生、监审等多部门及社会特聘餐饮专家、财务监理公司共同参与，对方则由专门负责法律事务的副总裁出征，双方专家对合同条款逐一讨论，"锱铢必较"，从当天早上的8点不停歇地一直谈到第二天中午，整整28个小时。最终的合同极为详细，甚至连对方派出的工作人员究竟可以坐几次公务舱，餐厅设施中的插头由谁来安装这样的似乎不起眼的小事都进行了约定。

不过双方谈判中的"斤斤计较"却为双方后来的合作铺垫了良好开端。亚运城赛区餐饮服务部部长梁迅事后说，虽然前期谈判非常艰苦，但合同对所有运作的流程都约定得十分细致，结果是运作非常顺畅。双方开放积极的态度也是项目顺利进行的重要因素。梁迅说，在这个项目上，充分体现了中西文化的交融，也体现了中国举办国际活动与国际惯例接轨的重要性。

同样是经过公开竞标，广州亚组委还聘请了全球知名的公共关系顾问企业凯旋先驱公关公司作为2010广州亚运会公共关系服务商。同爱玛客一样，凯旋公关也是一家在服务国际体育赛事上经验丰富的企业，它曾为2008年北京奥运会、2004年雅典奥运会、1996年亚特兰大奥运会以及2006年在都灵和2002年在盐湖城的冬奥会的赞助商和组织机构提供过公关服务和奥运圣火国际传递的战略公关支持。在亚运会筹办期间，凯旋公关为亚组委提供了沟通亚洲媒体、海外新闻发布、制定传播战略计划、海外舆情收测与事件处理等方面的专业服务。

全球四大会计师事务所之一的毕马威则成为替广州亚运会管住“钱袋子”的财会服务独家供应商。大型国际赛事邀请独立第三方国际专业公司“理财”，以达到专业、公正、廉洁办会，已是国际惯例。毕马威公司此前曾为加拿大冬奥会、悉尼奥运会提供独家专业财务服务。这次则将为广州亚组委提供审计、财务及风险管理咨询和税务咨询的专业服务。

盛会洗礼推动广州融入世界发展潮流

在积极引入国际企业、国际惯例的同时，广州也以亚运会为契机，利用各种国际活动为平台，在世界范围内推广亚运，推广广州，使亚运会完成了从亚洲向世界的跨越，使广州的国际影响力更加广阔。

2009年7月24日下午，广州亚组委代表团来到位于巴黎的联合国教科文组织总部，介绍亚运会的筹备情况，并向人们发出了参与亚运会的热情邀请。代表团此行的一个重要目的，就是希望通过该组织加强与各国（地区），特别是与亚洲国家（地区）常驻代表团的联系，同时通过亚运会这一平台，展示和传播中国广东的岭南文化，促进亚洲文化的交融与发展。

联合国教科文组织战略规划副总干事汉斯·道维勒赶到活动现场，他充分肯定了广州亚运会的办会理念和文化追求，认为应该让世界更加了解中国与亚洲的文化，同时亚洲文化也应为世界文化的繁荣作出贡献。

广州亚运会还利用各种世界体育大赛进行推广，2009年3月26日，国际体育大会在美国丹佛谢幕，国际体育大会主席海因·维尔布鲁根先生在闭幕前特意来到广州亚组委的展区，向广州亚运会献上他的祝福——“祝广州圆满成功！我们期待着共同见证广州2010年亚运会的完美组织！”

广州亚运会在国际体育大会上设立的展区，吸引了众多国际体育大会的代表，这些代表通过展区了解了广州亚运会的筹备情况，并献上对广州亚运会最美好的祝福。亚奥理事会副主席霍震霆先生不仅向各位代表详细介绍了亚运进展情况，还客串当起了亚运“志愿者”，他主动把自己的老朋友——国际大学生体育联合会主席乔治•基里安、国际奥委会委员小萨马兰奇等人拉到亚运展区，向他们介绍亚运会的情况。

2010年2月13日，在第21届冬奥会在温哥华开幕的第一天，也是中国传统节日——大年三十，广州亚运会在温哥华的宣传展览活动引起了不小的轰动。

广州亚运会宣传展览活动吸引了温哥华政府官员、当地市民、冬奥会游客以及当地华人的关注，还吸引媒体纷纷赶来采访。此次宣传展览不仅介绍了广州亚运的筹备工作，如亚运场馆建设、亚运竞赛项目中的非奥项目等，还增加了展示主办城市的文化等内容，如广州特色的民俗文化，为当地居民、华侨提供了了解亚运、了解广州的良好窗口，激发了当地居民、华人华侨关注广州、关注广州亚运会的热情。

在南非世界杯上，广州亚组委的代表千方百计找到了国际足联主席布拉特，向他发出了做客广州亚运会的邀请，并送上了亚运会吉祥物“乐羊羊”。布拉特对广州亚运会的邀请欣然接受，他说自己很高兴可以前往广州观看亚运会，并表示国际足联也会支持广州亚运会。

2010年11月12日，国际奥委会主席雅克•罗格受邀亲临亚运会开幕式现场。除了盛赞开幕式“饱含感情”、“绝对精彩”之外，他还表示广州绝对有能力举办奥运会。

广州亚运筹办的开放性与国际化，还体现在面对国际媒体的从容应对、细致服务上。广州亚运会期间，共有888家媒体机构、9939名记者云集广州，其中，境外媒体机构562家，境外记者3386名，包括美联社、法新社、路透社在内的欧美知名通讯社以及日本、韩国、印度、马来西亚等亚洲国家的主流媒体都派出了精兵强将来到广州采访。15家持权转播商的信号可覆盖20亿电视观众。其整体规模已相当于北京奥运会水平，为历届亚运会之最。

为服务各国媒体，广州亚组委不仅在亚运城兴建了亚运历史上最大规模的主新闻中心（MPC）与国际广播中心（IBC），还安排了100场新闻发布会，建立网上新闻中心，精心实施“采访线”工程，对境外媒体的采访需求采取“零拒绝”态度。对境外媒体的完全开放，充分显示了广州敞开大门办亚运的勇气和敢于接受国际社会检视的信心。

通过国际媒体的广泛报道，广州城市的国际形象大为提升，国际知名度也大为提高。日本《读卖新闻》的报道说，亚运会开幕式上广州塔的烟花表演，胜过巴黎埃菲尔铁塔的同类表演。美联社报道称，亚运会是继北京奥运会和上海世博会后，中国向世界展示影响力的又一次机会。运动员来访者会发现一个焕然一新的广州。BBC的报道指出，运动员和记者大多都对广州的努力表示肯定。甚至连俄罗斯总理普京也对到访的国务委员刘延东表示，广州亚运会的开幕式很精彩，广州很漂亮，2011年中俄政府间的会议可以放到广州开！

将“办赛事”与“办城市”融为一体，是广州亚运会筹办的核心理念之一，广州“开放办亚运”所体现出的国际视野、规则意识，同样也体现在城市经济发展与管理运营之中。

早在2007年年底，中共中央政治局委员、广东省委书记汪洋就提到：“广深要敢于向世界先进城市‘叫板’”，也就是要求广州树立世界的眼光，在全球范围内寻找目标、追赶目标，通过考察学习国际先进城市建设、发展和管理的先进经验，推进和深化改革，创新体制机制。

在亚运筹办过程中，广州市政府于2009年8月下发《关于加快推进广州市营商环境和做事规则国际化的意见》，提出学习借鉴港澳先进经验，引入国际化办事规则与工作机制，并用5年时间基本实现营商环境达到或接近香港的目标。为此，《意见》在提高政府行政效率、强化信用体系建设、发展中介服务等方面提出了多项改革举措。

这些措施主要包括：广州学习香港在政府架构内设立方便营商机构的办法，让目前已经设立的“穗港落实CEPA市场准入协调小组”同时具备促进优化投资软环境的职责。借鉴香港设立“政务公开主管”的做法，督促各政府部门新闻发言人通过市新闻中心及时向社会发布情况，并积极利用网络、数字电视等方式公开政务信息，健全政务公开工作领导体制。广州将制订并实施有关社会信用的地方法规，依法建立以组织机构代码和身份证号等为基础的实名制信用信息体系。尤其是针对几类关键人群，《意见》还分别作了安排。广州将依托南沙港、白云国际机场已建成的保税物流体系，以服务外包、金融服务、产品展示、咨询等领域为突破口，建立穗港服务业合作试验区。引进港澳及国外各类专业服务机构，争取港澳专业人士在广州以独资经营模式开展中介服务。

当年9月，广州又出台《关于学习借鉴香港先进经验推进社会管理改革先行先试的意见》，明确提出要发展多元化的社区服务，积极推进在街道组建社区服务中心，不断满足居民对社区服务的需求。同时还要引入居务公开和社区事务听证制度、组建公立医院管理机构、建立慈善公益金等多项国际先进的社会管理经验。

2010年11月22日，广州亚运会开幕10天之后，广州市市长万庆良在墨西哥城举行的UCLG世界大会上，代表广州连任UCLG联合主席。广州以其经济实力、开放活力、文化魅力和创新动力，再一次聚集国际社会的目光。“我们广州要树立世界眼光、全球视野和战略思维，让世界了解广州，让广州走向世界，全方位推动广州率先融入世界发展潮流。”万庆良说。

3个月后，广州市第十三届人民代表大会第六次会议召开，首次明确提出“把广州放在世界先进城市坐标体系”。经过亚运盛会的洗礼，羊城这座曾在历史上保持了“千年商都”地位的城市，正在重新塑造自己作为国际都会的辉煌。

第二节

SHANG MAO ZHONG XIN

商贸中心

20年前的1990年，来自全国的高涨的爱国和亚运热情如潮水般汇聚北京，共有1亿多人次向北京亚运会捐献资金和物资，集资总额达到了7亿元。

20年后的2010年，在国家和各地的支持下，广州则主要靠一座城市的财力和市场运作，基本完成了一次规模更大、难度更高的亚运筹备工作。

亚运会不仅是一次体育盛事，更是一次推动广州经济转型升级的重大机遇。省委常委、广州市委书记张广宁说，广州办亚运，城市经济一定要上去，这是基础，是支撑，是后劲。

2011年年初，当亚运的绚丽逐渐褪去，新的荣耀又如约而至。经过实际核算，广州2010年的GDP总量就像早前预估的那样，突破1万亿元关口，实现了连续六年“每年跃上一个千亿元台阶”的目标，从而成为继北京、上海之后万亿元俱乐部的第三个成员。

不早不晚，广州经济发展与城市环境大变相生共荣、和亚运盛会相得益彰，让广州在亚运年以一种前所未有的信心和优雅姿态在国际舞台上显露峥嵘。

亚运注入经济发展强劲动力

广州，是一座永远跳动着市场脉搏的千年商都。20世纪80年代，当内地某些地方还在

为小商小贩“姓社姓资”争论不休时，高第街的商人们就已经将牛仔裤、尼龙衫卖到了长城内外。改革开放30年来来，广州始终屹立于经济发展的潮头，一直保持着城市综合实力全国第三的地位。亚运会的造访，更为这座城市注入了不竭动力。

“主办权就是发展权，影响力就是生产力。”从近几届奥运会和亚运会举办情况看，举办国际赛事都可以为举办国和举办地区带来巨大经济利益。1992年巴塞罗那奥运会为加泰罗尼亚地区带来了260.48亿美元的收益；1996年亚特兰大奥运会为佐治亚州带来51亿美元的总收益；2004年雅典奥运会举办之后，全国失业率从10.5%下降到8.9%，2008年北京奥运会带动中国GDP增长了1个百分点；第13届亚运会帮助遭受金融危机重创的泰国经济走出低谷；釜山举办第14届亚运会，经济效益达10.4万亿韩元。与曼谷、釜山相比，广州城市与人口规模更大、消费潜力更强，拥有成熟完善的市场运作机制，其经济带动作用更加明显。

从最直接的投资拉动来看，根据广州市社科院产业经济与企业管理研究所所长尹涛的研究，亚运会将为广州带来8000亿元的GDP。其中包括亚运城建设投入在内，举办亚运会的直接投资将会为广州额外增加地区生产总值1032.4亿元。而间接投资将能够为广州额外增加地区生产总值7120亿元。

从产业门类分析，亚运投资最直接的受益对象包括建筑、建材、信息产业、现代制造和服务业等，它们成为第一批受益者后，将对经济产生第一轮拉动；与此同时，基于现代经济体系中产业链的拉长和“咬合”，这些行业的发展又会带动房地产、旅游、广告等一系列关联行业的发展，从而对经济产生新一轮拉动。这种涟漪效应的出现，最终可能“吹皱一池春水”，为整体经济注入活力。

除投资外，亚运会举办带来的大量消费，也让广州经济获益匪浅。2010年，广州借“亚运”商机提升“千年商都”形象，重点打造了广州美食园、广州老字号手信一条街、北京路广府文化商贸旅游区、岭南酒吧街等特色街区；还新建了一批高档现代购物中心，积极支持企业开展世界一线品牌招商，引入世界一线品牌在广州开设旗舰店和营销总部或区域营销总部；精心策划组织了“亚运广州购物行”、“广州亚运美食文化节”、“广州国际美食节”、“快乐广州迎春时尚购物节”、“广佛肇亚运欢乐购物节”等一系列活动，同时继续开展“万村千乡”市场工程、“4411”市场提升工程、家电下乡、汽车下乡以及家电以旧换新等活动。在这一系列政策措施的带动下，广州市消费市场需求持续畅旺，全市实现社会消费品零售总额4476.38亿元，同比增长24.2%，获益最明显的是旅游业。亚运会举办期间，广州市旅游部门推出了“新广州游”品牌形象和线路产品，共有69条旅游线路，其中一日游线路63条，包括“新广州城中轴线”、“羊城经典游”、“广州动感游”、“亚运体验游”、“广府文化游”、“珠江画廊游”、“广州美食一天游”等精品线路。据统计，亚运举办期间，广州城市接待总人数为866万人次，同比增长42.10%。其中有32.26%的游客此行来穗的主要目的与亚运有关，69.18%的游客表示对广州旅游有着浓厚的兴趣，69.50%的游客表示会推荐亲戚、朋友来广州旅游。借助亚运的东风，广州旅游市场迎客人数屡创新高，游客游广州的热情持续高涨，据统计，2010年广州全市实现旅游业总收入1254.61亿元，同比增长26.2%。

亚运周边商品的热销，也是广州亚运会对广州经济的直接贡献。广州亚运会特许商品总共有11大类2000多种。随着亚运会开赛，亚运气氛渐浓，市场上的亚运特许商品销售掀起新高峰。广州友谊商店设有广州首个户外亚运特许商品形象店，销售各种亚运纪念品，这里销售的特许商品包括贵金属制品、徽章、玩具公仔、特色工艺品类、服饰、旗帜、邮品、文具、陶瓷制品、刺绣纪念品，等等。根据友谊商店的统计，进入11月之后，亚运特许商品品类销售额是上月同期的4倍，亚运吉祥物“祥和如意乐洋洋”套羊、亚运徽章、亚运纪念金银条，包括广东特色食品花生糖、杏仁饼、老婆饼等“手信”都销售畅旺，部分产品还出现脱销。很多机构、团体和个人还前来批发亚运商品，作为礼物馈赠亲朋好友。

据统计，广州亚运会共有亚运特许商品生产商39家，销售商24家，亚运会开幕前销售专柜超过500个，专卖店200家。在亚运会期间专卖店和专柜进一步达至千个，广州市内的主要商场里都设有店铺，销售金额有望突破30亿元。

在亚运会前后，广州还出现了亚运题材的黄金制品热销的局面。由于黄金呈现强劲的升值趋势，不少人都爱收藏、投资黄金，而具有亚运题材、亚运概念的金条、银条和金银币，成为人们追逐的热点。有银行表示，亚运金钥匙、亚运金算盘在亚运会前后供不应求，粤宝黄金投资有限公司方面也透露，亚运会金银纪念币（第2组）推出以来销量很好，到亚运会开幕前就只剩少量库存了。

在进出口贸易方面，亚运会的举办极大提升了广州在东盟乃至全亚洲的知名度和美誉度，对广州在该地区的贸易有巨大的促进作用。

广州市外经贸局提供的数据显示，2010年1—10月份，广州对东盟的外贸增长了51.01%；对整个亚洲的外贸增长45.94%，其中出口增长35.56%，进口增长54.23%。

与此同时，广州56.5%的进出口、50.4%的出口、61.7%的进口都出自亚洲地区；广州吸收外资项目的83.7%、合同外资的75.8%以及实际使用外资金额的68.6%来自亚洲地区；广州在境外投资总额的87.9%投往亚洲地区。

据广州市外经贸局官员的推测，从趋势来看，广州对亚洲尤其是东盟的贸易占总对外贸易的比重，亚运会后还会继续上升，这不仅源于中国—东盟自贸区的成立，亚运盛会的举办也是重要的推力。比如在亚运期间，广州外经贸部门专门邀请部分来自亚洲国家的重点客商观看赛事，并提供门票。

从更长远的影响看，亚运会的成功举办，不仅提升了广州乃至广东在海外尤其是亚洲的知名度。而且广州举办亚运过程中，通过对广州整体城市的整治和治理能力的提升，明显改善招商引资的环境。接下来，广州将立足于作为国家中心城市的新定位，继续发挥亚运会的影响，加大与亚洲国家和地区开展贸易、投资合作力度，推动广州加快建设成为面向世界、服务全国的国际化大都市，进一步提升广州在区域经济中的资源配置能力，强化广州对亚洲乃至整个亚太地区的辐射带动功能。

亚运会对于就业的影响同样不容小觑。举办奥运会、亚运会这样的大型综合性体育赛事，无论是兴建各种体育场馆，还是完善交通、通讯、环保等基础设施，需要投入大量财力、物力和人力。特别是随着赛事的到来，各种服务性部门的工作量也大大增加，从而带来劳动就业机会的大量增加。1984年洛杉矶奥运会为美国南加利福尼亚地区创造了近7万个就业机会。1988年汉城奥运会为服务业提供了16万个就业机会，为制造业提供了5万个岗位，为建筑业提供了9万个岗位。1999年，奥运会就为澳大利亚增加了15万个就业机会，其中3万多人投入到设施建设，10万多人被雇用组织各项赛事。据估计，2008年奥运会将给北京创造200万个就业机会。2010年广州亚运会增加的岗位，将主要集中在建筑业、房地产业、环保业、电子信息业、旅游业、信息服务业等行业，据估算，新增就业岗位大约超过30万个。

为成功举办亚运会，广州新建改建亚运会体育场馆70个，其建设和维护资金达到63亿元。这些场馆不仅能高标准地满足赛事需要，而且还超前性地培育了相关产业，成为广州亚运会为广州留下的一笔财富。

广东工业大学板球场是为亚运会新建的我国第一个国际标准的比赛场馆，面积有三个足球场那么大。板球是一项历史悠久、极富文化底蕴的运动，比赛转播费用高、商业开发前景好，但是在我国尚处于起步阶段。亚运会后，广州市计划依托该场馆，在学校开始推广板球运动。

象棋、围棋第一次作为正式比赛项目列入广州亚运会，这意味着中国传统棋类运动正在逐渐走向国际化。在青山绿水间的麓湖畔，新建了广州棋院，亚运会后将成为广州市唯一的大型棋类活动场所，向群众开放，特别将为青少年提供棋类知识的培训，培养更多棋类人才。

纵览广州市各亚运会场馆，在大学城有国内设施一流的广州自行车馆；在亚运城有沙滩排球场；在增城白水寨风景区有新建的广州飞碟训练中心，这里成为继北京射击场飞碟靶场后，在全国可进行国际赛事的第二个专门比赛场馆；在亚运城综合体育馆将举办亚运会体操比赛，赛后通过简单改造既可满足篮球、排球、羽毛球等项目比赛需要，还能举办展览会、演唱会等多种活动。

通过这些场馆建设，可以培育发展我国尚处于起步阶段的新兴体育项目，从而对广州体育产业的发展形成巨大推动作用。据专家估算，筹办亚运会将推动广州体育产业增加值超过140亿元。

亚运催化产业结构调整升级

2010年10月12日，“福布斯2010中国大陆最佳商业城市”榜单出炉。广州市首次摘得中国内地最佳商业城市的桂冠！

这是全球财经媒体《福布斯》中文版第七次推出中国内地最佳商业城市排行榜，恰逢广州亚运会开幕在即的关键时期。广州一直有着“千年商都”美誉，为何能在这个特殊时刻问鼎大陆最佳商业城市？

世界上最大的、围棋运动史上空前盛大的“围棋宴会”在广州市天河体育中心南广场隆重举行，为广州正在开展的“迎奥运、办亚运活动”增添了浓厚的氛围。

商业不仅仅是商业，它与城市经济活力、城市基础设施环境、服务效能和水平息息相关。广州商业重新崛起“未来十年黄金发展期”，得益于近年广州乃至广东的转型升级、“腾笼换鸟”，为第三产业发展带来了巨大发展空间和平台，也为商圈的有序生长提供了现实基础。在“迎接亚运会、创造新生活”的推动下，广州的经济结构由此发生了深刻的变革。

2010年是亚运之年，厚积薄发，广州多年来推动经济发展方式转变、推进产业结构调整优化升级的成效，在亚运会的“催化”效应下逐步释放显现。数据显示，广州“十一五”收官之年的收获，不止是2010年经济总量超万亿元的显性财富；经济结构的内在优化为广州城市竞争力的提升带来的作用力更为久远。据统计，2010年广州三个产业结构所占比为1.8∶37.2∶61.0；其中一、二、三产业分别完成增加值189.05亿元、3950.64亿元和6464.79亿元，分别增长3.2%、13.0%和13.2%。服务业占地区生产总值比重仅次于北京，居全国第二位。广州实现了向以现代服务业为经济增长“主心骨”的现代化大都市的转型。

梳理过去30年广州产业发展历程，广州可谓走过了一个典型的“轻型工业—工业重型化—后工业化”阶段。改革开放后，国际产业转移成就了珠三角的“世界工厂”地位。作为珠三角的中心城市，广州在很长一段时间内走在依托加工贸易的发展路径上，以轻纺、家电制造等为代表的轻工业在广州迅速发展起来。仰仗于轻工业快速发展，1989年广州市经济总量开始跃居全国主要城市第三，一直保持至今。

但进入20世纪90年代之后，随着上海浦东等地开发建设，过于依赖轻工业的广州在国内城市中的地位受到了相当大的挑战。另一方面，由于当时广州和整个珠三角一样，产业结构都是以出口加工贸易为主，而东莞等产业发展都自成体系，跟广州并无太大关联，当时广州作为中心城市的功能也受到很大制约。

为摆脱边缘化的困境，广州在上世纪90年代末期确定了适度重型化的发展道路，特别是在“十五”规划中明确提出发展汽车、电子信息制造和石化三大支柱产业。从2000年到2004年，是广州重型化的重要阶段。在汽车等行业引领之下，2004年广州重工业占比首次超过轻工业，工业化进程达到一个新阶段。到2009年，广州汽车产业和石油化工、电子产品等广州三大支柱产业工业总产值达5243.09亿元，占全市规模以上工业总产值的41.94%。尤其是汽车制造产业，一路攀升，2008年凭借87.94万辆的轿车产量居全国首位。

适度重型化的开展极大强化了广州在珠三角的地位，也使得广州有充分的实力以非直辖市的身份跻身国家中心城市的行列。然而，就世界性工业城市普遍发展规律而言，当城市进入工业化成熟期，由于边际收益的递减或资源枯竭，传统制造业的转移，往往容易陷入“潜在萧条期”。同时，诸多大型重工业项目的集中发展，也使得广州日益面临土地资源、能源、环境容量等多方面的难以为继，利用外资和投资增速放缓，劳动力面临压力，城市交通和城中村改造等问题不断凸显。解决这些问题的最终出路，在于推进经济转型升级、推动产业与环境和谐相处，才能聚集更多人气和优质产业，才能让城市不断保持活力。

所幸，广州市清晰地认识到了这一发展规律，并且不断坚持转变发展方式，推进产业结构优化升级。正如省委常委、广州市委书记张广宁所说："调整结构势必要转移和淘汰一些落后的企业，也会减少一部分现有的生产力，要忍受一时的经济增速下滑和税收损失；在就业方面，可能也会带来更大的压力，确实有阵痛，难度不小。但推进发展方式转变、促进产业结构调整是一道非闯不可的关，早调早主动，晚调就被动，不调没出路。"

2004年，广州成功获取亚运会主办权，为迎接亚运会举办而进行的大规模城市建设和改造，恰好为城市产业结构的深度调整提供了契机。

亚运会直接推进了广州中心城市的"退二进三"和产业转移。在亚运筹办过程中，广州积极引导产业低端环节、生产环节和劳动力分别向城市外围发展区域、向省内和省外等地有序转移，为发展现代服务业腾出空间。仅2010年一年，广州市就向市外转移企业147家，其中转移到省认定的产业转移园92家；腾出土地143.7万平方米；减少粉尘排放量约1000吨，大大改善了广州的发展环境。2010年3月底，广州市政府又在香港抛出新的引资政策：将在未来10年启动54平方公里中心城区的旧城改造，并将通过多种方式推进优化土地存量，拓展用地空间用以发展现代服务业。

到亚运会开幕前，广州市内环路以内已经基本上没有制造业企业，原有300多个零星分布的工业园区，重新整合为40多个现代产业集群，彻底改变了过去"村村点火、户户冒烟"的发展格局。得益于"退二进三"和"三旧"改造，2008年到2010年的三年间，广州万元GDP能耗每年平均下降4.5%左右，单位工业增加值能耗在2009年下降10.7%的基础上，2010年上半年再下降12%。

按照规划，广州在2015年将最终完成中心城区环保类和危化品类企业搬迁、停业、关闭工作，引导一批不适宜发展的企业向11个承接产业基地转移。中心城区将因此腾出超过25平方公里的土地用于发展现代服务业。

在亚运之年开业的广州T.I.T创意园，便是广州实施“退二进三”战略，推动经济转型升级的标杆典范。

创意园的前身是广州纺织机械厂（简称纺机厂），纺机厂成立于1952年，经过多年的发展，至20世纪90年代初达到最鼎盛的时期。但在90年代的中后期，受国家对纺织业宏观调控的影响，纺机厂生产经营严重下滑，2004年起工厂生产大幅萎缩。2007年7月，纺机厂正式停产，并由此拉开了创意园建设的帷幕。

拥有纺机厂的广州纺织工贸集团此前已根据广州市委、市政府关于“退二进三”和产业转型升级的要求，大力推进纺织工业的“退二进三”步伐，制定了在花都建设纺织产业园，将工业企业从中心城区加快转移出去；利用腾空出来的土地物业资源进行以纺织服装为主题的创意设计（创意园）、研发教育（纺织服装学院）、会展商贸（科贸园）、物流业务（产业园）等现代服务业的计划。

经过策划研究和专家论证，广州纺织工贸集团决定首先启动创意园的建设，并且利用保留了300多棵大树、生态环境得天独厚、建筑物多为五六十年代工业厂房的广州纺织机

创意摄影工作室内的现代设计与旧厂房达到了和谐统一。

械厂建设广州IT创意园。

纺机厂停产了，但却是这个老厂房走向新生、迈向未来的新起点。经过18个月的修旧如旧、建新如故的巧手改造，这个昔日满地油污、机器轰鸣的厂房，实现了从生产纺织机械到输出时尚创意、从纺织老厂房到时尚创意园的美丽蜕变。

如今，创意园成为了设计师、艺术家、专业模特、时尚人士向往的梦工场，成为了以广州2200多年的历史积淀与服装文化底蕴为背景；以服饰、时尚、创意、文化、艺术为主题；以吸引国内外时尚界著名设计师、名模、名企、名牌进园发展为目标；以设计研发、产品发布、信息交流、专业培训等多功能服务为纽带的创意产业园。

除了纺机厂外，白云皮革工业公司、镇泰玩具厂等一批国有和民营企业也在亚运筹办过程中实现了“腾笼换鸟”，目前广州利用“退二”老厂房、老仓库，已建成30多个创意产业园，吸引近30个国家和地区的1000多家各类设计创意企业入驻，集聚了2万多名创意人才，为广州开创了一个新型的充满无穷潜力的新产业。而广州外围也已基本建成广日工业园、国际橡胶工业园等9个高端产业园区，实现了产能提升和产业集聚发展。

根据规划，广州今后在中心城区腾出的25平方公里土地上，将打造五大功能区——珠江新城及其延伸区员村定位为金融商务区；琶洲核心区定位为国际会展区；白云新城是包括居住、商贸的北部城市副中心；白鹅潭作为广佛之心是国际商业中心；新城市中轴线南段则将成为岭南风格的行政办公区。

在全力提升高端服务业水准、建设国家服务中心城市的同时，广州也没有忽视高端制造业的发展。做大做强先进制造业高端环节，构建具有国际先进水平的制造业基地，同样是广州经济“双轮驱动”的重要一轮。

在后亚运时代，广州将扶助有优势的已经建立了产业链的先进制造业，放弃已经成为夕阳工业的某些重工业，大力吸引投资，尤其是引进新兴高科技工业中的研究、开发、管理部门。2010年4月，广州提出加快培育十大战略性新兴产业，初步选定新能源、节能环保、电动汽车、新材料、新医药、海洋生物、软件和信息服务、新一代宽带无线移动通讯、物联网和下一代互联网、半导体照明等十大领域作为广州市战略性新兴产业的重点发展方向。

目前，广州战略性新兴产业发展规划正在制定中，参与相关规划调研的官员表示，广州产业发展会坚持高端化、集群化、国际化发展战略。以现代服务业为主攻方向，通过发展战略性新兴产业和先进制造业，全面提升高端要素集聚、科技创新和综合服务功能，从而增强广州在新一轮经济发展竞争的优势，强化作为国家级中心城市的集聚、辐射和带动作用。

亚运助力珠三角城市群发展

2010年10月1日，亚运会开幕前的国庆长假第一天，闻名中外的广州北京路步行街一日之内就迎来了56万多人次的四海宾朋。2200多年来，这里始终是广州城的中轴线，被誉为中国城市发展史上罕见的活标本。

然而在过去的20多年间，一条城市新中轴线在北京路的东面悄然形成。1987年广州成功举办第六届全运会，天河新区就此崛起；2001年广州再次举办第九届全运会，东部板块在地铁的沟通下满盘皆活，城市发展空间由此倍增。一次体育盛会改变一座城市，广州人可谓深解其中滋味。

2008年底出台的《珠三角改革发展规划纲要》，明确了广州作为国家中心城市的定位，也让广州人更有理由拭目以待：2010年举行的亚运会，必能为这座经济社会飞速发展的活力之城带来更大的变化。

心有多大，舞台就有多大。以亚运为坐标，以场馆为骨架，羊城勾画出城市结构多中心发展的美丽蓝图。按照全市“东进、西联、南拓、北优、中调”的发展战略，广州合理分布各亚运场馆，塑造出多中心、多功能的城市空间布局，推进城市发展由单中心向多中心结构转变，形成了广东奥林匹克体育中心、天河体育中心、大学城、亚运城及花园酒店（总部酒店）周边场馆等五大配套设施完善的场馆群，并辐射到广州市10个区2个县级市和佛山、东莞、汕尾3个分赛区城市。其中，亚运城、南沙体育馆建设是南拓战略的重要节点，特别是亚运城的建设，对于广州新城的启动，促进广州整个城市空间结构的调整，具有战略意义。这也是广州亚运会促进广州经济可持续发展的法宝之一。

按照亚奥理事会的要求，亚运城与各比赛场馆的距离不能超过45分钟的车程。按此要求，广州原来想把亚运城建在广州奥体中心旁边的广氮地块上。后来，认为不能就亚运办亚运，还是要着眼于广州的长远发展布局，把亚运城的建设与广州“南拓”战略实施结合起来。按照这个思路，广州市说服亚奥理事会官员，及时调整亚运城规划布点，将亚运城建设转向现在的番禺区南村，纳入规划中的广州新城范围，坚持以“场馆建设带动周边地区发展”，按照“政府主导，成片开发，完善配套，整体出让”的建设模式，把亚运城规划建设成为一个集体育、文化、会展、旅游、商务于一体的大型综合社区，为将来启动规划居住100万人口的广州新城开发建设奠定了坚实基础。

广州新城之于广州，不亚于浦东之于上海，滨海新区之于天津。

广州市政府在2005年出台的《面向2010年亚运会的广州城市发展》文件中，明确把广州新城和已建设了20年的天河新城，并列成为广州未来的两个城市发展中心。其总面积达228平方公里，包括番禺的“五镇一场”，即东涌、鱼窝头、石楼三镇和珠江甘蔗厂的全部，以及石碁镇和化龙镇的部分。其中，亚运城所在的石楼镇面积126.5平方公里，占据广州新城的半壁江山。

“广州新城是广州最后一块战略储备地。”谈到广州新城的选址，广州社科院研究员、《广州新城发展模式报告》执笔者彭澎说，广州空间拓展曾提出“南拓、北优、东进、西联”。北边由于有白云山和从化的山系，是生态敏感区和水源地，发展受到一定限制；往西是佛山；往东走面临东莞和惠州；往南走是南沙，而居于广州中心城市和南沙中间的就是广州新城。广州新城的发展，涉及到广州最终能不能向滨海城市转型。

假如把亚运城和广州新城放在整个珠三角的地理坐标上看，意义更为重大。

根据《珠江三角洲地区改革发展规划纲要（2008—2020）》阐述，广州要建成珠三角地区一小时城市圈的核心，面向世界、服务全国的国际大都市。

根据这一要求，亚运城的历史责任越发清晰：广州以亚运城273万平方米为引爆点，启动占地面积达228万平方公里的广州新城建设，珠三角之心的蓝图，从此变得触手可及。政府不仅在规划配套上大手笔频出，更为这座新城匹配了傲视群雄的珠三角立体交通体系。这块位于番禺石楼、莲花山下、珠江出海口的土地，正好居于珠三角的几何中心，已经通车的京珠高速、南沙港快线、地铁四号线和规划的沙湾干线、珠三角环形高速、穗深港铁路客运专线、地铁10号、12号线将凸显其交通优势，无论是抵达广州CBD，还是前往佛山、中山或是香港深圳、澳门珠海，时间都在1个小时左右。

此外，广州新城的发展势必与对岸的东莞形成互动，从而打通珠江两翼，珠三角的格局也因此从相对单一的“人”字形变成更为开阔便利的“A”字形。

实际上，正如亚运城及广州新城的开发，将使珠三角各城市间的人员、商贸往来更加便利、联系更加紧密一样，亚运会已经成为珠三角城市群一体化的“催化剂”，区域联办、环境共治、交通一体、机遇共享……凡此种种，让珠三角一体化的炉火烧得越来越旺，曾经各自为战的珠三角9城市，借助亚运会的机遇和舞台，越来越以整体的姿态，参与全球经济大循环。而作为珠三角“领头羊”的广州，也由此获得了更广阔的发展空间。

经过国家体育总局的批准和广东省委、省政府的决定，亚运会以广州为主，适当辐射周边城市，佛山、东莞和汕尾3个城市也共襄盛举。3个协办城市4个项目共产生43块金牌，占整个亚运会金牌总数的9%；其中拳击和花样游泳在佛山举行，举重在东莞举行，帆船在汕尾举行。

通过亚运会，颇具规模、特色的珠三角城市群将被推到全亚洲、全世界面前。广州千年商都的风采、东莞作为世界工厂的另一面、佛山制造业的强大、香港赛马业的发达……都借亚运之机有了一次整体亮相，并实现整体影响力的提升。

如今珠三角几乎每个城市都有角色，广州被定位为国家中心城市，东莞要提升制造业，深圳则发展高新科技，香港为金融中心，珠海、澳门为消费服务休闲带。亚运会又给珠三角融合带来了哪些实质效果？

借助亚运东风，这些城市有了进行内部资源整合的更好机会，衍生出了系列制度合作。环保方面，2008年，粤港珠江三角洲区域空气质量监测网络建成，成为我国第一个覆盖面广、监测仪器完备、监测项目齐全的区域性空气监控网络；交通方面，珠三角区域大年票制加速推进，广州、佛山、深圳、珠海、东莞、中山、江门7个城市之间将分别实现年票互通；广州、佛山、东莞等“兄弟”食品药品监管部门还形成了稽查合作机制……

硬件方面的建设更为突出，力度最大的当属交通建设。亚运会落户广东以来，珠三角轨道交通网络建设高速铺开，以广州为中心的珠三角一小时生活圈上了一个台阶：2010年，广珠铁路与广港深铁路轨道交通线路建成，广—珠—澳、广—深—港两轴沿线城市实现一小时工作生活圈；随着广州南站启用，时速达350公里的武广高铁飞驰南北；由8条线路、148座车站、235.7公里轨道组成的广州地铁交通网，将覆盖80%以上的亚运比赛场馆，直接连通佛山，全力为亚运提速；优质的空港、海港、道路将珠三角与全国各地、世界各地紧密相连。

交通网络的逐步完善，将促进整个珠三角城市群的大发展。

广州亚运会不但促进了珠三角9座城市的融合，还有助于推动广东与香港、澳门、台湾地区合作，最终形成大珠三角乃至泛珠三角城市群。

环顾当今世界，参与全球竞争的基本单位已经不是城市而是城市群。放眼全球，纽约、伦敦、东京等发达国家城市群已经昂首在前，位列全球综合竞争力排名前三甲，其经济总量、国际化程度、人才资源等指标均非同一般。

经过30多年的高速发展，广州、深圳、东莞、佛山珠三角等9市与香港、澳门、台湾等大珠三角乃至泛珠三角区域已经表现出整体城市群的初步特征，将对国家经济的整体实力和竞争力的提高起到十分关键的作用。

然而，与纽约、东京、伦敦城市群相比，珠三角城市群不具备这些城市所特有的聚集政治、经济、科技、文化等各种资源的优势和能力，人均GDP水准还是有较大差距。目前珠三角城市群的合作还不稳固，在全球来看仍只能算第二梯队。

亚运盛会的举办，不单是荣耀的光环，也不是局限于广州的发展契机，还将有助于大珠三角乃至泛珠三角城市群成型和发展。

广州市社会科学院产业经济与企业管理研究所所长尹涛认为，大珠三角城市之间的互动会因为亚运会基础设施的建设而变得更为灵活和方便。再加上2011年将要举办的深圳大学生运动会，都无疑给大珠三角城市群带来了新的融合契机。

事实上，自广州申亚以来，港澳台地区无论是在经济还是文化等方面，与广州一直保持着“亲密接触”：2008年7月，穗港确定要合力打造国内最大的赛马场——从化亚运马术场；2009年10月，台湾啤酒成为广州2010年亚运会合作伙伴，开创台湾企业赞助大陆举办的国际比赛先河；2010年7月，澳门举行了“澳穗携手迎亚运 倒数百日汇濠江”系列宣传活动……

可以想见，亚运会如同一台加速器，将加快大珠三角城市群进一步完成原始积累，在产业、资金、市场、服务、文化等诸方面做好积淀，使大珠三角城市群最终定型。有研究指出，2038年，由珠三角9市和香港、澳门构成的“珠三角都会区”的GDP将达到2.7万亿美元，与纽约都会区的经济规模相当。而如果按照购买力平价折算，据保守估计，珠三角都会区在2020年的经济规模就将超越纽约、东京、伦敦三大都会区跃居世界首位。

第三节

AI XIN MAN CHENG

爱心满城

在亚运会开幕后，一段广州“红衣阿婶”的微博视频在互联网上蹿红：一位身着红衣的广州阿婶和前来参加亚运会的科威特足球教练在广州地铁里互相让座。“红衣阿婶”谦和地说：“您是客人，您请坐！”这温馨的一幕被同车乘客拍下后发上微博，网上围观和转发人气一路高涨。网友们大赞科威特教练有素质有风度，同时也不吝赞美之辞，把这名“红衣阿婶”亲切地称为“广州主人”。

同样在网络上走红的还有“亚运沙发客”的故事。亚运会开幕前夕，一个名为“亚运沙发客”的网络群应运而生。广州“沫沫”、“达哥”等6位“沙友”在天涯、猫扑等网络社区发帖，倡议广州市民做“沙友”，为远道而来观看亚运的海内外客人提供免费的沙发借宿，分享岭南文化，体验广东风情，感受广州市民的待客之道。

这两起民间自发引起的网络热点事件看似很小，却再真实不过地折射了广州市民开放、自信、大气、友善、真诚的精神面貌。促进人际交流、提升社会文明、加强人文关怀、倡导和平友谊，这既是亚运圣火四年一次燃烧的主旨，也是广州举办亚运会的宝贵收获。亚运会改变了广州的城市面貌，也改变了每一个广州人的心灵面貌。这种改变将穿越历史的长廊，对城市的永续发展产生持久的影响力与推动力。

志愿服务留下广州烙印

2011年1月13日上午，广州亚运会、亚残运会志愿者工作总结表彰大会在市委礼堂隆重举行，近万名亚运志愿者、700多个集体、100个志愿服务项目获得嘉奖。共青团广州市委员会、广州亚运会、亚残运会组委会志愿者部被授予“联合国卓越志愿服务组织奖”，这是继北京志愿者协会荣获“联合国卓越志愿服务组织奖”后，中国志愿服务工作受到联合国志愿人员组织又一次极高的褒奖。

热情服务的志愿者们展现了良好的精神风貌。

大型活动志愿服务在广州有着悠久的传统。早在1986年全国六运会期间，广州就开展了“微笑的广州”系列活动，组织了共青团义务服务队，将微笑的旋风刮到了全国，最早树立了广州服务的品牌。后来随着全国九运会、中国音乐金钟奖、第八届全国少数民族运动会等大型体育文化活动相继在广州举行，广州志愿者以热情服务传递友谊，用真诚微笑树立形象。在2001年，“情满九运”志愿服务中，广州志愿者组织共建立320个服务站，通过为2万多名运动员及来宾提供了细致周到的服务，成为九运会上的亮丽风景线。

2009年举行的苏迪曼杯，是亚运会前广州志愿者的一次备战检阅。800名广州志愿者青春靓丽、热情朝气的脸庞，永远铭刻在参会官员、运动员、教练员、媒体记者的脑海中。接赛结束时，国际羽联官方机构Badminton photo的编辑Raphael专门对志愿者发来感谢信。Raphael在感谢信中说："对于我们的任何要求，你们总会面带微笑地给予最大的帮助。这也许只属一些琐碎之事，但有了你们每次的竭诚协助，我的工作才得以在严格的摄影记者守则下顺利开展。这次在广州的工作经历让我留下了美好的回忆，真的非常感谢你们。对于我们而言，这些友好和乐于助人的工作人员是最好的。你们的努力工作和在比赛期间的奉献值得你们国家引以为豪。你们就是体育界最好的外交大使，就像最顶尖的运动员一样。" Raphael代表Badminton photo向在苏迪曼杯羽毛球锦标赛期间给予参赛人员帮助和服务的志愿者致以最诚挚的感谢，并希望在2010年广州亚运会再次见到这些可爱的工作者和志愿者们。

在广州亚运会、亚残运会的赛场上，共活跃着8.5万名亚运会、亚残运会赛会志愿者，人数远远超过往届亚运会，这其中不乏专业性的志愿组织。赛会期间，广州有2000多名医疗专业志愿者随时准备提供服务，全市12个区（县级市）则组建了18支约220人的专项应急队伍；此外，根据亚运医疗急救预案，近2500人的专项医疗队伍也时刻待命。由于身着绿色的志愿者服装，这些志愿者被广州人亲切地称为"绿羊羊"。

亚运会期间，以在校大学生为主体的赛会志愿者活跃在赛场内外，给亚运带去一抹温馨的绿色，也给我们留下了珍贵的绿色记忆。

杨义文是广州边防指挥学校2009级学生，亚运期间，他在海心沙等场馆担任安保志愿者，曾经在手检员、物品检查员、前引导员、前传员等多种安检执勤岗位提供志愿服务，被誉为"最醒目"的志愿者。

2010年9月30日，亚运会开幕式在海心沙进行第一次全面彩排，也是第一次进行最正规的安全检查，这一天，杨义文被安排在 9 号安检门执勤。

"阿姨，请你停一停！"彩排开始前，一个清洁工推着垃圾车正要通过安检口，杨义文上前礼貌地拦住了她。杨义文并未向其他志愿者多作解释，而是向清洁工提出了检验垃圾的要求。杨义文用手拨开脏臭的垃圾，将要触及车底的时候，他摸到了一个黑色塑料袋，打包得非常严实，他当即将塑料袋取出并打开，里面竟然装着200多个打火机。

回忆起当时的情形，杨义文说，自己的执著事出有因。在拦截这辆垃圾车之前，曾有

“微笑使者”表演唱《一起来，更精彩》。

一个接受安检的工作人员随口说了句：“今天不能带打火机了，要是有人混些进去，准能发点小财。”这句话提醒了杨义文。当天，他很敏感地察觉，这个熟口熟面的清洁工，神情与往常有些微差别，“有点不自然。”凭着专业课上所学的察言观色技巧，杨义文决定要查一查垃圾车。

此事过后，杨义文不但获得“最醒目”志愿者的美称，他的机警和观察入微也在志愿者中传播开来，“即使是老面孔，即使可以省点事，我们也不会随便放过。”

被网民称为“微笑姐”的吴怡，是广东外语外贸大学南国商学院经济系大一学生。经过培训考核及综合评审，吴怡正式入选为第16届亚运会颁奖礼仪专业志愿者，并参加了10月9日在北京举行的圣火采集仪式。

身穿白色衬衣、黑色外套的礼仪志愿者吴怡在开幕式后备受关注，在亚运直播的报道中，“漂亮礼仪小姐，始终微笑楚楚动人”的回放视频，让吴怡获得了“微笑姐”的美誉。

吴怡事后接受采访时表示，她自己并不知道被镜头连续拍到。能够出色完成开幕式上的任务，自己很激动。不管有什么荣誉，都是代表所有礼仪志愿者的，“其实大家都是一样的，只是具体负责工作不同。”

张弛是中山大学法学院2007级学生，亚运期间是亚运村MPC（主新闻中心）餐饮部亚运志愿者，他有一个绰号叫做“撕票帝”，这个绰号来源于他超乎一般的“业务量”——日印万张饭票，每餐撕万张饭票。

有一家媒体要领取亚运期间的所有饭票，张弛一个人一天印了15000张饭票。此外，他每天要在上万张饭票上从个位到万位写上编码，然后，每餐亲手清点上万张饭票。

张弛称，给饭票编码一点也不能马虎，编多一个码或者多数一张饭票，亚组委就会因为志愿者的失误而损失100元人民币。撕一张票轻而易举，但撕一万张呢？“撕票帝”一天下来常常双手红肿，“也许有人会觉得这个程序很繁琐，但我觉得，只有程序公正，才能更好地实现‘节俭办亚运’的理念。”

绿羊羊中也不乏外国留学生的身影。20岁的莉莉娅来自俄罗斯，现在是中山大学国际交流学院大三的留学生，因为金发碧眼的精致外貌以及活泼亲和的形象，她成为亚运志愿者队伍中“最吸引眼球”的志愿者。

莉莉娅认为，当志愿者可以帮助别人，同时提高自己。虽然以前的英语能力不好，但为了更好地服务亚运会的各国来宾，莉莉娅不断加强英语学习，现在英语听说读写能力都有很大提高。莉莉娅也热衷于参加各类社会实践活动，擅长俄罗斯民族传统舞蹈。

莉莉娅的志愿者工作是服务于在开幕式上表演花样游泳的俄罗斯表演团队，担任她们的翻译，成为俄罗斯表演团队与其他海心沙工作人员的沟通桥梁。在没有排练任务的时候，莉莉娅充当俄罗斯表演团队在广州的导游，带俄罗斯团队的演员们游览广州的名胜古迹，感受广州文化。

一条五彩缤纷的彩带，却能变换出多种时尚造型——护腕、围巾、头带、折叠方巾……一个温暖的动作，右手在左胸口心脏处做出“大拇指”的形状，却能展示志愿者的身份，传达“我志愿、我快乐，用心服务我最棒”的动作内涵……在亚运会筹办期间，广州亚运志愿者还发明了“志愿彩”和“志愿礼”这两种志愿者醒目标志，不仅为亚运志愿服务注入了时尚、动感的广州风格，也给中国的志愿服务活动打下了鲜明的广州烙印。

“‘志愿礼’不仅是志愿者在广州亚运会运行期间进行志愿服务时的一项礼仪，更为重要的是，在广州亚运会结束后，‘志愿礼’仍将在全国志愿者和志愿组织中进行广泛的推广应用。”亚组委相关负责人介绍说，“志愿礼”将成为志愿者的身份标识，对全国甚至全世界各地的志愿服务事业产生长远的影响。

正如“志愿礼”的推行将成为广州亚运会的特色一样，“志愿彩”的创作和推广也将成为本届广州亚运会志愿服务工作的一大亮点。你看，女孩子们头上七彩亮丽的头巾、脖子上五彩缤纷的丝巾、手腕上动感十足的护腕，原来，通通都是“志愿彩”变换而来的装饰品，这种亚运会志愿者佩戴的彩色多用巾，将是亚运志愿者服务和承诺的标志。

据亚组委志愿者部相关负责人介绍，通用版“志愿彩”以热情洋溢的木棉红色为主基调，配以广州亚运会志愿者特有的“心脚标”，极具岭南特色又充满着时尚活力；城市版“志愿彩”则以彩虹七色作亮点，充满青春气息。

“布料极富弹性，使用者可以用来围脖、挡风、擦汗、呐喊助威时甩动、装饰等等……”志愿者晓霖兴奋地说。亚组委志愿者部还特地邀请在年轻人中拥有众多粉丝的新生代歌手韩庚作为“志愿彩”代言人拍摄宣传片，吸引了更多年轻一辈的关注。

为了宣传推广“志愿彩”，亚组委还成立了由新丝路模特、西关小姐组成的“志愿彩”形象示范团，联合网易亚运频道和各大高校举办“志愿彩”时尚达人的海选活动，鼓励志愿者发挥想象力，赋予“志愿彩”更多的使用方式或找出佩戴最时尚的志愿者，通过亚运频道“志愿彩”的专题图片展示所有参与到此活动的志愿者，并票选出最受大家欢迎的时尚达人或时尚佩戴方式。

在亚运会筹办过程中，以“80后”、“90后”为主体的赛会志愿者，除了有个性，够时尚，还无时无刻不传递着敢担当、肯奉献的精神力量。也正是亚运这个良机，让人们有机会拨开迷雾，发现过往对“80后”、“90后”这些所谓新新人类的诸多疑惑与误解。这些年轻人的志愿精神，和广州这座市民气息浓厚、助人自助传统悠长的城市有着深厚的关系，更加与这年青一代在社会变化中生发的独特精神气质密切相关。

全民参与提升文明素养

除了以青年学生为主体的8.5万赛会志愿者外，广州亚运会还拥有一支多达50万的城市志愿者。他们来自于各个社会阶层，职业不同，年龄各异，但都有着一颗服务亚运、传播文明的热诚之心。

63岁的史静芷老人家住广州市越秀区六榕街，街坊们都亲切地叫她史老师，她已经退休8年。但是在亚运会到来前夕，本应享清福的她却比退休前更加忙碌了。她是六榕街的亚运志愿者服务队队员。“不仅仅是我，我丈夫、外甥、外甥女甚至96岁高龄的老父亲在得知亚运招募志愿者以及工作人员的时候，第一时间都报了名。”史老师动情地说。

在广州，像史静芷这样希望融入亚运的市民不在少数，随便一个街坊都能把“亚运”娓娓道来。自2009年4月广州亚组委启动志愿者招募到2010年10月报名结束，申请做志愿者的人数超过150万人，创造了历次大型赛会志愿者报名人数之最。在由亚组委志愿者部、共青团广州市委在广州全市开展的“亚运志愿服务”系列调查中显示，超过98.2%的受访市民了解志愿者，83.4%的受调查市民认为志愿服务是服务社会的有效方式，希望能够成为亚运志愿者的市民达95.7%。“志愿服务人人可为，时时可为，处处可为，任何人只要有意愿、可为亚运会贡献力量者均可报名成为亚运志愿者。”亚组委志愿者部部长、团市委书记王焕清表示，这成为市民争相“参与”亚运的主要方式。

除了普通的市民外，广州的城市志愿者招募也吸引了不少知名人士参与，中国工程院院士钟南山、中国科学院院士何镜堂，演艺界名人刘德华、谭晶、林志玲、张敬轩、林依轮、周笔畅，国际名模、世界小姐吴英娜，奥运冠军邓亚萍、陈燮霞，网易CEO丁磊等一大批名人加入亚运会志愿者队伍中，他们将通过自身的影响力带动国内外热心人士加入亚运志愿者队伍。这些名人有的是做专业志愿者，如钟南山院士将成为医疗志愿者；有的参与亚运会宣传工作，如丁磊、吴英娜；有的将为亚运会创作演唱歌曲，如刘德华、张敬轩。为充分发挥这些知名人士志愿者的示范带动作用，亚组委专门成立了亚运志愿者名人堂。他们热情邀请国内外文艺、体育、科技、美术等各界名人加入亚运会志愿者队伍，为办好亚运会贡献力量，并将陆续向有关知名人士发出专门邀请。

“让广州亚运会像北京奥运会一样成功，甚至比北京奥运会取得更大的成功。”钟南山院士的呼吁代表一众城市志愿者的心声。他表示，志愿服务是最善良、最崇高、最纯洁的事业。他呼吁每位市民都行动起来，成为亚运志愿者，以实际行动投身亚运志愿服务，关心亚运，支持亚运，更奉献于亚运。

在最终招募的50万城市志愿者中，有5万名站点志愿者被分配到全市500多个“西关小屋”，开展秩序维护、语言翻译、信息查询等志愿服务。

“西关小屋”，一个古色古香的名字。作为亚运志愿者服务站点，“西关小屋”有着极具岭南传统建筑风格的外观，里面则配备了时尚现代的设施。亚运会期间，将近600个“西关小屋”遍布广州全城，这里不仅提供问讯服务，还设计了一些参与性很强的活动。比如，小屋里有一个电视电脑一体化的“水晶球”，用来拍摄市民笑脸，参加“亚运最美笑脸”评比活动，还可以收集亚运祝福，汇聚起旺盛的人气。

亚运会期间，位于广州滨江路大元帅府广场的“西关小屋”旁，总是人流如织，几位志愿者从早到晚一直都要忙着接待市民和游客。“很忙，来我们站点咨询的人特别多”，

别具岭南风情的新生活驿站。

志愿者洪钰说。一天三班倒，工作八小时，虽然几个人都有不同分工，“但忙起来就不分彼此了，哪里需要人，就去哪里帮忙。”

在亚运城的运动员村里，“西关小屋”也是各国运动员们有疑难时最常去的地方。如果说亚运城是近万名运动员在广州温馨的家，那么小屋里的志愿者就像是他们贴心的家人。

“亲爱的志愿者，谢谢你们的周到与热情”。这是几位菲律宾运动员的留言，当他们正在为怎么去市区讨论时，志愿者张安琪及时、详细的解答令他们非常满意。

一位塔吉克斯坦随团官员，刚进运动员村时还有点“找不到北”，径直来到“西关小屋”寻求帮助。志愿者许银芝热情地带他到国际区商店买衣服、剃须刀、电话卡，到银行换人民币。分别时，这位官员连声夸赞她外语流利、待人礼貌。

遍布广州各处的“西关小屋”，也是向各地宾朋传播传统岭南文化的好地方。“传说广州亚运特使”就是一项独创的亚运城市志愿活动。在广州亚运会开幕后，有36名“传说广州亚运特使”在“西关小屋”亮相。其中一位名叫梅杰的“特使”，一身广州传统的“东山少爷”造型很是显眼，作为岭南文化传承创新的广州市级课题负责人，梅杰对广州城市的形象和岭南文化有深入研究。“通过这次亚运会，岭南文化也可以走向亚洲、走向世界。能够用自己掌握的知识为亚运会贡献一份力量，我很荣幸。”

在50万城市志愿者中，还有45万名文明志愿者，他们在比赛场馆周边、全市主要交通路口、公交站场、社区、公共广场等处开展公共秩序维护、公共文明倡导等志愿服务。由于手上常常拿着“大拇指”模样的标牌，他们又被称为“大拇指一代”。

“小伙子，你很棒！”一位满头银发的志愿者向赶时间的快递员竖起大拇指，这让正想闯红灯的小伙子尴尬地收住脚步。2009年6月14日，广州市中山五路至吉祥路路口等城区主要路口出现一队队头戴小红帽的志愿者，他们用倡导文明出行的“大拇指”拉开了广州亚运城市志愿服务的序幕。

作为首个亚运城市志愿服务项目，“大拇指”活动向市民推广“大拇指行动规范”，引导市民在日常生活中及时地向文明礼让、遵守交通规则的人竖起大拇指，表示感谢和鼓励，向不文明行为竖起大拇指表示提示和制止。

志愿者们有的协助维护秩序，有的向行人派发“大拇指”宣传书签，邀请路人按指印承诺文明出行，更多的则向遵守交通规则、文明礼让的行人竖起自己的大拇指。

活动现场，一位金发碧眼的大个子志愿者引人注目，他一直忙着向大家来回分发宣传资料，邀请大家加入“大拇指”爱心大使行列。大个子名叫希拉斯，是来自美国的留学生。他才到中国不久，普通话还不流利。听说了大拇指志愿行动，他就邀身边的朋友一起来了。

一个上午，希拉斯发动了100多行人加入爱心推广大使的行列。“亚运就要到了，广州志愿者，很棒！”希拉斯在记者的镜头前，摆了一个大拇指的标志。

据统计，仅活动当日一天，全市就累计有1.3万人成为大拇指爱心推广大使，并在路口进行了十分钟的交通秩序维护体验。

“新生活行动”、“大拇指行动”、青少年迎亚运精神文明志愿服务活动、“绿色迎亚运，羊城碧水行——广州青年暨志愿者参与河涌整治系列活动”……在亚运筹办期间，大规模不间断的志愿服务活动，不但提升了城市的环境面貌与管理水平，也让越来越多的市民关注志愿服务、理解志愿服务、加如志愿服务。据统计，到亚运会开幕前夕，广州志愿者组织超过了900个，全市注册志愿者总数达116万人。参与亚运志愿服务的青少年和市民群众超过1000万人次，志愿者累计服务时间超过1.28亿小时。志愿服务已经成为了羊城全民参与的新风尚。

与此同时，市民也切身感受到亚运会不仅仅是一场体育盛会，更是城市和居民发展自我、完善自我、提高生活品质、丰富精神追求的历史机遇。像“红衣阿婶”、“亚运沙发客”这样自觉支持亚运、服务亚运的行为在羊城大地随处可见。“一起来，更精彩”的志愿理念广为普及，“人人都是东道主，个个都是志愿者”，真正做到了全民动员、全民参与。

在亚运会与亚残运会筹办与举办期间，广州还坚持每月组织一次城市公共文明指数测评，深入推进“迎亚运、讲文明、树新风、促和谐”全民行动和“爱国、守法、诚信、知礼”现代公民教育，广泛开展“争做好市民、当好东道主——亚运广州行”等市民素质提升教育系列活动，市民在日常生活中的文明素质进一步提高，我们既可以看到越来越多的

7月30日，由团市委、亚组委志愿者部组织的100个"大拇指家庭"进公园活动在荔湾湖公园举行，360多名志愿者参与服务。

广州市民在公共汽车上让座，也可以看到越来越多的广州人在大剧院静静地倾听音乐会。从有口皆碑的"绿羊羊"、"大拇指"到为人所熟悉的"微笑在广州"，从"广州市民文明公约"的颁布到市民文明行为突出"十大亮点"，从归纳总结《广州市市民礼仪手册》到人群熙攘的"市民礼仪动漫大赛"……在筹办亚运的过程中，广州市民的文明礼仪素养得到有效提升。

扶残助残塑造爱心之城

如何认识和对待残疾人和残疾人事业，是衡量社会文明进步程度的重要标准之一。在亚运会成功落幕半个月之后，广州又举办了亚洲残疾人运动会。这是亚残运会第一次与亚运会统一在一个城市举办，广州也将作为首届亚残运会的举办城市而被载入史册。国际残奥委会主席克雷文如此评价首届亚残运会："我们已经有了残奥会、冬季残奥会，现在又有了亚洲残疾人运动会，这将是残疾人运动会史上的新突破。"

自2006年11月28日获得亚残运会承办权以来，广州就始终坚持"两个亚运、同步筹办、同样精彩"的原则，参照亚运的标准，确定了赛会服务政策和运行程序。组委会有序展开亚残运会场馆建设、竞赛组织、运动会服务、志愿者、宣传推广及城市运行保障等方面的筹备，为赛时运行奠定了良好基础。

亚残运会组委会参考亚运会标准，制订了亚残运会住宿（无障碍客房）、餐饮、交通（无障碍车辆）、气象、环卫、公共卫生等相关政策，确定了总部饭店、指定接待饭店、定点医院。与亚运会同步，落实了场馆礼宾接待设施、外事工作团队以及旗徽歌、口岸服务、语言服务等；确定了主播机构、媒体政策、转播计划和信号制作计划；开、闭幕式门票售票，竞赛项目免费进入的票务政策。

亚残运会的奖牌制作、体育展示、颁奖仪式等也与亚运会同步筹备。组委会明确，亚残运会沿用亚运会工作团队，培训工作也是在亚运会通用培训的基础上，增加服务残疾人的内容。在亚残运会开幕前，广州完成了2.5万名志愿者招募工作，集中培训近6000名骨干志愿者。广州亚残运会还专门招募了一批残疾人志愿者。

为扩大亚残运会的社会影响，组委会先后组织了会徽吉祥物口号发布仪式、倒计时一周年晚会、新年晚会、倒计时200天、倒计时100天系列活动以及上海世博会广州亚残运会宣传活动等，编辑出版了亚残运会会刊《我们》及3本亚残运会知识读本。

考虑到各国、各地区残疾人奥林匹克运动发展水平不一、有的国家和地区残疾人体育事业经费不足，为支持亚洲各国和地区的残疾人运动员参加首届亚洲残疾人运动会，广州亚残运会组委会还特别制订了资助方案，为每个代表团提供5个资助名额（其中3名必须是参赛运动员），提供慈善捐助和无障碍车辆配置等。

无障碍设施是残疾人走出家门、创造新生活的重要条件，推进无障碍设施的改造、完善，不仅是举办亚残运会的现实需要，也能在赛后为残疾人、老人和有需要的市民创造更好的生活环境。为此，广州亚残运会场馆无障碍设施与亚运主体工程同步施工、同步验收、同步交付使用。

广州市无障碍设施建设自20世纪90年代初举办第三届全国残疾人运动会开始，经过10多年的大规模建设和改造，各项指标均居于全国前列，还在2005年2月被国家授予“全国无障碍设施建设示范城”称号。

结合2010年亚残运会举办的要求，广州市于2008年4月颁发了《广州市创建全国无障碍建设城市实施方案》，加大无障碍设施新建和改造力度。首先是从设计、审图、施工、验收多个环节加强源头控制，坚决消除新建项目无障碍设施漏建情况，建立了无障碍设施建设标准全过程管理机制。其次是根据亚残运会场馆布局方案，对沿用亚运会的26个场馆，包括19个比赛场馆、7个训练场馆、运动员村、媒体村、主媒体中心、亚运公园等，进行坡道、盲道、电梯、低位服务设施、厕所、轮椅席位等无障碍改造。此外，广州还以创建全国文明城市为契机，将城市无障碍设施建设改造工作与“创文”任务一起布置，一同实施，一并检查。

目前，广州已建立起一个覆盖全市道路和公共交通设施、公共活动和服务场所的无障碍设施网络，广州市主要城市道路、商业街、步行街改造缘石坡道、轮椅坡道2万多个，新建75条场馆周边道路和城市道路，升级改造113条城市道路，均已铺设有盲道和缘石坡道。在城市主干道约500个红绿灯路口安装了盲人过街音响信号装置，350个路口安装了行人灯闪倒计时器。全市对75个公交站场进行无障碍改造，共推出510台无障碍公交车、100台无障碍中巴和100台无障碍出租车，新增700台无障

现场模拟残疾人乘坐交通工具。

碍车盲人语音遥控报站系统。广州新白云国际机场、广州火车站和城市重要交通枢纽完成无障碍改造。地铁几乎每个车站至少配有两个出入口设置盲道，并有盲文导向牌、求助按钮等设施。52家亚残运会签约酒店也实施了无障碍改造。

2010年12月1日，占地面积约20亩的广州国际残障人文化交流中心正式落成，该中心的落成开创了以残疾人为主题的常年性博物馆的国际先河，为残疾人文化的国际交流提供现代化无障碍的场所，促进了残疾人的国际文化交流，标志着广州为残疾人提供文化服务能力的跨越性发展。

为让残疾人士与健全人一样享受到社会文明进步的成果，广州市把扶助贫困残疾人纳入“十大民心工程”、“惠民66条”，从住、行、学、就业等各个方面关爱他们，共筑“爱心之城”喜迎亚残运会。如今，全市50多万残疾人的康复、教育、就业水平明显提高。

目前，广州市约22570名低保和低收入家庭的残疾人和本人无经济收入的一级重度残疾人，每人每月除享有最低生活保障金外，还享受最高144元的贫困残疾人专项补助金。在农村贫困残疾人安居工程的资助下，累计有3321户享受低保、居住危房（土坯房、茅草房）的农村贫困残疾人家庭住进了面积为50平方米的新房，460户城镇残疾人家庭入住廉租房，其中110户享受租金补贴。

教育就业方面，在政府资助和奖励支持下，95%以上的城镇适龄视力、听力、智力残疾儿童接受了义务教育，广州市康复实验学校、广州市康纳学校填补了国内脑瘫和自闭症儿童少年义务教育学校的空白；盲人高等教育自学考试、华师网络学院残疾人班、电视大学残疾人教育学院以及中央电大奥鹏远程教育管理中心招生点，拓宽了广州市残疾人接受高等教育的渠道。据统计，广州残疾人登记就业率达85%以上。

医疗康复方面，广州建立了覆盖16个病种的贫困残疾人慢性病救助制度，43080名残疾人参加了包括“新农合”在内的社会保险，累计8万多人次的贫困精神病人得到免费门诊，全市残疾人法律援助网络网点达144个，助残志愿者队伍10万多人。为解决孤独症儿童的康复、就学问题，广州市成立了康纳学校，成为全国首家、也是目前唯一一家公立的专门为孤独症儿童提供义务教育与康复治疗的学校。残疾人康复正朝着“人人享有康复服

富有岭南特色的广州2010年亚洲残疾人运动会会徽。

务”的目标推进。

有关专家认为，广州市亚残运会的召开，带动了社会对残疾人和残疾人事业予以更多的关注和支持，提升了全社会人文关怀的整体水平，成为构建和谐社会的一项重要内容；也让市民群众对残疾人的生活和保障关注度持续“升温”，推动广州市、广东省乃至全中国、全亚洲各界人民共同行动起来，支持残疾人康复、就业、教育、扶贫等事业的全面发展。

2010年12月19日，在首届亚残运会的闭幕仪式上，在火炬塔圣火完全熄灭前，火炬手从火炬塔引火种点燃手中的火炬，然后将火种珍藏在火种罐里，寓意燃烧的生命永远不熄。从此亚残运会“开元之火”火种灯将永远留在广州，就像举办首届现代奥运会的雅典一样，今后历届亚残运会的圣火，都将到广州采集火种。除此以外，以“西关窗花”为LOGO的广州亚残运会会旗也将成为亚残运会的永久会旗。亚残运会圣火火种和亚残运会永久会旗长留羊城，是广州通过举办亚运会、亚残运会，国际地位极大提升的见证，也为广州这座爱心之城、文明之城筑起了一座永不磨灭的丰碑。

第四节

XING FU JIA YUAN

幸福家园

2010年10月13日，正值广州亚运圣火开始于广东省内传递的第一天。这一天，广州市民们打开信报箱，发现了一封特别的感谢信——它是由市委书记和市长发来的。

来自河南洛阳的冯学苏在广州工作生活已经40余年，收到感谢信，冯学苏十分激动，第一时间将这封信打开。

只见信中说：“六年前，因为有您的支持和参与，亚运选择了广州！”“……我们深知，大规模的城市建设将给市民正常工作生活秩序带来很大影响，您也许为了亚运夜以继日，也许为了城市建设的需要而不得不搬离多年的居所，也许为了环境整治的顺利推进而默默承受各种不便……您的充分理解和无私奉献让我们充满感激，您的热情参与和大力支持让我们备受感动，广州有您，我们深感自豪！”

而这封信的落款，正是广州市市委书记张广宁和市长万庆良。

从这一天起，广州常住户籍家庭及在本市居住半年以上的流动人员家庭都陆续收到了张广宁书记和万庆良市长签名发出的感谢信以及广州亚运纪念明信片、亚运邮资纪念封、福字贴和亚运珍贵纪念邮票。

冯学苏将广州市花木棉花形状的福字贴贴在了家门口，他说：“为了改变广州的面貌，前阵子广州市搞了很多工程项目，给我们的生活确实带来了许多不便，但是，这是值得的，现在我们看到了工程的效果。广州变漂亮了，道路变顺畅了，到处感到新的气象。

我们要感谢政府做的工作。”

迎接亚运会，创造新生活！——在过去的日子里，围绕这一目标、主题和理念，广州市委、市政府带领民众以以人为本的理念、勇于创新的胆识、开放务实的作风，不仅举办了一届成功、圆满、精彩的亚运会，而且极大地推动了当地经济发展、文化繁荣、社会进步、环境改善，实现了利民惠民的目标，凸显科学发展上水平的成效。

天更蓝、水更清、路更通、房更靓、城更美……一次盛会改变了一座城市。广州人民是亚运遗产的创造者，也是亚运遗产的受益者。汗水滴在土壤中，这座英雄的城市收获了甘甜的幸福之果。

既有面子又有里子奠定新生活基础

2010年是亚运年，也是广州城市面貌的大变之年。自2004年广州申亚成功开始，广州的“大变”工程就和亚运会筹备工作密切结合。从2008年开始实施的亚运城市行动计划，总共包含76个专项计划、739个具体项目。涉及建设和改造城市交通基础设施，治理和保护自然环境，改造城市景观，建设文化、体育设施，营造优美市容，改善人居环境等诸多方面。以迎亚运会之机实现“天更蓝、水更清、路更通、房更靓、城更美”的城市大变，成为广州亚运城市行动计划的宗旨和奋斗目标。

亚运是城市建设的动力源。1987年广州成功举办第六届全运会，天河新区就此崛起；2001年广州成功举办第九届全运会，东部板块就此撬动。2010年广州亚运会的举办，使得亚运城所在的南部板块焕然一新，新一轮革命性的城市结构变化指日可待。在城市新中轴线上，广州塔、海心沙、大剧院、博物馆、图书馆、西塔等标志性建筑展现出广州的国际化大都市气息。70个亚运场馆及其配套设施的布局也与广州市“东进、西联、南拓、北优、中调”的发展战略高度契合，5大亚运场馆群兼顾城市发展长期规划，推进城市由单中心向多中心结构转变。为配合亚运会的成功举办，广州的城市交通设施水平飞速提升，222公里地铁网覆盖八成以上亚运场馆，建成全亚洲单线客流量最大的BRT公交系统，新白云机场、南沙港、武广高速铁路的相继建成投用，使广州成为南中国乃至亚太地区最重要的交通枢纽和物流中心之一。广州这次还同时举办亚残运会，广州市政府精心组织各项筹备工作，并以此为契机进一步完善广州城市无障碍设施，推动残疾人事业科学发展，更好地建设“爱心城市”。根据测算，筹办亚运和亚残运会，使得广州的城市建设加快了5至10年。

亚运是环境美化的催化剂。为了完成“绿色亚运”的承诺，广州在保护城市环境方面做出了巨大的努力。亚运前广州共开展了581项水环境综合治理工作，到亚运会前，全市38家污水处理厂、75座污水泵站、1140公里市政污水管网已基本完工，珠江两岸的排污口被已被全面清除，121条河涌全部实现了截污和水生态修复。在亚运会筹办期间，广州公布了《工业企业强化减排方案》和《整治排气超标车辆工作方案》，通过工业企业“退二进三”、提前实施机动车尾气排放“国三”标准、脱硫脱硝工程等手段，广州的空气质量也得到很大改善，2010年1月至11月，广州空气质量优良率为97.6%，比2009年同期增加1.8个百分点，超过亚运会空气质量优良率96%的保障目标。为彻底改变脏乱差的痼疾，广州启动了全市范围的城中村改造，到亚运会开幕前已有15个村完成了改造方案审批，猎德村完成复建安置，社区环境焕然一新。

亚运是管理优化的助推器。通过组织亚运会，广州城市管理水平受到极大的考验，同时也是城市管理水平提升的机会。在筹办亚运的过程中，广州多管齐下，举全市之力开展以水环境、空气环境、交通环境和人居环境为重点的城市环境综合整治，加快轨道交通、高快速路、空港、海港、供水、供电等城市基础设施和绿道网建设，大力推进城市绿化美化亮化工程，抓紧启动“三旧”改造，各项工作齐头并进有条不紊，实现了城市环境面貌的不断改善。在亚运会赛时，广州同时抓好城市运行保障，尤其是加强赛时城市运行工作体系建设，精心组织实施赛时交通运行、食品卫生、水电气供应等有关工作方案，实现赛时运行与城市运行无缝衔接。精心组织实施亚运会期间交通及城市公共交通运行方案，做到既保障亚运会期间交通顺畅，又尽可能减少对市民正常生产生活的影响。

金杯、银杯不如老百姓的口碑，举办亚运会不光要为城市挣得光鲜的面子，更关键是要让老百姓得到实惠的“里子”。

亚运会开幕前夕，一封特别的感谢信寄到了广州市主要领导的手中。在信件上署名的，是生活在荔枝湾涌附近的群众和商户。

信中这样写道："荔枝湾涌改造工程和亚运整饰工程启动初期，我们曾因施工对我们生活产生的影响有过怨言和不理解，也曾产生过抵触的情绪，个别商户还因眼前利益产生过激的言行……我们万万没有想到，如此复杂的荔枝湾涌改造工程，能在短短的几个月顺利、安全地完成了。我们的居住环境得到明显改善，荔枝湾涌古时的'一湾溪水绿，两岸荔枝红'的景象得以再现，我们觉得这是一项真正的民心工程！我们群众是真正的受益人，我们很满意！我们也为政府的英明决策感到了自豪！"

信件最后说，恳请市委、市政府继续把荔枝湾涌全部揭开，还我们儿时美好的梦境。

今天的荔枝湾，青绿的涌水在风格古朴的民居中间流过，古树石桥倒映在水面上，岸上游人如鲫，水上小艇轻摇，恍如一幅中国山水画。可就在一年前，这里只是一条狭窄的马路，时光再倒回十几年前，这里则是一条让人捂鼻闪避的臭涌。

黄锦莲在荔枝湾住了一辈子，眼看着这条河涌从清涌变成了臭涌，又看着它不得不被封盖变成马路。当2010年4月荔枝湾涌的揭盖复涌工程刚刚动工时，黄锦莲并不看好。"没办法，以前那条臭涌的印象太深刻了，所以才呼吁政府把它封盖住。这次万一搞不好工程烂尾了，就欲哭无泪啊！"黄锦莲说。

让黄锦莲和街坊们没有想到，如此复杂的荔枝湾涌改造工程，能在短短几个月顺利安全地完成了。"没想到在有生之年，还能看到河涌回复清澈，而且比以前还漂亮。这种变

化使我们太激动了，心中的感谢不是一两封信能形容的。”

事实上，在亚运整治的过程当中，“没想到”的感叹随处都可以听到。

广州市越秀区矿泉街瑶台村越的六千多名村民一开始也以为亚运整治是做做样子。70岁的麦伯说，水浸街已困扰这里的街坊长达27年之久，以前也整治过，但都没有彻底整好。“很多过道、小巷狭窄，施工机器进不去，施工队工人是用手挖泥的。”麦伯感动地说，这次整治是动真格了。经过两年多的改造，瑶台村水浸街改造工程在亚运会前竣工，投入资金1451万元，共铺设1000多米的排水管道，修复9950平方米的路面等。“我特意每条街都走了一下，发现坑洼道路已经平坦了。”

同样的故事也在海珠区上演。“难以置信！以前是掩鼻而过，现在可以泛舟畅游。”看到海珠区南部石榴岗河的变化，市民冯阿姨竖起大拇指。整治后的石榴岗河水质长期保持在四类以上水平，原生态堤岸栈道依水蜿蜒，两岸芳草萋萋。

惊喜还发生在上下班的路途中。在广州某媒体广告公司从事销售工作的网友“心绘彩虹”，家住在天河区上社，每天到岗顶上班，没BRT时，路上经常塞车，狼狈不堪。BRT开通后，“心绘彩虹”最快一次才花了10多分钟就到了家，以至于妻子见了他直说，你飞回来的？从此，“心绘彩虹”的QQ签名上多了一行字：“我爱中山大道，我爱BRT”。

除了惊喜和震撼，广州百姓从“大变”中感受更多的是一种身为广州人的自豪与幸福。

番禺洛溪新城区

亚运开幕前夕，57岁的老广州刘春晖背着数码相机、摄像机、三脚架来到荔枝湾拍照。他想让妻女站在“荔枝湾”三个大字前合影，却发现拍一张好照片实在不容易，因为身后“抢镜”的人实在太多。河水蜿蜒流淌，小舟荡漾，繁花似锦。游人们纷纷举起手中的相机，“咔嚓咔嚓”拍个不停。

刘春晖说，伴随着“一湾溪水绿、两岸荔枝红”的重现，西塔、新电视塔的拔地而起，歌剧院、花城广场的亮相，连广州人自己也好奇起来，开始重新仔细端详这座曾经再熟悉不过的城市，呼朋引伴地逛起新广州。

不仅老广州人满怀新鲜感和自豪感，“新客家人”也是一样，还更多了一层认同感。在广东一家报社任职的编辑曹先生就遇到了一件近在身边的小事，让他切身体会到了这一点。

亚运举办过程中，曹先生的儿子领着从外地来的舅舅逛了一回“新广州”。回来后，孩子他舅一进门就向曹先生投诉：“你儿子把我当成刘姥姥了。”

据舅舅投诉，8岁的小外甥每到一个景点，都情不自禁地向他发问：“这个你们那里没有吧？我们广州有！”

曹先生的儿子现在最热爱的景点，就是珠江岸边那高600米的广州塔，“小蛮腰”昂然而立，坐拥蓝天碧水。它是世界上最高的观光塔，也因此成为当前广州最耀眼的新地标。站在珠江北岸对着广州塔的地方，是广州歌剧院。附近还有广东省博物馆、西塔，这些排列在珠江新城新中轴线上的标志性建筑中，代表着现代广州的新面貌。

在这些建筑的环抱中，海心沙亚运会主会场则如同引领海上丝绸之路的古老商船，扬帆远航；与之接壤的花城广场，成了最迷人的“新城市客厅”，每天有二三万人云集于此，观赏羊城的美景，周末和晚间，这个数字会达到7万人之巨。

广州于是诞生了一个数量庞大的群体——“拍客”。人们争先恐后地用相机把亚运美景拍下来。40岁的大学老师陈娟蹲在花城广场的竹林中，对着几株并不出奇的小花，找角度、拧镜头、对焦距。她说，亚运的广州最靓，不想错过任何一处风景。走在新中轴线上，还可以看到一种特有的广州街头现象：“拍客”们拍得很吃力——他们扭头，下蹲，仰身，有时找一个好的角度，会费半个小时的劲。

“在新中轴线上看广州，称得上是一次奇妙的艺术之旅。”长期研究岭南文化的学者陈钊文说。的确，深刻嵌入高端艺术因素、极富个性化和艺术感的“亚运建筑”，让繁华的广州更加风情万种。

陈钊文说，这些亚运催生的经典精品，我们每个人都能更多地在这里体验幸福，体验激情。“想象你是一个运动员，赛场豁然拉开，观众的呐喊让你充满激情和信心；而在这里，每个人都能体验到舒适、清朗，体验广州的创造力和勃勃生机。”

完备设施亚运精神激励新生活热情

一届体育盛会可以改变一个民族的表情。正如釜山亚运会让韩国人学会了微笑一样，对于广州而言，2010年亚运会举办的意义不仅仅在于向世界展示了一个国家中心城市和现代化大都市的风采，广州人的生活方式也发生着清晰可见而意义深远的变化。

《奥林匹克宪章》强调：奥林匹克主义是增强体质、意志和精神并使之全面发展的一种生活哲学。广州在筹办亚运会的过程中，忠实地实践着这一全人类共同的理念。通过筹办亚运会，广州的城市布局更加科学，环境更加优美，各种公共设施更加完备，而这一切改变最终、最大的受益者是广州市民。

经过亚运会的洗礼，广州人的休闲娱乐更加健康。

在亚运会开幕前的中秋假期，2000多名广州市民冒雨赶到位于广州南郊的南沙体育馆，观看一场成年人参加的“老鹰捉小鸡”比赛。场地上，由印度、巴基斯坦、孟加拉等国在穗留学生组成的两支参赛队伍，口中有节奏地喊着“卡巴迪、卡巴迪”的口号，展开激烈的攻防，让见多识广的老广们也大呼新奇过瘾。这个在南亚地区极为流行的古老竞技项目就叫“卡巴迪”，在20年前的北京亚运会上，它首次成为亚运会的正式比赛项目。而20年后，“卡巴迪”在广州再次受到了中国人民的欢迎和喜爱。带着孩子来观战的陆先生说：“第一次看卡巴迪比赛，觉得这项运动挺有趣的，感觉玩起来应该很容易。如果有机会，我也会和朋友玩玩。”

亚运的火种，点燃了广州人对体育运动的激情。从世乒赛到苏迪曼杯，从广州网球公

经过综合整治后的荔枝湾涌。

开赛到NBA中国赛，亚运筹备期间，广州承接了多项重要的单项国际性赛事，每一场比赛都是一次宣传体育锻炼、传播健康生活方式的契机。亚运会召开前的39项测试赛，更是全部免费向市民开放，让市民通过测试赛，提前了解、熟知亚运会比赛项目和观赛规则，了解体育规则和体育契约精神，提高文明观赛的意识。

热情的广州人不仅爱欣赏高水平的比赛，更爱亲身上阵，体验运动的快乐。在11月11日至12月20日广州亚运会、亚残运会期间，广州市体育局按照广州市委、市政府的统一安排和部署，将未安排亚运会、亚残运会比赛、训练任务的13个公共体育场馆全部免费向市民开放。在持续40天的免费开放中，免费开放的足球、网球、羽毛球、游泳、步枪射击、篮球、乒乓球、门球、地掷球、健身等10个项目深受广大市民欢迎，累计进场人数超32万人次，累计服务时间达8483小时。

亚运过后的2011年，广州继续投入2800万元体育彩票公益金用于建设全民健身体育设施。其中2000万元用于建设240处健身路径、188个篮球场和一批全民健身小广场；800万元用于“融体于绿”工程建设，将在9个公园绿化休闲带建设20个全民健身活动点，并在亚运场馆增设健身路径、球类运动、休闲活动等设施，打造天河体育中心等市级重要的全民健身活动阵地。

设施的完备和亚运精神的激励，让越来越多的广州人采用健康的方式度过休闲时光。每天清晨，曙光初绽，广州各大公园就热闹起来，踢毽子、耍太极、舞扇、舞剑的阿姨阿伯们各就各位，开始了晨练；每天傍晚，华灯初上，大大小小的体育馆便灯光璀璨，喜爱羽毛球、篮球、足球的年轻人呼朋唤友，从四面八方赶来；每逢周末，外来工便成群结队，进入免费公园，嬉戏游乐，锻炼健身……

据统计，目前广州有超过50%的市民一周至少参与三次体育锻炼，全市现有体育锻炼场所1.8万处，体育人口比例58.82%，已达到中等发达国家水平。体育锻炼与下棋、打牌、爬山等休闲活动相得益彰，给广州人带来健康、快乐与激情。全民健身的普及，也让体育跳出了纯竞技体育的视野，回归到健康的本原。

经过亚运会的洗礼，广州人的生存状态更加环保。

广州亚运会开幕式上的“绿色一分钟”，注定会成为多年以后人们想起这届盛会时最难忘的一幕。

在那一分钟里，600米高的中国第一高塔广州塔瞬间幻化成高耸入云的亚洲生命之树，俯瞰绿意浓浓的珠江两岸。千家万户，灯光闪闪，映照出绿萝、兰花……婀娜多姿的倩影。

在那一分钟里，海心沙岛像一枚绿色的贝壳在珠江上闪闪发光，珠江两岸宛如绿波回廊，将环保低碳的希冀洒向世界的各个角落。

在那一分钟里，家住广州市海珠区海景湾8楼的霍女士，把家里种植的鸡蛋花、九里香、茉莉花、仙人掌等植物摆满了阳台，全家人露出了欣喜的笑容。从陈家祠到荔枝湾，到科学城到大学城，从白云机场到南沙港，10325412名广州市民推开门窗，让鲜花绿叶在大自然的清风雨露中自由呼吸，把整座城市变成了绿色的海洋。

中山大学环境保护协会会长章莹颖也是“绿色一分钟”的响应者之一，她说：“‘绿色一分钟’虽然展示的时间很短，却能唤起人们对环境问题的关注，用实际行动倡导低碳环保，人与自然和谐相处。”

如何将绿色一分钟变成绿色每分钟，已经成为不少广州人每一天都不得不做的功课。

快速便捷的地铁与公交系统，让很多广州人出行优先选择公共交通工具。从2008年到2010年，广州连续三年参与了无车日活动，无车区逐渐扩大，九成公务用车封存，市长也坐地铁上下班，越来越多的市民也开始理解这一活动，并自觉在无车日少开车、少用车。

在广州，环保轻便的自行车也再度受到人们的青睐。2010年1月，广州市市长张广宁在市政府会见了一批特殊的客人。他们自称为“拜客•广州”小组（“拜客”，来源于自行车的英文bike译称），是一群为广州能拥有良好的单车出行环境而“鼓与呼”的志愿者。在会面时，他们不但提出了六点建议，还向张广宁赠送了一辆广州本地五羊牌自行车。而张广宁不仅欣然接受了礼物，还当场骑上自行车秀了一把车技。

短短5个月后，广州首批1000辆公共自行车开始在BRT沿线试运行。到亚运会开幕前，广州全市已经设置了400个公共自行车租赁点，投放公共自行车1.5万辆。市民持已开通公共自行车租赁服务功能的羊城通卡，可以在任一服务点内刷卡取车还车。

起步于2008年的广州绿道，也在亚运会前形成了网络。截至2010年9月30日，广州共建成绿道网1060公里，覆盖全市12个区，串联234个景点、98个镇街、42个亚运场馆，服务人口700万人，成为广东全省建成里程最长、覆盖面最广、服务人口最多、配套设施最完善的绿道。如今，骑自行车游览绿道，在广州已经成为一种既环保又时尚的旅行方式。

在亚运会筹办期间，广州恢复了每年一度的横渡珠江活动，完成了公共场所禁止吸烟的地方立法，在社区开展了垃圾分类的试点……越来越多的广州人用自己的实际行动践行着环保低碳的生存方式。

经过亚运会的洗礼，广州人的文化生活更加充实。

2010年11月5日，2010广东亚洲音乐节在距离亚运会开幕正好一周之前拉开帷幕。在13天的音乐节里，15位世界顶级亚裔音乐家、5个亚洲交响名团一共上演了9场风格各异的音乐会。人们从贝多芬听到马勒，也听到了谭盾和林昭亮携手带来的最新力作，感受到前所未有的古典音乐洗礼。

更让乐迷惊喜的是，为了迎接亚运会，让更多的观众得到欣赏精湛演出和提高艺术欣赏水平的机会，这次音乐节的票价走了亲民路线。拿音乐节上最重量级的音乐家马友友来说，最低80元的价位恐怕是国内普通商演从未有过的。除了马友友和郎朗担纲主奏的两场，宓多里、林昭亮、郑明勋、王健、吕绍嘉等音乐大师的最高票价更只有580元，难怪音乐节不仅让广州乐迷过足了瘾，同时也吸引了全国各地，尤其是珠三角其他城市的市民赴穗，香港、江苏、内蒙古自治区等全国各地的铁杆乐迷蜂拥而来，珠海、深圳以及东莞、佛山、顺德等附近城市的居民更是早早就订好了票。

2010年11月8日，亚运系列文艺演出也拉开序幕。这次系列演出最大的亮点是观众平时难得一见的亚洲各国各地区的艺术瑰宝都纷纷被邀请来到广州。短短20天之内，来自17个亚、欧国家的11台演出，为广州观众和亚运来宾呈上了一组艺术盛宴。系列演出一共21万张演出门票，其中15万张是免费赠送给市民的。

亚运系列文艺演出的亚洲艺术旋风从一开始就激起了观众的“疯狂”。在一场汇聚了叙利亚、巴勒斯坦、黎巴嫩等地艺术家的歌舞演出《神魅地中海》中，狂乱的舞步、中东的乐声，几乎震翻了白云国际会议中心的舞台。亚洲各国歌舞团队的集中献艺，令不少市民在心灵上更为接近其他民族。“很有仪式感，适合静静地感受、欣赏，听者能保持心灵的纯净。”一位欣赏完大马士革圆圈舞的观众表示，这次不少亚洲团体的演出很有特色，平时一些不爱看演出的观众也被亚洲文化的多元性所吸引。

除了艺术家的精彩演出，亚运群众文化活动也开展得有声有色。第16届广州亚运会期

来自广州的少先队员们表演了“创先争优我能行”，小演员们用精彩的演出征服了广大观众。

间，“精彩新生活”亚运群文系列活动共举行了5场全市大型广场演出、4场精品展演、1场非遗精品展，全市12区（县级市）文化馆都派出了优秀代表、群文明星歌手，并精心准备了丰富多彩的节目。同时还先后举办了近10场市级文化活动，包括“岭南风格”传统工艺美术精品展、广州最传统的绝世精品展示，麒麟舞、木偶、古琴、客家山歌等传统艺术表演，国标舞、集体舞两场大型“广场舞会”、“群众歌会”、“群星璀璨迎亚运”精品展演等，文化馆、文化站的群文工作者、各区的群众团队、非遗传承人、民间文化大师们一起为羊城市民献上亚运的文化礼包。

亚运期间丰富多彩的文艺演出及活动，大大提升了广州市民的欣赏水平和国际视野。在亚运筹办过程中，广东省博物馆、广州歌剧院、广州市第二少年宫、广州图书馆新馆、广州塔等一系列标志性文化建筑相继在城市中轴线上落成，海心沙岛也将建成亚运文化公园，这些公共文化设施在后亚运时代仍将继续丰富广州市民的文化生活、提升城市的文化品位。

广州，以改变赢得了市民真诚的掌声。

然而广州求变的过程，也一直伴随着市民尖锐的指责与批评。

还记得BRT曾被称为“小火车”吗?还记得不满交通堵塞的《广州欢迎你》吗?还记得公交免费后网络上那句著名的调侃吗——“如果你爱他，请他坐广州地铁，免费；如果你恨他，请他坐广州地铁，要命！”

6年前，广州接过亚运的橄榄枝。政府和民众欢腾鼓舞，似乎只需铆足了劲踮起脚尖就能眺望到亚运时的广州。然而稍稍冷静下来，政府和民众便开始了“不眠不休”的交流对话。

有人说，广州上到政府部门，下到餐厅菜馆，服务意识特别强。正因为如此，广州人走到哪儿，“投诉意识”也特别强。正是因为有了这种氛围，在6年的亚运筹备过程中，来自市民和媒体的质疑和批评声从来都没有停止过。从亚运工程扰民到部分项目铺张浪费的批评，从交通拥堵到亚运账单的质疑，甚至直到亚运会开幕式的前一周，人们还在批评政府的亚运免费公交政策。在亚运会前夕赶到广州做节目的央视主持人白岩松说，过去办

18米“巨无霸”BRT快速公交车较好地解决了客流高峰的车厢拥挤问题。

北京奥运、上海世博，大家尽量都说点悦耳的话，广州天天都能见到批评，令他感到惊讶。

正因为广州人信奉“假若批评不自由，那么赞美则无意义”。这种浑然天成的品性，看似有些苛刻。但敢于批评，更不吝于表扬，才更能全面体现广州人的性格。

这些批评的话语并非为了泄愤，而是表达内心的热爱。从这些批评的面孔中，我们轻易就能阅读到他们对这座城市的关注与热爱。

而这种社会氛围和文化传统，也时时刻刻提醒着这座城市的主政者，为政之道，就当战战兢兢、如履薄冰。

2010年年初，在一次有关亚运工程的会议上，广州市委常委、常务副市长苏泽群曾经坦率地说，随着整治工程的开展，媒体密集报道部分工程的扰民现象。“这让我就没有什么好心情，天天打开报纸就是批评。”

苏泽群此番“诉苦”后不久，在广州市人民广场举行的亚运整治工程咨询会上，一位市民戴墨镜蒙口罩、背后挂着大字标语“救救广州吧”，逢人就散发自印的传单，口中不停高声喊道：“亚运改造也不能这么浪费，有钱不如用来控制房价上涨。”这名市民表示：“广州为迎亚运会开展的穿衣戴帽工程，有很多都富有建设性，但也有很多铺张浪费、劳民伤财的。”

在广场上接访的广州市建委主任简文豪对他的当面监督表示感谢，并当众将手机号码留给他，承诺有投诉一定认真处理。广州各媒体均用整版的大篇幅做了报道，又是大幅照片又是专访。第二天的消息，是有关部门采纳了他的建议，比如“口罩男”所质疑的广州现在各大道原来好好的花基石和路沿石要更换为花岗岩，就不再强行更换。光这一项，后续报道称可以节省材料费用5000万元。

从善如流，闻过则改，在骂声中求变，以诚意面对批评。在6年的亚运筹办工作中，广州市的官员始终秉持着这样的施政理念，像“口罩男”事件这样因市民批评而改善工作的事例不胜枚举。而这，也许正是广州市委、市政府屡遭批评，但每每又能“化险为夷”的原因所在。

广州首条BRT，就是在一片“骂声”中成长起来的。BRT投入之初，公交“小火车”和道路拥堵等问题开始出现，让这个初生儿尚在襁褓之时，就体验了一把风雨飘摇的滋味。

据一项BRT刚刚开通时的调查显示，超过一半以上受访者对BRT公交否能真的快起来心里没有底，也有市民对BRT能否解决东部地区居民出行难、交通拥堵问题心存疑虑，担心“通了一条路，堵了一大片”，甚至有网民说：“BRT搞不好要拆”。一时之间“不让通”成了BRT的代名词。

为了改善BRT的运行，真正实现便民惠民的目标。广州市交委诚恳与市民沟通、与媒体互动。BRT开通首月，交委就采纳了市民的意见和建议121条，包括线路设置、首末班车时间调整、站点设置、公交接驳等，通过科学调度管理逐步保障了BRT的顺利运营、畅通。

开通百日之后，BRT客流量实现了“三级跳”：2月10日，BRT公交系统试运营第一天，日客流量达到65万人次；3月6日，日客流量突破80万人次；5月1日，BRT公交单日客流量更是破纪录地超过了96万人次。到5月28日，BRT公交累计客流量达到7915万人次。日均客流量从开通初期平均约60万增长到目前日均74万人次。

如此大的客流，BRT不但没变成开通前市民担心的“不让通”，反而实现了公交提速84%、社会车辆提速28%的成绩。事实证明：BRT实现了“必然通”！

数据显示，在亚运会期间，BRT日均发车达11335班次、运送客流82万人次。日渐成为出行新宠的BRT，市民给它起了一个漂亮的名字，叫“东部彩虹”，在暨南大学舆情研究中心“市民亚运期待”的调查中，BRT满意度高据第二位。

相对于BRT的这段风波，那首由《北京欢迎你》的曲调改编而成的《广州欢迎你》，则更让人感到了广州人“骂声”的犀利与尖锐.

“我家路面常打开……东西南北都是工地……流动中的空气充满着尘泥……广州欢迎你，在天河路上屏住呼吸，在岗顶十字路上堵死你……”这样的歌词，让大多数广州人在笑声中感到一丝苦涩。

《广州欢迎你》的压力迅速传递到了官方。2009年10月21日，广州市委书记朱小丹主动公开表态：“《广州欢迎你》讲广州的交通拥堵问题，我个人觉得，有那么一点夸张，但讲的基本还是事实。”

随后，广州市交委牵头制定《缓解广州城市交通拥堵实施方案》，从2010年1月到亚

白云区将以白云国际机场作为经济腾飞的重要引擎，全力发展生态空港经济。

运前分三阶段实施。

经过整治，天河地区主要道路交叉口车辆平均排队的长度由之前的50辆降低至26辆，同德围多年来“围城”的恶名也终于等到了“摘帽”之日。

和市民的高调批评相得益彰的，是官员的密集道歉现象。这是一种姿态，亦是一种胸襟。

开幕式表演地点海心沙广场周边居民投诉排练太吵，亚组委庆典和文化活动部开闭幕式处处长谢海涛跟居民道歉；一个志愿者投诉公交车不给他免费，市交委知道后马上登报道歉……朱小丹、张广宁、万庆良、邬毅敏、陈国等省、市领导，都曾经在不同场合因亚运工作的不完善而向市民表示歉意。

最引人注目的是2010年5月，中央政治局委员、广东省委书记汪洋在检查广州筹办亚运工作时说，由于亚运施工的关系，给广州各市民带来生活上不便，他表示道歉。

新华社的一则评论说，汪洋的道歉让人记起古人范仲淹的话：“为官私罪不可有，公罪不可无”。“公罪”就是当官对民应负之责。既然“不可无”，就是要求官员在处理事情时遇到了“公罪”，要“大肚能容”，勇于面对，主动担责，敢于向民众道歉。

“道了歉之后，就没有退路了。”汪洋对张广宁这样说。

就在亚运会开幕前，广州市还险些陷入一种“没有退路”的境况。

被纳入“亚运大礼包”的免费公共交通服务，刚出炉就赢得民间掌声一片。免费激发了市民关注亚运的热情，一时间群众热烈追捧，客流汹涌而至。

从11月1日至5日，实施免费乘车的第一周，广州的公共交通持续“高烧”。公交日均客流量达到732.7万人次，同比上升12%左右。地铁日均客流达773万人次，最高超过800万人次。

一系列交通数据让原本出于善意的政府始料不及。

汹涌的客流面前，是维持免费政策不变，还是果断停止?如果现在宣布停止免费，会不会给人政府言而无信的口实，广州市委、市政府的面子又往哪搁？不少人都在心里嘀咕。

广州主政者还是做出了迅速反应。广州市交委和地铁公司分别组织各行业的乘客代表召开座谈会，听取民意，权衡利弊。

2010年11月6日，距离亚运会开幕仅有6天时间。广州市政府紧急召开新闻发布会，正式宣布调整免费乘坐公交地铁政策。原定于亚运会、亚残会期间长达30个工作日的免费公共交通“大礼包”，就此告停。政府将以“现金补贴”的方式补助市民。就在发布会上，广州市交委副主任颉亚林公开对取消免费公交政策向全市市民表示歉意。

免费政策一经取消，地铁“高烧”即刻得以缓解，市民出行逐渐恢复正常。直至亚运圆满结束，顺畅的交通、安全有序的出行组织，恰恰证明了政府当机立断、勇于修正决策的做法值得肯定和褒扬。

对于这次政府的“出尔反尔”，大部分市民没有“骂”。更普遍的声音认为，迅速改弦更张，表现了政府的勇气和决心，没有为了维护长官意志和面子而有错不改、将一条被证明不可行的政策强制执行下去，政府看似丢了面子，但表现出的善意和实事求是的态度，却能赢得民心。

有香港媒体在亚运前就如此评价广州：政府敢于接受民众的质疑，敢于直面媒体的监督，这种开放和宽容的理念以及自信成熟的心态，有助于真正将亚运会办得大气、成功。

也有网友在微博上写道：“交通免费拥挤了，政府知道要改正。市政工程扰民了，新闻报纸天天骂，领导会出来道歉安慰。这正是我为什么如此爱广州的原因。这里是个摇摆着前进的公民社会。”

这就是广州，一个习惯了用包容的方式接受批评，用改变赢得掌声的地方。

珠江孕育了这片土地的岭南文明，更赋予它开放包容的生命特征。千百年来，广州带着岭南文化的包容，载着珠江的柔情旷达，踏着自由多元的铿锵步伐昂首向前，也熔铸了平和、宽容、理性的社会氛围与政治文明。正是这种氛围与文明，成就了亚运会的辉煌，也造就了千万广州市民的新生活和未来。

YAYUN ZHIGUANG

附录

亚运年表

2002年3月 在广州市第十一届人大五次会议上，胡树森等20多名人大代提出广州应申办2010年亚运会，这是广州市民间要求申办亚运会的第一道呼声。

2003年12月12日 国务院正式批准广州申亚。

2004年3月31日 广州2010年亚运会申办委员会向亚奥理事会正式递交申亚报告书，同时提出申办的还有吉隆坡、首尔和安曼，但之后这三个城市相继退出竞逐。

2004年4月中旬 亚奥理事会派出考察评估团赴广州，进行实地考察和民意测试。

2004年7月1日 北京时间20时40分，在亚奥理事会第二十三届全体会议上，亚奥理事会主席法赫德·艾哈迈德宣布，广州获得2010年第16届亚运会举办权。

2005年7月23日 第16届亚运会组委会成立，标志着广州亚运会各项筹备工作全面启动。

2006年11月26日 广州亚运会会徽揭晓。

2006年12月16日 第15届多哈亚运会闭幕。张广宁在闭幕式上接过亚运会会旗，宣告亚运会接力棒进入中国广州新阶段。

2007年3月9日 广州亚组委宣布“激情盛会，和谐亚洲”为广州亚运会理念。

2007年5月28日 亚奥理事会执委会通过，广州亚运会设42个比赛项目。

2007年11月26日 广州亚运会规模最大的建设项目——亚运城开工奠基。

2008年1月25日 首批广州亚运特许商品面市。

2008年4月28日 广州亚组委发布了亚运会吉祥物“阿祥”、“阿和”、“阿如”、“阿意”、“乐羊羊”。

2008年11月12日 广州亚运会倒计时两周年启动仪式举行，大型跨国文化交流项目“亚洲之路”正式启动。

2009年1月1日 广州亚运会开、闭幕式创意制作团队成立，北京奥运开幕式副总导演陈维亚出任广州亚运开闭幕式总导演。

2009年3月22日 广州亚运会倒计时600天群众文化活动暨“亚运广州行”启动。

2009年4月21日 亚运会赛会志愿者和城市志愿者招募工作正式启动。

2009年6月30日 亚运会倒计时500天，广州亚运会首套纪念邮票——《第16届亚洲运动会》首发。

2009年8月19日 广州亚组委正式发布了吉祥物体育动作造型。

2009年8月29日 “亚运吉祥号”列车首发，装饰着亚运吉祥物图案的地铁投入使用。

2009年10月8日 亚运倒计时400天，亚组委竞赛部非奥

项目系列推广活动启动。

2009年10月21日 “亚运中国行”活动启动。

2009年11月6日 广州2010年亚洲残疾人运动会会徽、吉祥物、口号正式发布。

2009年11月10日 第18届亚洲田径锦标赛在广东奥林匹克体育中心体育场举行，这是亚运会进行全面测试的首场测试赛。

2009年11月11日 亚运会代表团团长大会在广州召开，与会代表充分肯定了广州亚运会筹备进展情况。

2009年11月12日 广州亚运会迎来倒计时一周年，庆典活动晚会在广州新体育馆隆重举行。

2009年12月5日 广州市首个亚运城市服务站点——“新生活驿站”出街。

2009年12月12日 广州亚残运会倒计时一周年晚会在番禺广场隆重举行。

2010年4月26日 “争做好市民，当好东道主”——“亚运广州行”文明行动日暨亚运倒计时200天群众文化活动在广州英雄广场举行。

2010年5月至9月 广州、东莞和佛山的亚运场馆内共举办了39项亚运会系列测试赛，市民均可免费进馆观赛。

2010年5月20日 上午10时 广州亚组委正式启动门票销售。

2010年5月12日 广州亚运会12个新建场馆全部实现主体结构封顶。

2010年8月4日 上海世博会广东活动周暨“广州亚运会乐羊羊走进上海”开幕仪式在世博园宝钢大舞台举行。当晚，广州亚运会倒计时100天庆祝晚会在天河体育馆耀目上演。

2010年9月30日 《重逢》从三首候选会歌中脱颖而出，成为第16届亚运会会歌。

2010年10月9日 第16届亚洲运动会火种在北京居庸关长城北烽火台上成功采集。中共中央政治局委员、广东省委书记汪洋出席火种采集仪式。

2010年10月12日 中共中央总书记、国家主席胡锦涛在北京天坛亲手点燃亚运火炬，火炬传递活动启动。

2010年11月6-11日 亚运火炬在广州12个区、县级市以及市区、大夫山及广州大学城进行传递。

2010年11月10日 第16届亚运会青年营开营。

2010年11月12日 广州亚运会开幕，11月27日闭幕。

2010年12月12日 亚残运会开幕，12月19日闭幕。